【新装改訂版】

漂　泊　の　詩　人

岡田徳次郎

Kawazu Taketoshi

河津武俊

弦書房

装丁＝毛利一枝

目次

●本文中に収録した岡田徳次郎の作品（詩、随筆）

序章

岡田徳次郎という存在を私が知ったのは、何時《いつ》のことだったのだろう。細々とした記憶の糸をたどれば、十数年も前のことのように思う。その頃、福岡の会社で六年ほど勤務して、縁あって父母の郷里に近い大分県日田市で仕事をするようになって、一年ほど経った頃のようだから、昭和四十七年ではなかったかと思う。

幼少時から読書を好んでいた私は、それが昂じて、自らもその頃小説を一作書いて、さらに文学的意欲が、力量もないのに密かに体内でたぎりつつあった。都会から離れたのも、少しでも文学に打ち込む時間がとれればとの期待からだった。だが、現実は私の意図とは裏腹に、前より一層仕事の多忙と煩雑さに追われ、疲労困憊《こんぱい》と子供の相次ぐ誕生で、文学的意欲も次第に埋没し、文学などは諦めて、平凡に一生を送るのも已むを得ないことと考え始めていた時期でもあった。

ちょうどその頃、同人誌で拙作『荒野の月』を読んでくれていた市内の婦人読書グループ「ともしび読書会」の人から、市の淡窓図書館が主催する講演会に福岡市在住の直木賞候補作家のS氏が来演するので聴講しませんか、と誘いを受けた。

私はS氏の著作はほとんど読んでいなかったが、名前は知っていた。九州在住の作家では最も直木賞に近い人で、時間が出来れば是非聴講したい旨返事をしていた。その日の夕方、あいにく急用が出来てS氏の講演会には間に合わず、その後川沿いの旅館で開かれた懇親会にも、かなり遅れて駆け付けた。

懇親会の会場は八畳の粗末な部屋だった。寒い季節で、窓外はとっぷりと暮れていた。十人ぐらいの人がS氏を囲んで、酒と食事をしながら話し合っていた。出席者がS氏に質問するみたいな形であったが、S氏は酒を飲まないようで、会は静かだった。私を誘った婦人も家庭の都合で出席しておらず、私は末席の方でS氏の穏やかな口調を聞いていた。会も終わりに近づいた頃、私は意を決して、日頃から疑問に思っていたこと――現在売れっ子ナンバーワンのある歴史作家の作品があまりに自己の歴史観を入れ過ぎて、現在は読まれても、この先あまり読まれることはないのでは、とS氏に質問した。S氏は私の方をきっと振り向いて、あなたの評言を聞いたら、その作家は声を出して泣き出すかもしれませんよ、と警戒と侮蔑の少し入り混じったような複雑な眼差しで私を見た。会は暫くして終わり、S氏を残して会員は三々五々と散った。私は行く当てもなく、見知らぬ出席者の何人かの後に付いて旅館街はずれの喫茶店「エデン」に寄った。

喫茶店に寄った人たちはお互いに知り合いのようで、話が弾んでいた。他の人がコーヒーを注文するなかで、私はまだ飲み足らずウィスキーの水割りを頼んだ。私だけが浮きあがり、私のいることがちょっと迷惑そうな感じを受けたが、今席を立ったら却っておかしく、水割りを飲みながら皆の話を聞いていた。その中の五十歳前後の精力的な顔をした男性が突然、「日田にも一度だけ芥川賞候補になった男がいてね、

「オガタ・トキジロウ」という名前だった。今はどうしているか知らないが、彼には随分迷惑をかけられた。『イチョウモノガタリ』という作品だったが、俺にはどこが良いのか少しも解らなかった。妙に難しい作品だった。もう二十年前の話だけどね」と、揶揄《やゆ》と皮肉のこもった口調で冗談のように笑いながら言った。

芥川賞候補と聞いて、同席した人たちは皆驚いたふうであったが、もう二十年も昔ということで緊張が解けて笑い声があがった。その語り口がことさら揶揄的であったので、真実かどうか紛《まぎ》らわしくさえもあった。仕事の疲れと急速に飲んだ水割りのため、私はかなり良い酔心地になりながらも、「オガタ・トキジロウ」と『イチョウモノガタリ』だけが不思議に頭にこびりついた。

「オガタ・トキジロウ」の哄笑《こうしょう》の余韻が残った中に、S氏がひょっこり喫茶店に顔を出した。

S氏は講演の旅に出ても依頼された原稿を書かねばならず、疲れた頭を冷やすために、好きなコーヒーを飲みに来たようだった。私たちがいたのでちょっと戸惑ったようであったが、こちらに会釈すると隅の席で瞑想にふけっていた。先ほどの会で、S氏が最近素晴らしい小説の題材を見つけたと嬉しそうに話していたのを思い出し、私たちはS氏の瞑想を邪魔しないよう静かに立ち上がり散会した。

人生の二十代後半から四十代の前半までは、夢のように過ぎ去るものであるらしい。

仕事の面でも家庭生活においてもただひたすら走るといった感じで、私も勤めを辞めたあと、同じ日田市内の片隅で自営の会社を興したため忙殺された十年ほどを過ごした。その夢のような期間のまさに入り口で、私は「オガタ・トキジロウ」という名を耳にしたようだ。その間でも私は文学への志向断ち難く、仕事の合間に発表の当てもないのに、少しずつ書き続けていた。

そして同時に私の脳裏には、何か物が取り残されたように、「オガタ・トキジロウ」と『イチョウモノガタリ』の二つが占めていた。が、それを追跡する時間的余裕も人脈もなく、半ば諦めかけていた。唯一の手掛りである、私にオガタの名前を初めて耳に入れてくれた人の名前も人相も全然思い出せなくて、取り付く島がなかった。

芥川賞関係の本を調べてみても、三十年近くも前の、しかも候補作品について記載されている本は、私の力ではどうしても入手することが出来なかった。「オガタ・トキジロウ」などという人はこの世にもともと存在していなくて、私が聞き違えたか、あの人が何か出鱈目を言ったのかもしれない、とさえ思うようになっていた。

会社の業績も大分落ち着いた七年目の昭和五十七年秋に、長年温めてきた作品を書きあげたのを機に、書き溜めていた幾つかの作品も合わせて創作集『山里』を自費で上梓した。ちょうど、その年の二月から文藝春秋が創立六十周年の記念出版として

『芥川賞全集』（全十二巻）を毎月一巻の割りで刊行していた。このことを知ったのは刊行も終わりに近づいた五十八年初夏であった。オガタの名前を耳にしてから十年以上の歳月が経っていた。私は欣喜雀躍した。早速全巻を買い求め、震える心を抑えながら、第一巻から丁寧にオガタ氏を探していった。「オガタ・トキジロウ」がいつの時代の人かも全く知らなかったのだから。五巻目の昭和三十年上半期、第三十三回芥川賞候補作の中に『銀杏物語』岡田徳次郎の一行を見つけた時、私は一瞬眩暈《めまい》を覚え、震えが止まらなかった。

やはり実在していたのだ。オガタ・トキジロウではなく岡田徳次郎（オカダ・トクジロウ）として。『イチョウモノガタリ』も私が密かに想像していた通りの美しい『銀杏物語』の題名となって。

この第三十三回芥川賞の受賞作は、今を時めく高名な遠藤周作氏の『白い人』であった。

昭和三十年といえば、私は高校一年生の十五歳であった。その当時に『白い人』を読んだ記憶が確かにあり、作品内容に大変な衝撃を受けた印象を今でも鮮明に覚えている。同期の候補の中の小沼丹、川上宗薫、沢野久雄、坂上弘氏等はのちに第一線の作家として活躍している。

この画期的な芥川賞大全集は受賞作の全文掲載、候補作品名、作家名の羅列、芥川賞銓衡委員各氏の選評、受賞者の言葉が巻末に、そして受賞者の年譜までが付いていた。

全集を通覧してみたが、岡田徳次郎が候補に上がったのは第三十三回だけであった。「日田にも、一度だけ芥川賞候補になった男がいて……」と聞いた通り、岡田は一度だけ候補になって、その後は再び登場することはなかったようである。

芥川賞には、一度で受賞する人、何度も候補に上がった末に受賞する人、何度候補になっても受賞出来ない人、一度の候補だけで消えていく人など様々である。

ただこの全集からは受賞者に関しては、その受賞作も読めるし、巻末の年譜から受賞作家のおおまかなことは知ることが出来る。が、候補だけに終わった無名の作家に関しては、候補作品の掲載誌はもとより、生年月日、出生地など全く知ることは出来なかった。

候補に上がっただけの作家にいちいち解説を付けていたら大変な労力と紙面が要り、ほとんど無意味と言ってよかったが、反面累々たる無名戦士の墓標を見るような不気味さを覚えた。作家が精魂と情念を込めた作品名が羅列してあるだけに、それぞれの作家の思惑と執念が青白い炎をあげていて、恐怖さえ感じた。

第三十三回の銓衡委員の選評は受賞作『白い人』と、有力作『或る眼醒め』（川上宗薫）、『未知の人』（沢野久雄）に集中し、岡田徳次郎の『銀杏物語』に触れた人は

少なかったが、その中で、
井上靖氏は、「『銀杏物語』はいかにも古さが気になり……」と言っている。

滝井孝作氏は、「『銀杏物語』は、ものやさしい平和な静かさが主題だが、余りに文章が淡くて弱いうらみがある」。

宇野浩二氏は、「『銀杏物語』は、寺と殊に「銀杏」を道具につかって、ある寺の門外にいた占い者が言った、〈人縁に薄い〉という文句にあてはまる二人の薄命な女の数奇な身の上を一通り巧みに書いてある。強いて言えばうまく出来すぎている。しかし、いかにも古くて手軽すぎる。これが致命傷である」。

舟橋聖一氏は、「『銀杏物語』は、丹羽が好きそうなものだと思っていたら、果して銓衡が終わってから、彼は白状していた」。

丹羽文雄氏は、「岡田徳次郎君の『銀杏物語』は好きだった。しみじみとした感銘をうけた。今度の中ではこれがいちばん好きであったが、強いものがないので、『白い人』のように問題にはならなかった。こういう小説がもし私にも書けるなら、書きたいと思ったくらいである」。

これらの選評から、『銀杏物語』が薄幸の女性を主人公にした、しみじみとした物静かな作品であることは想像できるが、岡田徳次郎については年齢、出生地、文学活動、私の最も知りたい日田との関わり合いも調べようがなかった。

その頃、私の自費出版を祝って出版祝賀会を、と市内の婦人読書グループ「ともしび読書会」から申し出があった。

昨秋の出版時に会員各人に贈呈していたことへの返礼を兼ねてとのことで、晴れがましいことが性に合わない私は何度かお断りしていたのだが、あまり頑なにならず好意は素直に受けたら、との妻の助言に従った。

六月下旬、三隈川畔の料亭「春光園」には二十名近い会員と、市立淡窓図書館長の桑野善之さんが出席されていた。

挨拶代わりに何か文学について話をして欲しいとの依頼があったが、私にそのような力量はあるはずもなかったので、私自身の作品の制作過程を振り返りながら、文学作品における実像と虚像について少し話をした。

その後、桑野館長さんが私の作品集について感想を述べられ、それが終わると懇親会に移った。大層なご馳走だった。婦人の席であったのでアルコールはあまりはいらなくても結構賑わい、華やいだ。私の作品の中に出てくる詩吟が謡われたり舞われたりして、私は驚き、感激した。

宴もたけなわを過ぎた頃、何のきっかけもなく、不意に岡田徳次郎のことが頭をよぎった。唐突な質問で期待はしていなかったが、臨席の桑野館長さんに万が一と思って岡田徳次郎のことを尋ねてみた。

図書館長は私より五、六歳年上で、岡田徳次郎が芥川賞候補になった昭和三十年にはは逆算するとまだ二十歳前後のはずである。当時の岡田が何歳で、どんな仕事に就いていたのか、どこに住んでいたのかも、私には皆目わかっていなかった。またあの頃、芥川賞候補になったからといって、今日のように新聞に載ったかどうかも疑問であった。芥川賞というものが世間一般を騒がせ注目を惹くようになったのは、『太陽の季節』の石原慎太郎氏のデビュー以後で、それは遠藤周作氏の次の昭和三十年下半期の第三十四回のことであった。

世間一般の関心を惹くといっても、よほどセンセーショナルな話題を提供しないことには、これほどマスコミの発達した現代でも、純文学に対する一般の人々の興味は微々たるものであるし、まして三十年も前、日田の住人の岡田徳次郎が芥川賞の候補になったとしても、当時の桑野青年がそのようなことを知っているとは思われなかった。

「知っていますよ。岡田さんも市役所に勤めていましたからね」

「えっ」

驚愕して、飛び上がらんばかりであった。

「同じ課になったことはありませんでしたが、市役所の職員組合で発行していた雑誌などで岡田さんの作品はよく見ていたものですから。岡田さんの作品が載っている雑誌は今でも確か図書館にありますよ。何でしたら探しておきましょうか」

私は開いた口が塞がらないといった心境であった。きっかけを掴むことすら困難と思っていたのが、最初に尋ねた人から、こうも容易に朗報が返ってくるとは。しかも、岡田徳次郎が日田市役所に勤務していたとは——。

私のために開かれた出版記念会の席であり、あまり桑野さんとばかり話し込んでいる訳にもいかず、桑野さんには二、三日して図書館に伺いますので岡田関係の資料を集めておいて欲しい、とお願いして会員の席を回った。

その夜遅くまで行きつけのスナックの二次会で読書会の人たちと飲んだり、歌ったりしている間中も、私は岡田徳次郎の追跡手掛りを掴んだことが嬉しくて、心の中は歓喜と期待に渦巻いていた。

「オガタ・トキジロウとイチョウモノガタリ、どこが良いのか変に難しい小説だった。彼には大変迷惑を被った。今はどこにいるのかも分からん」と十年も前の夜に岡田徳次郎について聞いた言葉から、私は私なりにこの十年間に岡田に関するイメージを描いていた。

まずトキジロウと聞き違えた名から、幼少時に見た股旅物映画の侠客「沓掛時次郎」を思い浮かべた。『イチョウモノガタリ』の題名からは、美しい芸妓をヒロインにした悲恋物語で、それは華麗にして妖艶な筆致で描かれているに違いない。これを書いた作家は恰幅のよい美丈夫で和服が似合い、女性関係は艶福で、あり余る文学的才能を持ち、戦中戦後の混乱で、何か已むに已まれぬ事情で片田舎の日田に隠遁したのだろう。痛憤の日々を送りながらも何気なく書いた小説が当然のように芥川賞候補になり、それをきっかけに中央文壇に雄飛し、日田の文学愛好者から憧憬と羨望と愛憎の念を持たれながらも、喝采のうちに日田を送り出された人物――と私は想像していた。

あり余る才能があれば、ある面傲慢にも横柄にも見えることもあったであろうし、嫉妬の対象にもなったとも思われる。また人を踏台にするぐらいの迷惑をかけたこともあったろうと思っていた。

この十年の間、中央に出たトキジロウはペンネームを変えて活躍しているのではないかと思い、一時調べたこともあった。それくらい私はトキジロウに密かに興味を持っていたことになる。

その二日後、仕事の合間をみて淡窓図書館に桑野館長を訪ねた。むし暑い梅雨半ばの日で、桑野さんはすぐ会ってくれた。机の隅に置いていた小冊子を私に見せながら、この図書館には岡田さんに関してはこれくらいしかないようです、と気の毒そうに言った。

館長室の来客用の椅子に座って、表紙も目次の頁もない半端《はんぱ》な小冊子をめくり、岡田徳次郎の名を探した。

「聞くところによりますと、岡田さんは二年ほど前に亡くなっているようですが……」

「えっ」

驚いて、鸚鵡《おうむ》返しに聞き直した。瞬間私を駆けめぐった喫驚《きっきょう》には二つの意味があった。ひとつは、もう少し早ければ、岡田徳次郎その人に会える機会があったのに、今はもう取り返しのつかない痛恨の思い。

もうひとつは、岡田徳次郎がそのように身近な人と考えていなかったことに対する、私の思慮の浅さであった。徳次郎は遠い昔の人で、昭和三十年代の終わり頃に他界したかもしれない印象を一方に持っていた。人間、自分より年長の人には出来るだけ長い間隔を置こうとする習性がある。

「確か、大阪の吹田か高槻の老人ホームで亡くなったと聞いています」

「それは本当ですか」

岡田徳次郎が老人ホームで死亡していた、という現実は私には衝撃的であったので、少し強い調子で桑野さんに念を押した。

「ええ、本当のようですよ。私は岡田さんと年齢の差もあり、直接交際したことはありませんでしたが、当時岡田さんと同じ文学仲間であった人たちが、お見舞いに行くのは無理にしても、お金を集めてお見舞金を送ろうかと相談していたのを聞いていましたから……」

「岡田さんは今生きていたら、一体幾つぐらいの方ですか」

「さあ、詳しいことは知りませんが、私の前の前の図書館長が、岡田さんは自分よりひと回り上と言っていましたから、八十歳ぐらいにはなっているのではないでしょうか」

頭の中で逆算して、それであれば、岡田徳次郎が芥川賞候補になった昭和三十年には岡田は既に五十歳を越していたことになる。岡田徳次郎に対する私のイメージは、岡田はその時少なくとも三十代の男ざかりで、芥川賞候補の名誉と自信をひっさげて、岡田を崇拝する美しい女性と共に日田を颯爽《さっそう》と飛び立った、と考えていた。

「館長さんは、岡田徳次郎が芥川賞候補になったことをご存じでしたか」

「岡田さんが芥川賞候補にですか。いや、それは初耳です。そうでしたか。まだあの頃は私も市役所に入りたてで、職員組合が出していた『かがり火』という機関誌に岡田さんがきれいな文章を書いておられたのは記憶にあるのですが……。そうですか、昭和三十年に芥川賞候補になった人でしたか。その頃、私は今日のように図書館に勤務するようになるとは、思いもよらなかったものですから。それに、あまり文芸には興味を持っていませんでしたからね、そうですか。人伝《ひとづて》に聞いたのには、岡田さんは日田を出てから随分苦労されたとのことですね。日田の戦後の文芸活動には、いろいろ寄与されたと聞いていましたがね」

館長はそれだけ言うと、調べごとでもあるのか、奥の書庫の方へ入っていった。

館長が集めていてくれた、『かがり火』や『九州文学』『日田文學』『豊州文学』『風焔』などをめくって岡田徳次郎の名を探して、彼の文章を拾い読みしていた。

「ありました。貴方のおっしゃるように昭和三十年に芥川賞候補に、『銀杏物語』で載っています。そうですか、あの人がですね。やはり文才というのは正直なものですね」

館長が例の文藝春秋の『芥川賞全集』の第五巻を持って出て来た。

「『銀杏物語』で、ですね。貴方はお読みになりましたか」

「いいえ、この全集では出典が記載してありませんので、調べようがなくてですね」

「芥川賞候補になったのは昭和三十年の夏の頃のようですが、岡田さんはその前後に市役所を辞めて日田を出て行かれたはずですよ。確か奥さんとは離婚されたようでしたね。珠算の上手な人で、人の半分以下の時間で仕事を終え、あとは本を読んだり、小説を書いたりしておられたようです。それによく酒を飲んでいましたね、アルコール中毒という噂もありましたよ」

私には意外な言葉の連続であった。離婚、出奔、珠算上手、アルコール中毒。

そこへ七十歳前後のまだ元気そうな人が、半袖半ズボンに下駄ばきの姿でカタコトと音をたてて無造作に館長室に入って来た。

「ああ、竹本さんがちょうどお見えになりました。貴方はご存じかと思いますが、ご紹介いたします。先々代の図書館長の竹本良信さんです。日田に関する著書もあります。竹本さんなら岡田徳次郎さんのことは詳しいでしょう」

私は竹本さんに面識はなかったが、氏の著書は読んだことがあった。その旨を告げると、竹本さんも私の本を読んで下さっているとのことであった。

「岡田さんね、懐かしい名前だね……」

私は岡田徳次郎に興味を抱いた経緯を簡単に説明して、資料を集めてみようと思いたったこと、岡田に関して知っていることがあればお聞きしたいとお願いした。

「そう、芥川賞候補になったことは確かに聞いた記憶はある。しかし『銀杏物語』は読んだ記憶はない。もう三十年も昔のことだから、あの頃は芥川賞といっても今ほどに騒がれることはなかった。『銀杏物語』もこの近在の雑誌、例えば『九州文学』とかいったものではなかったはずだ。それであれば私の目にも留まっているはずだから。あの方は確か関西の方から日田に流れて来たようだったから、ひょっとしたら関西の方の同人雑誌かもしれんな」

竹本さんは桑野さんが集めた古い雑誌を見ながら、言った。

「そうそう、この『かがり火』に載っている『松籟』『木立』『樗』などは読んだ記憶がある。少し難解な点はあったが、文章は素晴らしく巧かったのを覚えている。そうか、これくらいしか残っていないか、まだあったはずだがね。もう散逸してしまったかもしれんね。今では戦後のあの頃に、興味を抱く人もないからね。

私は岡田さんとはあまり交際はしていなかった。私もあの頃には新聞社を辞めて市役所に入っていたと思うけど、年差もあったし、課も違っていたからね。それに岡田さんは俳句、川柳、詩、小説と文芸方面だった。私は郷土史の方に興味を持っていたからね。今でいう彼はフィクション、私はノンフィクションだ。確か大阪の方の老人ホームに入っていて、二、三年前に亡くなったと聞いていましたがね」

竹本さんは桑野さんに確かめながら、尋ねた。

「岡田さんと親しかった人たちが、お見舞いに行こうかと相談していたのは聞いたことがあるが、間に合わなかったようだね。確か奥さんと別れたんじゃなかったかね。奥さんは飲み屋か何かしてなかったかな」

「飲み屋をですか、奥さんは日本舞踊の師匠をしていたのではなかったのですか」

桑野さんも答えながら、頭を捻《ひね》っていた。

「確か、男の子が一人いたと思うが、離婚したのなら、どちらが引き取ったのだろう」

「そうそう、思い出しましたよ。息子さんは岡田さんが大阪の方へ連れていったはずですよ」

「そうだったかな、岡田さんの方がね。それなら、あの先大変だったろうね。あれからどんな人生行路を辿ったのだろう。あの時岡田さんは既に五十歳を越えていたのではないか。そうだ、あの息子さんは岡田さん夫婦の実の子ではなくて、確か貰い子ではなかったかね」

「ええっ、そうですか。私はそんなことは知りませんでした。本当ですか……。誰か他の人と勘違いしているのではないですか」

「いや、確かにそう聞いていたのだが……。わしの間違いかもしれない。わしらの小さい頃も、親から、お前は橋の下から拾ってきたと言われ、本当にそう思い込んでいたこともあったしね。そう、岡田さんはよく息子さんを連れてパチンコをしに来ていたな。あの人はパチンコはプロ級の腕でね。頭が良かったから、台の釘を読むのも巧かったんだね」

「岡田さんがパチンコが上手であったというのは、私も聞いたことがあります」

竹本さんは遠くを見つめて、少し暗澹《あんたん》とした表情になった。

「でも良い人だったよ。少しも威張ったところのない物静かな人だった。酒はよく飲んでいた。アルコール中毒だった。でも戦後のあの混乱が、あの人の人生を狂わせたのかもしれない。日田に来ずに関西に居続けていたら花が咲いていたかもしれん。人生にはTPOがあるんだよ」

それから竹本さんと桑野さんは、岡田さんと親しかった人々の名前を、もう故人になっている人も含めて次々に挙げてくれた。私はメモをとった。

「そうだ、高川幸雄君が生きていたらよかったのに。彼は農民文学をやっていたが、あの頃、二人は良いライバルと言われていたからね。岡田さんが日田を出て数年後に、彼も死んだからね。彼だけが岡田さんと、その後も文通をしていたようだから」

閉館が近くなると、竹本さんは、資料があれば見つけておきますよと言って、

「帰らんとばあさんが心配する。近頃めっきり足が弱って、日が暮れると足許が危ない。それに昼酒を禁じられてしもうた。これから帰って裏の畑でひと汗流す。ばあさんが夕飯に出してくれる二合の酒が楽しみでね……。私も年をとったもんだ。

岡田さんを知っている人も少なくなったはずだ。まあ調べるのも大変でしょうが、頑張りなさい。成功をお祈りしますよ」と、私の手を握った。

竹本さんが帰ったあと、私は桑野さんが出してくれた本を貸し出して貰い、その目録を貸出簿に記して帰った。

その夜、遅くまで入手した岡田徳次郎の作品を丹念に読んでいった。どの作品も短いものであったが、文章は洗練されて一字一句が軽妙にして幽玄なイマジネーション

を呼び起こした。それが昼間にわずかに聞き知った岡田徳次郎のイメージと重なり合って、さらにイメージが広がり、なかなか寝つかれなかった。
その中の詩の一篇に「旅情」というのがあった。

旅情

あした
茶を啜れば
わきおこる
旅の想ひ

ゆふべ
箸をとれば
身をつつむ
仮泊の情

子と

その母を
ひきつれて
われは雲か

わが
目指す方
夢は遥かに
更に遠のく

あゝ
帰るべき
天を失ひ
狭霧の身の

渦巻く
業の思ひに
身をゆだね

明日を忘れ
放恣の
硝子の翼は
痩躯を捨て
風に化し

……

あした
汁にむせて
わらへば泪

ゆふべ
飯をこぼし
俯向けば愁

この詩を読んだ時、私は岡田徳次郎の追跡に関しては長いトンネルのまさに入り口に立ったばかりであったが、「渦巻く／業の思ひに」に引っ張られ、「われは雲か」と詠《うた》った岡田の漂泊の人生が思いやられ、胸が痛んだ。

「業の思ひ」が文学への執念と悔恨であることが、文学を志す私には痛いほどに感じられたからである。この詩がいつの時代に書かれたかは、ボロボロになった雑誌では不明であった。大阪から日田へ移住した時期であったかもしれないし、岡田の毎日の心情であったのかもしれなかった。

「子と／その母を／ひきつれて」と岡田の憂悶が、私には手に取るように理解できた。

翌日私は、昨日二人が挙げてくれた数人の中から——私は日田の文芸活動には全く参加していなかったので、その数人とも面識がなかった——現在市役所に勤務し、しかも私の生活に関係の深い福祉課の佐川俊夫さんという方を選んで電話をした。

岡田徳次郎と佐川さんは年齢にして二十五歳ぐらい差があったのであまり期待はしていなかった。だが、尋ねてみると岡田を知っているどころではない。自分も文学の方に興味を持っていた時代があったので、岡田さんには大変可愛がって貰い、指導も受けたとのことで、岡田さんの名前を聞かされて驚きと同時に懐かしさで一杯です、と声を弾ませた。

「岡田さんが『銀杏物語』で芥川賞候補になったことも、もちろん知っています。そのお祝いの会を私の家の二階で十数人が集まって開きました。その翌年の昭和三十一年に岡田さんは日田を出られました。その時私は肺疾を患い、福岡の療養所に入院していてお見送りが出来ませんでした。駅頭で見送ってくれた人たちの中に君の姿がなかったのが淋しかった、という便りを貰ったのを覚えています。そうですか……、岡田さんを調べているのですか。あの人は素晴らしい文才がありましたからね。いつか、岡田さんを調べる人が出てくるかもしれないと期待はしていましたがね、こんなに早く取り上げて貰うとは嬉しいことです。そうそう、岡田さんの奥さんだった人が、今も日田に住んでいますよ」

「本当ですか」

私は驚いて尋ね返した。

「私の担当ではありませんが、課の若い職員が福祉関係で世話しています。生活保護を受けながら暮らしていますよ。必要なら住所を調べておきましょう。私も一度お会いしたことがあります。元気にしていますよ。お会いした時の印象ですと、今なら何でも話してくれるのではないでしょうか。明日調べてお電話いたしましょう」

岡田徳次郎の離婚した妻が日田の片隅で細々と暮らしていると聞いて、何か不思議な気持ちになり、時間が停止しているように感じた。

翌日の夕方に佐川さんから電話があった。

「岡田さんの奥さんだった人は、日田駅裏の旭荘というアパートの一階の三号室で暮らしています。名前は旧姓に戻って『秋橋つた』となっています。つたさんは岡田さんと別れてからは旅芸人の中に身を投じて各地を回っていたようですが、七、八年前に日田に舞い戻り、いまは一人暮らしのはずです。離婚に際しては娯楽舞踊劇団社長の高橋信吾さんという方が仲裁に入っていますから、その辺の事情は高橋さんが詳しいでしょう。つたさんが日田に戻ったのも高橋さんがお世話したからのようです。それから市役所の職員係で岡田さんのことを調べましたので、お知らせしておきます。岡田さんは兵庫県の明石市の生まれで国鉄に勤務していましたが、終戦の昭和二十年の秋に奥さんのつたさんの郷里に近い日田に疎開し、その年の十二月六日に市役所に勤めはじめ、昭和二十九年十二月二日に会計課長の身分で依願退職をしています。退職金は当時の金で二十万円あまりだったようです。

昨日、貴方が岡田徳次郎さんのことを調べていることを知って、昔岡田さんと親しかった人たちに電話をしましたら、皆驚いていましたよ。近いうちにそのメンバーを集めておきますから、話を聞きに来て下さい。皆喜んでいましたよ」

その日の夕方仕事が終わると、夏至の頃でまだ日暮れまで二時間もあるので、私は電話帳を広げた。佐川さんが教えてくれた秋橋つたさんも高橋信吾さんも載っていた。

逸《はや》る気持ちを抑えようとしたが、誘惑に勝てずに、つたさんの電話番号を回した。何回か間をおいて掛け直したが、留守なのか出なかった。そこで今日は止めておこうかと思ったが、私は再び誘惑に負けて今度は高橋さんの電話を恐る恐る回した。

「はい、高橋です」という若い明るい声が返ってきた。

あまりに若い声なので、

「高橋信吾さんですか」

と念を押した。

「はい、高橋信吾ですが、何かご用で……」

私は自己紹介をしたあと、

「もう何十年も前のことで申し訳ありませんが、秋橋つたさんと離婚した岡田徳次郎さんという方を憶えておられるでしょうか。ちょっと岡田さんのことを調べておりまして、お聞きしたいことがあるのですが」

「岡田徳次郎さんですか、よく憶えています。岡田さんとつたさんの離婚には私が立ち会いました。もう三十年近い昔のことですが、離婚はまだ珍しかった頃でしたから、困惑したことをよく憶えています。つたさんの電話は出ないでしょう。うちの舞踊劇団の慰安旅行につたさんも加わって、たった今長崎に出発したばかりですから。

二人のことは今でもはっきり昨日のことのように記憶しています。もう遠い昔のことですから、時効と言ってよいでしょう。何でもお話ししますよ。つたさんも気さくな人ですから話してくれるでしょう。

私もこれから町内老人会のゲートボール旅行に出発し、明後日の夕方帰りますので、その日の八時頃、私の家に来て下さい。

つたさんが旅行から戻ったら、私から連絡をとってお会い出来るようにしてあげましょう。電話ではちょっと事の顚末は話せませんので、お会いしてゆっくりお話ししましょう。私の家は分かりますか。そう、銀天街の中ほどを大河原病院の方からお出でになれば、松村金物店から左に入った路地の突き当たりに娯楽舞踊劇団の看板が掛かっています。では明後日お待ちしています」

翌日の昼休み、市役所に佐川さんを訪ねた。佐川さんは髪は黒々として若々しく、文学青年の面影を残した穏やかな人だった。

私たちは近所の喫茶店に入った。

「それにしても、よく岡田徳次郎さんを調べる気になりましたね」

佐川さんは何度も驚いたふうに繰り返した。

十数年前に初めて岡田の名前を聞いたこと、最近著作を読み、「旅情」という詩に感動を受けたこと、また丹羽文雄先生の選評に興味を惹《ひ》かれたことまでを簡略に話した。

「そう、あれはいい詩でしたね。岡田さんの憂愁と望郷の情が本当によく出ていましたね。それにしても随分昔の人ですし、文学的には『銀杏物語』でたった一度、芥川賞候補になっただけの人ですがね」

「そうですね、文学の世界では全く無名と言ってよいのですが、何か惹き付けられるものがあります。岡田さんがもし芥川賞を受賞している人であれば、私は恐らく調べる気にはならなかったでしょうね。無名なだけに調べてみたい気になりました。徒労に終わるかもしれませんがね」

「昔、岡田さんに指導を受けた私たちからも、ぜひ調べて欲しいですね、お願いしますよ。岡田さんを知っている人は日田にはまだかなりいますが、生まれが明石の方ですし、日田を出られてから後のことは殆ど分かっていませんので、大変な労力がいるでしょうね」

「ええ、私もどんなになるか全く見当はつきませんが、離婚した秋橋つたさん辺《あた》りから、まず調べていこうと思っています」

「大変でしょうが、頑張って下さい。私も出来るだけ資料を集めますし、岡田さんを知っている人たちに呼び掛けておきます」

第一章　秋橋つたの章

はい、私がお尋ねの秋橋つたでございます。まあ、狭苦しい所で申し訳ございませんが、どうぞお上がりになって下さいませ。たった今しがた娯楽舞踊劇団の高橋社長さんからお電話があり、お待ち申していました。昨夜遅く長崎旅行から帰ってまいったばかりですが、今日はこのアパートの風呂当番が私でして、買い物してきた物を玄関先に放っぽらかしたまま風呂掃除に行っていました。何度もお電話いただいたそうで、本当に申し訳ありません。高橋社長さんから、岡田徳次郎についてお尋ねしたい方がご訪問なされるからと、お電話がありましたものですから、私は本当にびっくりしていたところでございます。

岡田徳次郎のことを思い出すことはあっても、他人さまから岡田の名前を聞くのは何十年ぶりのことですから、私は日田市の福祉関係の方か、岡田の昔の文学仲間の方かと思っていました。

まあ、ご丁寧にお名刺までいただいて、もったいないようです。名刺などいただいたのは、生まれて初めてみたいに思われます。年をとると訪ねて来る人も稀で、いつも散らかしたままで……。

岡田のことについてお尋ねでしたら、知っていることは何でもお話しいたします。隠しだてするような年齢でもありませんし、当の岡田徳次郎も先年亡くなってしまったことですから。

さあさあ、立ってではお話も出来ません。訪ねて来る人などありもしません一人暮らしの身、狭く汚い所ですが……。さあ、さあ。卓袱台《ちゃぶだい》も夏冬兼用の炬燵《こたつ》台ですが、座布団もこんなもので申し訳ございません。どうぞ、お敷きになって下さいませ。

部屋が暗いものですから昼でも電気をつけていますが、隣の部屋の襖を開けましょう。少しは明かりが入ってまいりますから。隣の部屋はいつでも横になれるように布団を敷きっ放しで、この二、三日は夏風邪気味で困っていました。襖を開けると汽車の音が響いてきますものですから、いつもは閉めっ放しでいるのですよ。お茶を差し上げたいのですが、貴方もお忙しい身と存じますので、話が一段落着いたところで差し上げましょう。

メモを取ってもよろしいかとのことですか、どうぞ、どうぞ。あの岡田徳次郎のことを取材していただけるだけでも、私は本当に嬉しいことなのでございます。離婚したからといっても、岡田は私の夫であったことに変わりはございませんし、不遇の生涯を送った岡田に、立派な人が光を当てようとして下さるだけでも、どんなに光栄なことでございましょう。

貴方は本当に、岡田徳次郎のことをお調べでしょうね。誰か別の人と岡田を取り違えているのではないでしょうね。間違いございませんね、それをお聞きして安堵いたしました。これまで一人として岡田のことを尋ねて来た人はございませんでしたので、私は半信半疑でございました。岡田みたいに地味な文学活動をしていた人を尋ねて来るなど信じられないからでした。あの人の書くものは悲しいくらいに質素で、静かで、一般受けしないものでしたから。

先ず私、秋橋つたのことからお聞きになりたいのでございますか？　そうでございますか、その方が岡田徳次郎を書くのに都合が良いのであれば、そういたしましょう。

私は聞かれるほどのことは何もない平凡な女でございますが、何かの足しになれば何でもお話しいたしましょう。

それにしても蒸し暑うございますね。

私は明治四十年、この日田に近い福岡県朝倉郡の山間《やまあい》の村に生まれました。岡田は明治三十九年生まれでしたから、私とはひとつ違いでした。

朝倉郡の北東部に聳《そび》える鳥居山の中腹にこびりつくように存在した私の村からは、筑後平野の広大で肥沃な田畑が鳥瞰《ちょうかん》でき、その果てを耳納《みのう》連山が屏風のように突っ立っていますが、それに比べ私の村は田畑にも恵まれず貧しい暮らしでした。田畑からのわずかな収入以外の収入源といえば、甘蔗を栽培して作る黒糖の「三奈木砂糖」はこの地方の名産でした。それは甘くて粘っこい、良い砂糖でございました。

この「三奈木砂糖」がなぜこの地方で出来たかと申しますと、久留米藩主の有馬のお殿さまが、藩財政を豊かにするため筑後平野の田畑の畦道に櫨《はぜ》の実の栽培を奨励したからと言われています。私が子供の頃、筑後平野の秋は、櫨の紅葉の美しさで、それは素晴らしいものでした。その櫨の実を搾って蝋《ろう》を採集した搾《しぼ》りカスが甘蔗の肥料として最適でありましたから、筑後平野に近い私の村では、それを利用して甘蔗の栽培が副業として成り立ったのでございます。

牛や馬車に引かせて櫨の実の搾りカスが運ばれてまいります。正直言って、それはあまり臭いのよいものではありませんでした。甘蔗を栽培することも肥料を撒くことも、なかなか大変な労働のいる仕事でした。

父の祖先はもともと秋月藩に仕える宮大工で、父も腕のよい職人でしたが、世も変わり農業の傍らに大工仕事をする身になっていました。両親はそれは働き者で優しい人たちでしたが、生まれたのが女の子ばかり五人でしてね、私はその四女でした。女の子ばかりでしたから子供心に肩身の狭い思いをしましたし、両親の嘆きが聞こえるようでございました。

あの頃は、女性にはなかなか仕事がございませんでしたからね。女工になるか、女中奉公に出るか、水商売に身を置くか。私の家では長女を残してあとは次々と養女に出されました。私は十二歳の時、父の妹、私の叔母に当たる人のもとに養女に出されました。熊本県玉名郡弥富村、いま町村合併で玉名市中という所でした。静かな農村で、家業は金光教の教会をしていました。信者からのお供物なども多く生活は生家よりずっと楽で、私は高等女学校にも行かせて貰いました。義母が私のためを思ってであったのでしょうが、それは厳しく躾《しつけ》られまして、毎日登校前と下校後に教会堂から自宅まで全部の拭き掃除と庭掃きをさせられました。それが終わらないと、絶対に食事をさせてくれませんでした。

夏はまだよいのですが、冬はそれは大変難儀なことで、熊本平野の冬は日田盆地に負けないくらい、それは厳しい冷え込みでございました。

確かに、心身の鍛練と信仰心の育成のため、という義父母のお題目も分からないではありませんでしたが、義父母の私にたいする愛情に疑問を感じるほどにそれは過酷なものでございました。しかし、私も意地になったように耐え抜きました。高女を卒業した年、義父母とある信者の三男との間で、私の知らぬうちに婿養子の縁組が出来上がっているのを突然知らされました。相手の男性がどうこうというのではなく、私は実際に相手の男性の顔も知りませんでしたので、堪忍もこれまで、とある夜実家に逃げ帰りました。

信仰に一生を捧げるのは、とても私の性に合わないことを自分で知っていましたしね。それに年頃の女性が一度は文学書に熱中するように、私も同級生に負けないくらいよく読書をしていました。今でも、藤村の「千曲川旅情の歌」や「初恋」、白秋の

「落葉松」などを暗誦していますよ。その影響で私も一人前に恋愛や自由な生活、都会に憧れていたのでございます。

私の後を追って義父母が迎えに来ました。実家の父と継母（実母は二年ほど前に亡くなり、継母が来ていました）も懸命に説得しましたが、私は頑として承知しませんでした。今考えても、私には依怙《いこ》地なところがありましてね。義父母や父母にも悪いことをしたと思ってます。可愛げのなかったことと恥じ入りますね。三日三晩の説得、父からは顔を何度も叩かれました。手も出したくなるのが当たり前のことだったでしょうね。妹がついに泣き出しましてね、私の代わりに妹が養女になってあげると言い出しました。実際そうなったのでございます。

その妹も先年癌で亡くなりましたがね。妹には本当に悪いことをしたと悔やまれます。しかし妹は私の後を継いでその男性と結婚し、子宝にも恵まれて立派な家庭を築き、幸せな生涯を送りました。人間、何が幸いするか本当に分かりませんね。私は八十にもなろうというのに天涯孤独で、生活保護を受ける身であるとは……。

実家に舞い戻ってからの生活は針の筵《むしろ》の譬《たと》え通りの日々でした。父は継母の顔色を窺《うかが》うばかりで、その分父は私に当たらざるを得ないのです。

継母も意地の勝った人でした。私はなるべく顔を合わせないように外に仕事を求めましたが、養家から逃げ帰ったという噂は近在に知れ渡っていて、女中奉公においそれと雇ってくれる所はございませんでしたから、野良仕事の手伝いをしていました。

二十一歳になった私は郷里での結婚を諦め、姉の結婚にも私がいると不利になることが分かり、私は博多に父の知人を頼って仕事を求めて出ることにしました。父と姉が密かに駅で見送ってくれました。父も私が不憫《ふびん》だったのでしょう。泣いていましたよ。あれが父との最後の別れになりました。あの頃の親子の情愛と申しますか、情念と申しますか、今から考えますと、本当に儚《はかな》いものでしたね。

あれは夏の終わりか、秋の初めの頃だったのでしょうか。駅から筑後平野の果てに横たわる耳納連山が、異様に青く、まるで青い巨鯨のように浮き上がっていたのを、今でもはっきり憶えているのでございます。

汽車の中で偶然に隣合わせた広島の老女が、私の一人旅を奇異に思ってか可哀想と思ってか、しきりに話しかけてまいりました。私の身の上にいたく同情して、そんな事情なら博多より大阪の方が大都会だし、給金もよいはずだから、と知り合いの食堂の住所を教え大阪までの汽車賃まで出してくれたのです。

父の思い遣りを反古《ほご》にしてしまい、私はいよいよ親不孝に生まれついていたのでございます。その頃、日本は不況のどん底でしたが、私は運よく老女に紹介して貰った大阪駅近くの大きな食堂に住込みで入り込みました。朝は明けやらぬうちから夜は遅くまで、それは大変な労働でしたが、私は義父母から鍛えられていましたから、あまり苦にはなりませんでした。私と同じ時期に入った女性で、一年と続いた人はいなかったようです。食堂の近くに、大阪鉄道管理局の寮がございまして、ちょくちょく食事に顔を見せていたのが岡田徳次郎でございました。岡田は痩身長躯《そうしんちょうく》で詰め襟の国鉄の制服がよく似合う、きりりとした容姿でございました。天然にウェーブした豊かな髪は黒々と輝き、白皙《はくせき》の高貴な容貌とあいまって、給仕の女の子の間では評判というか、憧れの的でした。

私は九州の田舎の出であり、給仕仲間の騒ぎの中からは遥かに離れた位置で岡田を眺めていました。私には素朴で実直な男の方が、自分の一生には似合うと思っていましたから、ダンディな岡田にはさして自分から興味も抱きませんでした。

昭和八年、そう、岡田と結婚したのが八年でしたから、間違いございません。正月明けの忙しい勤めを終えて、眠りたい一心で私は食堂の寮に急いで帰ろうとしていました。帰りの道すがら、背後から私の影とは異なるある黒いものに追われているのを感じました。それは、私が止まると相手も止まる、といった大層不気味なものでした。私は恐怖のあまり電柱に身を隠し、追って来るものを凝視しようとした時、突然すぐ近くの路地から岡田が現れ、怖がる私をひしと抱き締めてくれました。

私は嬉しさのあまり岡田に抱きつきました。岡田は私の恐怖感を優しく和らげ、親切に寮まで送ってくれました。あの時、なぜ岡田があの場所にいたのかも、今もって不思議でなりませんが、その二、三日後、岡田は私に求婚してきたのでございます。

それは私には仰天するくらい意外なことでした。岡田に憧れている給仕仲間は大勢いるのに、選りに選って私に求婚するとは、とその時、正直そう思っていたのでございます。

岡田はぎこちない口調で、いつも無愛想に振る舞う君が一番魅力的であった。どうしても君と結婚したい、と申します。私とて別に岡田を憎んでいた理由《わけ》でもありませんでした。

私は夢心地でした。これまで私を田舎者と軽蔑していた仲間を見返す気持ちもあり、岡田との結婚を決意しました。そんな気持ちの他に、岡田の持つこの世を超越したような風貌にも魅力を感じていましたし、この男のためなら、どんな人生もいとわぬといった思いも、その時不思議に湧き上がってきたのでございます。

それから私たちは急速に親しくなりました。

岡田はよく文学の話をしました。その読書量の膨大さはただ驚くばかりで、川柳、俳句から純文学、外国文学、経済、哲学、鉄道に関するものまで広範にわたり、しかも深く読んでいるようでした。私も自分の知っている好きな詩について語りましたが、岡田は目を細め、じっと聞いてくれました。私の職場はなかなか休みが取れませんでしたので、岡田が食事に来た時が今でいうデートでしたね。同僚は私たちのことに気付いていませんでしたから、私には密かな誇りでしたよ。一度だけ二人で宝塚少女歌劇を見に行ったことがございました。それは田舎芝居しか見たことがなかった私には驚くような華麗な世界でしたね。

その数日後に岡田の上司が訪ねて来て、私たちの結婚を纏《まと》めてくれました。岡田が二十五歳、私は二十四歳になっていましたので、当時としてはむしろ遅いくらいで、私はこの機会を逸すればと思い、異存はございませんでした。これで九州に舞い戻らなくて済む、と安堵したことも確かでございました。

結婚も近いある日、岡田が真剣な表情で私に言いました。

自分はなぜか幼時から文学が好きで堪らない。これは病的と自分でも思うほどで、どうにも制御できそうにない。文学という字句を見ただけでも頭が狂いそうになる時がある。今は文学の中でも何をやろうと決めているのではない。まだ決めきれないでいる。いや、まだ今は何も書けない状態だが、俳句でも、川柳でも、詩でも、小説でも、将来は何でも書けそうな気がしてならない。今の国鉄の仕事も、自分には仮の仕事、糊口を凌ぐためのものにしか思っていないところがある。が、君と結婚した以上、君を路頭に迷わすようなことは決してしない。これは誓う。

文学で身を立てようなどと大《だい》それたことは考えていないが、たった一度の人生だから自分なりに努力してみる積りだから、君にも苦労をかけるかもしれないが、その積りでいて欲しい、と言うのです。

岡田の切羽詰まった口調にも、熱を帯びた眼差しにも、私は割りと冷静にふた通りの感情を持ったことを今でもはっきり憶えているのでございます。

ひとつは、生涯に何か目的を持って、それに邁進しようとする男の情熱というかロマンというか、執着心を感じたのでございます。もうひとつは、岡田と歩くこれからの人生に、何か途方もない危険というか、陥穽《かんせい》にはまって身動きの出来ない一生、幸福とは縁遠い生涯を送るのではないか、という危惧と不安が実感として、交錯したことでございます。

でも、人生というのはやってみなければ分からないという気持ちもあり、私は楽天家の方でしたから、岡田が文学で名をなす可能性もないことはない、と思っていましたよ。

昭和八年当時の日本は、世界恐慌がまだ尾を引いていて、大変な不景気でした。農村は特に荒廃していて、岡田との間をしっかりやらねば、女の独り身ではとても生活をしていくことは不可能でしたし、私も真剣でしたよ。あの年の初めから三原山での投身自殺が相次ぎ、だんだん世相が暗くなっていくみたいでしたからね。

私たちはその年の三月に結婚式を挙げました。仲を取り持って下さった岡田の上司の方が全てを取り仕切って下さいました。

私にも岡田にも貯え等あるはずもなく、お金も上司と同僚の方が全て面倒を見てくれました。住吉神社で式を挙げ、披露は大阪駅近くの仕出し屋の二階でしました。全部で十二、三人でしたが、それは賑わいましたよ。ええ、私も岡田ももちろん借り物でしたが、ちゃんと式服を着ましたよ。

身内は誰も出席しませんでした。岡田の両親は数年前に他界していて、一人の兄（他に異父兄が一人いたようですが、年齢が離れ過ぎていて当時は親戚付き合いもしていなかったようです）も肝臓病（後で聞いたことでは酒の飲み過ぎだったとのことですが）で亡くなっていて、身内は皆無といってもよかったようです。

私の方も父に知らせはしましたが、私の不義理続きと、あまりに遠い大阪までは誰も出て来てくれませんでした。無理もないことです。まだ関門トンネルも開通していませんでしたので、福岡の片田舎から大阪まで出て来ることは、あの当時は気も遠くなるようなことでございましたからね。結婚式に身内の出席が一人もなかったことは、今から考えますと、私たちの縁の薄い生涯を象徴しているように思われますね。

三の宮駅裏の安アパートで結婚生活が始まりました。

父から、国鉄職員という立派な仕事の人と結婚できて本当によかった、と祝いの手紙とお金が届きました。陰ながら私は親孝行が出来たと思いましたよ。

あの当時、国鉄といえば安定した憧れの職場でございましたからね。その父も昭和十九年に死亡しました。岡田とは会わずじまいでしたよ。

私の話ばかりになって申し訳ございません。それでは岡田のことをお話ししましょう。岡田自身、自分のことについてあまり語ろうとしませんでしたので、本当のところ私もよく知らないのでございます。いいえ、語りたがらない、語りたくないような因縁があるのでは決してなかったようです。もともと口数の少ない人でございましたから。出身は兵庫県の明石の魚町、今は魚の棚と言っているのではないでしょうか。名前の通り魚を扱う町で、魚市場や魚加工工場、かまぼこ、ちくわ、焼鯛、焼あなごなどの店が集まった活気のある町でした。

戦争が激しくなる前、岡田が一度だけ連れて行ってくれましたよ。

先に申しました、異父兄の長男（甥）が明石市の鉄工所に勤めていましたので、会いに行ったついでに魚町へ寄りました。岡田の生家は人手に渡っていましたが、岡田を知っていて懐かしがる人がたくさんいましたよ。岡田は魚町では、秀才少年として名を馳せていたようです。先日のテレビで偶然に歳末の買物客でごったがえす魚の棚の状況を見ましたが、随分様相が変わっていましたね。

岡田の家は、魚町の中では珍しく青物商を営んでいたとのことでした。

徳次郎の母は男の子を連れて、岡田の父と再婚し、そして徳次郎が生まれたのでございます。岡田の父母はいとこ同士とか聞いていました。文学に異様なほど執着を見せた才能は、近親結婚が原因だったのかもしれませんね。

岡田は私を明石城址に連れて行ってくれました。古木がうっそうと茂り、城址には大きな沼があり、城址から続く低い家並みの先には白砂青松の明石海峡が見えて、それは綺麗なものでした。今は海岸の埋め立ても盛んですから、大変な変貌を来していることでしょうね。

私たちの結婚生活は静かに始まりました。

岡田は国鉄大阪管理局の経理課に勤めていて、初めのうちは帰りが遅くなることもありませんでした。毎日熱心にいろんな本を読んで勉強し、私は高女時代に習った和裁に精を出しました。岡田は勉強家で何ごとにも旺盛な興味を示しましたね。生家は貧しかったため高等小学校しか出ていなかったようですが、ほとんど独学で英語や数学、法律を習得し、給仕の身分で国鉄に入りながら、経理課員に抜擢されたようです。

結婚した年の秋頃から、時々夜遅く帰るようになり、休日に出かけたり、時には少しお酒を飲んで帰るようになりました。その頃から国鉄の同僚たちと川柳同好会を作り、その中心的な世話人として活躍を始めたようでした。岡田の胸の中に鬱々《うつうつ》として蠢《うごめ》いていた文学への衝動が、川柳という形をとって発芽し始めたのでしょう。もともと几帳面な性格でしたから、川柳の同人誌を、それは熱心に、丁寧に編集していましたよ。

　私は川柳というものはよく解りませんでしたし、あまり好みではありませんでしたが、岡田は多才というか、見かけの無愛想に似ず機知と諧謔《かいぎゃく》に富んでおり、川柳仲間では高く評価されていたようでございます。

　川柳にも吟行旅行があるなど私は知りませんでしたが、岡田は休日には吟行といってよく家を空けるようになってきました。奈良の二上山、琵琶湖、嵐山、伊勢志摩、吉野といった関西の名所旧跡を仲間と巡り歩いていたようです。なにしろ国鉄職員でしたから、汽車賃はただでございましたからね。

　異父兄を若くして酒害で亡くしていましたから、酒は一滴も口にしなかった岡田でしたが、その頃川柳仲間にカフェーで無理に飲まされてから酒の味を知り、次第に酒量が増していったようです。酒に溺れるのは血統だったんでしょうね。当時はまだ外で飲んで来ても、家では一切飲みませんでした。

　岡田は鉄道仲間の川柳に飽き足らず、各地の川柳会にも出席するようになり、だんだん文学の幅を広めていったようです。でも、そういうことを岡田は曖気《おくび》にも出しませんでした。知り合った頃、私が文学に興味を持っていたことを知っていたはずなのですが、岡田はその時すでに私の文学的素養の底の浅さを見抜いていたのでしょうね。現在はどうか知りませんが、当時の大阪は詩人の活躍の盛んな都市であったらしく、川柳を通じて、血気盛んな詩人たちと知り合ったようです。川柳に満足出来なかった岡田は、知遇を得た詩人の藤村青一さんの詩集を編纂したり、随筆集の校正を委されて密かに文学的修練を積んでいったようです。

　私たち夫婦にはなかなか子供が出来ませんでした。岡田はほとんど係累のない身でしたから、子供を大変欲しがりました。私は女ばかり五人姉妹の四女で、両親の生活の苦しみを身をもって知っていましたから、あせらずともいつか子供は授かると楽観していました。岡田と私はひとつ違いでしたが、結婚後三、四年経っても妊娠の兆しがないので、人生五十年といった時代のこと、岡田は心中あせっていたようでございます。

　夫婦の間に子供のいないのは辛いもので、結婚当初はまだしも、だんだん年を経るうちに夫婦で交わす話題もなくなってきましてね。その頃私のすぐ上の姉が、今私が住んでいるこの大分県の日田市に嫁いでいましたが、その姉の子（姪）が大阪の私たちの所に時々遊びに来ていて、姪だけを長く逗留させることもよくありました。花江ちゃんといいましたが、当時五、六歳で、私たち夫婦に大変なつき、岡田はわが子のように可愛がっていました。その溺愛ぶりといったらなく、岡田のある一面を見た思いで、いかに子供を欲しがっているかがよく分かりました。

　姉の主人（義兄）は古賀増太といい、新聞記者で俳人でもありました。俳号を晨生《しんせい》といって日田では名の通った人でした。貴方は、あまり俳句をなさいませんか、そうですか。貴方が生まれるずっと前のことですから、ご存じないかと思いますが、昭和五年に東京日日新聞社と大阪毎日新聞社が共催で、日本新名勝百三十三景のうちどこを詠んでもよい「日本新名勝俳句」を募集しました。最も優秀なもの二十句を選んで、帝国風景院賞として、当時のお金で一句百円を贈るということになったのです。選者は高浜虚子先生でございましたね。これはプロ、アマの区別はなかったようですね。その最優秀作二十句の「風景院賞」の中の、巻頭（阿蘇の部）を飾ったのが、義兄古賀晨生の、

阿蘇の嶮此処に沈めり谷の梅

の句だったのでございます。

十万余句の中から選ばれたと聞いています。もちろん、当時そんなことを私は知りもしませんでしたが、私が岡田と結婚して、岡田が初めて大阪で古賀義兄《にい》さんに会った時、それを知りました。岡田は驚き、それ以後文学志向の二人は大変気が合い、またお互いに尊敬し合っていましたね。義兄の句碑は日田の亀山《きざん》公園に建っていますよ。「入学の日を梳《くしけず》る貧しさよ」も虚子編の歳時記に採用された晨生の句なんです

よ。モデルは、花江ちゃんなんです。福岡の寒村出身で教養のない私たち姉妹の夫が、偶然に二人とも文学志向とは……まあ、これは奇蹟と言ってもよいのではございますまいか。

花江ちゃんがまだ学校にあがる前は大阪の方にもよく出て来られたのですが、学校にあがってからはなかなか来られなくなりました。岡田は淋しがり（義兄にも会いたかったのでしょうが）こちらの方から日田に押しかけました。国鉄に勤めていましたものですから、汽車賃を心配することはなく、年に二、三回は出かけました。昭和九年には久大線も日田まで開通しましたし、長旅でしたが楽しいものでした。

あの頃の日田は本当に美しい静かな町でした。なだらかな山脈に取り囲まれて、まだ高層の建物もなく、一望のもとに山の裾野まで町全体を眺めることが出来ました。日田三隈《みくま》と呼ばれる日隈、月隈、星隈のこんもりした森の丘がそれはきれいで、霧の立ち込めた時など、さながら山水画の世界でしたね。古い家並みの中に川が幾筋も流れ、ダムも出来ていない頃で川は自然のまま、杉丸太を筏《いかだ》に組んで下流へ運ぶのが終日見られました。都会の海辺に生まれ育った岡田には、それは大変に魅力的であったようです。

私も日田に帰るのは嬉しいことでした。故郷に近く、姉をはじめ知り合いの人もたくさんいて心休まるもので、私が子宝に恵まれないのを心配して姉や知り合いが、子供の授かるのに良いと言って、湯治場の天ケ瀬《あまがせ》や宝泉寺、長湯などの温泉へ私を連れて回ってくれました。

その霊験を授かったのでしょうか。私は昭和十七年の夏に長男（一人しか生まれませんでしたが）の弘を出産しました。岡田の喜びは大層なものでした。結婚して九年目に授かったのでございますから無理もないことでした。

先に述べましたように、酒量の増えてきました岡田は、給料を私に渡す額も減ってきていましたが、それからは帰宅も早くなり、給料もボーナスもそのまま私に手渡し、ミルクや玩具、絵本など、それはまめに買ってくるようになりました。

弘が生まれた前年の十二月に第二次世界大戦が始まり、酒や文学どころではなくなったこともありましたがね。岡田は弘を題材にして川柳を作り、楽しそうに私に見せてくれたりもしましたよ。私たちの家庭生活を振り返ってみますと、このころが最も幸せな時期でございましたね。

弘は生まれた時から頭だけが異様に大きく、腺病質というのでしょうか、年中ゼエゼエ呼吸はするし、下痢ばかりして肥らないで、それは育てるのに苦労しました。これで果たして育つのかと岡田と二人で弘の顔を眺めながら心配したものです。

戦争がいよいよひどくなり、物資も窮乏してきました。私は今でこそ、見かけのように梅干し婆になりましたが、若い頃はふっくらとしていて、母乳などいくらでも出るような体をしていましたが、見かけによらず出が悪く、苦労しました。

それに住宅も日当たりの悪い長屋でした。結婚した当時は三の宮駅近くの安アパートでしたが、それから一年に一回ぐらいの割りで転々といたしました。運命というものが私たちにそうさせたのでしょうか。昭和八年に結婚して昭和三十年に離婚するまでの二十余年間、とうとう私たちは自分の家を持つことなく借家住まいで終わりました。日本にとってもこの間は激動の時代であったことを差し引いても、やはり私たちは幸運な星のもとにはなかった夫婦でしたね。

結婚の翌年の昭和九年夏、結婚の世話をしていただいた上司の好意で、三の宮駅裏の安アパートから神戸の須磨区の一戸建て住宅に移りました。将来は金銭で譲ってもよいと言われました。それは丘の中腹にあって、神戸港が一望に見渡せる素晴らしい眺めの所で、近所の人たちもちゃんとした役所や会社に勤める立派な人たちばかりでした。

その中で私たち夫婦は一番若く、皆それは私たちを可愛がってくれました。そうそう、近所の若奥さんたちが、岡田を当時売り出し中の時代劇俳優の黒川弥太郎に似ていると騒いでいたのを聞き知って、私も鼻が高かったものです。ところが、その年の九月中旬に四国、関西を襲った室戸台風が、私たちの住宅を跡形もなく破壊してしまったのです。

後年の昭和二十八年の六月二十八日にこの日田をはじめ、西日本一帯を襲ったあの大洪水も恐ろしいものでしたが、あの室戸台風は雨に大風がありましたから、それは日田の洪水の比ではありませんでしたね。室戸台風は雨に大風がありましたから、その規模と被害の甚大さがお分かりのことと思います。死者が三千有余人も出ましたから、あの台風が私たち夫婦に決定的な影響を与えたのかもしれません。今、人生を振り返っても、あの台風被害も受けずに自分たちのものになっていたら、と今でも痛恨に思うことがございます。

しかし、それも皆繰り言でしょう。どんな災害に遭っても、ほとんどの人が巧く切り抜けながら人生を渡っているのでございますから……。

室戸台風のあと、特に戦争がひどくなってからは、市街地をだんだん離れるように転居しました。

昭和二十年になりますと、大阪にもB29が来襲し、六甲山麓に疎開しました。岡田の勤務の関係で、大阪からあまり離れては都合が悪く、弘の虚弱体質は改善されずほとほと困っていた時に、神戸の町でひょっこり朝倉の小学校時代の女友だちと会いました。私たちの事情を聞いて彼女は、六甲の山奥に親戚の者がいるが、そこは農家でお米もあるし、子供がいないので、とても子供を可愛がってくれるから、そこに預けたらと言ってくれました。岡田も、弘のためにはその方がよい、とかなりの大金を渡して弘を預かって貰ったのです。

弘を預けてからは、空襲が一段とひどくなり、私と岡田は、身の回りの物だけを持って岡田の友だちを頼って転々と逃げ回りました。六月の初め神戸に激しい空襲のあった翌日、私は、夢の中で弘が苦しんで私たちを呼んでいると岡田に言うと、岡田も同じような夢を見たらしく、取るものも取り敢えず二人で六甲の山奥に出掛けました。

屋根も落ちそうになった古い農家の囲炉裏《いろり》端に弘は一人で寝かされ、火がついたように泣いていました。私と岡田はあたりを探しましたが、山陰に小さな棚田が見える山峡の集落には、誰一人として人影は見当たりませんでした。

私が弘を抱きかかえると、母の匂いが分かったのか、ぴたりと泣き止みました。持参した粗末なミルクをしゃぶりつくように飲み、安心したように少し微笑みながらすやすやと眠り込みました。その安堵したような顔があまりに可愛く、私と岡田は、弘をこんな所に預けたのを後悔し、置き手紙をして連れて帰りました。これからはどんなことがあっても弘を手許から離さない、と私たちは決心したのでございます。

戦災で鉄道もだんだん稼働しなくなり、若い鉄道員はどんどん戦場にとられ、岡田が最も親しくしていた詩人の藤村さんも三十代の半ばを過ぎていながら海軍に召集されました。

日田の姉夫婦からは、国鉄を辞めて早く日田に疎開をして来い、と矢のような催促がありました。岡田自身も過労とアルコールで体も弱ってきていて、私も大阪の地では弘を育てる自信がなくなってきていましたので、岡田に日田に疎開することを勧めたのでございます。

生まれ育った関西の地を離れることに、また苦労して入った国鉄にも岡田は愛着があったようですが、学歴のない人間がこれから国鉄内で出世していくことの限界も、岡田はよく知っていたようです。

戦火の中でも、岡田の文学に対する熱望は形こそなしていなかったのですが、消えてはいませんでした。川柳に飽き足らず、詩作から小説も書き始めていたようで、日田の義兄からの、文学はどこででも出来るのだから、静かな日田で文学に打ち込んだらどうか。いずれ戦争は終わり、また文学の時代が来るのだからという便りに決心が付いたようです。それに岡田は空襲を子供のように異常なほど怖がっていたのです。

岡田の国鉄辞職は八月二十五日付に決まっていました。皮肉なことに、八月十五日に戦争は終結しました。私たちは阪急沿線の山手の農家の離れで、玉音放送を聞きました。暑い日で、朝から弘はむずかって泣き続けてばかりいました。

実際に大阪を発ったのは、秋も中頃の十月中旬でした。川柳や詩の仲間とも連絡がとれず、戦争から帰還してきた詩人の藤村さん一人に見送られて瓦礫《がれき》の大阪をあとにしました。

汽車はひどい混雑で、停まっている時間の方が長くて、関門トンネルは昭和十九年に上下線とも開通していたにもかかわらず、日田まで何日間もかかりました。私たちは立ち通しで、四歳の弘は網棚の上に寝かせていましたよ。

日田に着いたのは深更でしたが、下関で打っておいた電報で姉夫婦と姪の花江ちゃんが駅に出迎えに来てくれていました。私たちは嬉しさと有り難さと安堵で、抱き合って泣きました。肉親とは本当に有り難いものとつくづく感じました。

取り敢えず、私たち一家は元町に住んでいた姉の家に逗留しました。姉は私たちのために農家の一軒を借りるようにしていてくれたのですが、戦争が思ったより早く終わって引き揚げて来る人も相次ぎ、そちらに取られてしまっていたのでございます。

まあまあ、話ばかりして、お茶を差し上げるのも忘れて申し訳ございません。こんな私の取り留めのない話が、何かお役に立てればよいのですが……。

千振《せんぶり》みたいな麦茶で、あまり冷えてもいませんが、お飲み下さいませ。

もう、この日田の地にも血のつながりのある者は誰もいなくなり、全く私一人の孤独な存在になってしまいました。唯一人の身寄りの花江ちゃんも、私が岡田と離婚して別府の方に行っていた間に、縁あって宮崎の延岡の方に移ってしまいましたので、身寄りのない身になってしまいました。

このアパートも市の福祉課の人のお世話で入れていただいています。

岡田と弘を連れて日田に越して来て、十年ほどしか住んでいなかったのですが、今、こうして生活保護を都合していただいているのでございます。

二間と台所だけですが、今の私には身にあまるほどの広さです。生活保護は有り難いことで、申し訳ないほどです。数年前までは、生活保護を受けている人はテレビも冷蔵庫も使用してはいけない、とやかましかったそうですが、昨今はそのような時代ではなくなってきて、何も言われなくなりました。

日当たりの悪いのと、汽車の通る振動さえ気にしなければ天国でございますよ。今日ではお金さえあれば、何でも手に入ります。スーパーに行けば、お惣菜も出来上がりの物が何でも手に入ります。生活保護を受けていても、私は時にはうなぎも食べますし、鯛の刺身のパックも買えますものね。日本も豊かになったものとつくづく感心いたします。この豊かさは本当に本物なのでしょうね。不安に思うことがよくありますよ。

そうそう、あまり話に夢中になって忘れていました。扇風機が確かありました。岡田が市を退職して小説に打ち込もうとした時、あまりの暑さに耐えかねて、退職金から当時の大枚をはたいたものです。今でも動くかどうか分かりませんが、出してきてみましょう。先日押入れの奥にあるのを偶然に見つけましたから。あの当時は扇風機も貴重品で、あの頃住んでいた市営住宅で持っていたのは、私の家だけでございましたよ。でも、買ったすぐあとに離婚しました。今から思うと本当に懐かしい思い出の品でございますね。

話が横道に逸れましたが、貴方もお忙しいことでしょうから話を先に進めましょう。

終戦の年の十一月、日田市の市長に広瀬正雄さんがなられました。後に代議士を長くされた方でございます。

義兄が前から広瀬さんと大層懇意にしていた関係から、岡田の市役所就職はすんなりと決まったようです。岡田は学歴はなくとも大阪鉄道管理局で経理課の経歴がありましたので、当時の市にとっては欲しい人材でもあったようです。世の中が一変した時代でしたから、当時いろんな経歴の人たちが市役所に入ったようですね。

市役所の就職が決まってから、私たちはいつまでも姉に甘えてはおれず、三芳《みよし》の製材所の離れを借りて移りました。

岡田は、仕事のことはほとんど私に話してくれることはありませんでしたが、彼は経理の才能を買われて、最初から税務課のようでした。初出勤は十二月六日だと憶えています。何しろ年も押し迫った頃でしたので不思議に月日まで記憶しています。それは私たちの再出発の日で、私も希望に燃えていましたし、この日田の地に生涯を埋めようと決心していましたから。

岡田の月給が七十円であったことも憶えていますよ。あの頃はインフレが激しく、七十円でやっと年を越せたのを、有り難く記憶しています。その時岡田は四十歳、私は三十九歳、弘は四歳でした。

弘は発育が遅れて、四歳になるのに言葉があまりしゃべれず、特になぜか「カ行」が出ないのです。私を「かあちゃん」と呼べず「あーちゃん」のまま。それは小学校にあがるまで続き、私たちを心配させました。

岡田は経理の技能はずば抜けており、英語も独学ながら翻訳も英作文もこなしました。文才はもともとありましたから、文書の作成はお手のもので重宝がられ、広瀬市長さんも一目置いていたようでした。廊下などで岡田に会うと、必ず激励の言葉をかけてくれていたと聞いています。

岡田のアルコールへの傾斜は、私の知らない間にどんどん進行していたようです。家に帰って飲むことはなかったのですが、仕事帰りには飲み屋を回り、当時バクダンと呼ばれていたヤミの焼酎を飲み始めていたようです。

昔から文人墨客の集まる山紫水明の日田に越して来て、岡田の文学への志向はいよいよ昂《たかま》ってきていたのでしょう。なにせ戦後の混乱期で、岡田は自分なりにそれを抑制していたようですが、根っからの文学好きは、火のないところに煙は立たずの譬えのように隠しおおせるものではないようです。市役所勤務の中で、岡田の文才といいますか、文学への傾倒の深さは周囲の文学好きに次第に知れ渡っていきました。

当時の日田には、戦災を避けて九大の著名な教授や画家の宇治山哲平さんなど、あとで名をなす人がたくさん疎開をして来ていたようです。日田は天領時代からの由緒や文化があり、疎開するには本当に程好い所ですが、日田からさらに山奥に入り込みそこに安住すると、もう精神的に復帰を諦めざるを得ない分岐点みたいな所でもあったようです。

岡田の本当の心境は、日田でじっくり文学的修養を積み、いつか中央に進出したい希望を持っていたようで、誰にも煩わされずに文学に打ち込みたかったのだと思います。

最初のうち、岡田の才能を知って集まる人たちを嬉しく可愛くも思っていたでしょうが、その人たちとはある距離を置いて付き合っていたと思います。が、詩誌の発行、同人誌の校正と岡田は自分の意に沿わぬ煩雑な方向へ進んでいっていました。

頭の良い人ですから、市役所の仕事は適宜にこなしていたようです。

岡田は市役所の仕事にも慣れて、日田の人々の人情にも馴染んできて生気ある生活を送っていました。給料も年ごとに上がっていましたが、何しろ激しいインフレの時代でとても給料だけでは生活出来ず、私は和裁に精を出しました。まだあの頃の婦人は和服の方が一般的で、姉の知り合いなどから縫い物を結構持ち込まれ、どうにか生活だけなら私の内職でもやっていけました。良い仕事をすれば仕立代の他に米や野菜もいただくこともあり、時には米何升で仕立仕事を請けることもございました。岡田は生活には全く無頓着で給料は家に入れず、ほとんど飲み代と本代に使っていました。

あの頃、日田などの町で役所に勤める人は、疎開者や引揚げ者以外は家が大概農業をしていたり商売をしていましたからね。岡田もそんな裕福な人たちに馴染んでしまったのでしょう。

元町の姉の家を出て三芳の製材所の離れに移り、終戦の翌々年の夏には荒平《あらひら》といって高瀬川の上流の集落の農家に移りました。そこも三ヵ月ほどで下井手に移り、昭和二十三年頃に天神町に出来た市営住宅にやっと落ち着いたのでございます。弘もまだ学校にあがっていなかったし、家財道具というほどの物もなく転居するのに手間はかかりませんでしたが、私に較べ岡田は呑気なもので、むしろ家移りを楽しんでいましたね。荒平という所は山と山の狭い崖《がけ》っ縁《ぷち》みたいな怖い所でしたが、都会育ちの岡田はむしろ嬉々として楽しんでいたようです。荒平から市役所まで一時間もかかる道程を徒歩と、町家に預けてある自転車で通勤していましたよ。

文学を志す人は、見聞きすること何でも栄養にするのですね。私たちが見慣れて何でもないと見過ごすものを、よく観察していました。南瓜《かぼちゃ》の花、銀杏黄葉《いちょうこうよう》の黄色さに驚いたり、荒平では夏でも霧がたち込めることがあって、いつぞやは霧の中に黄色に輝くものを不思議がり、その本体を探りに行きました。それが農家の灯であったことを突き止めて、霧にびしょ濡れになりながら子供のようにニコニコして帰って来たこともありました。

その頃から岡田は『九州文学』やその他の同人誌の同人になり、せっせと詩や小説を投稿し始めていたようです。時には福岡や北九州の『九州文学』同人大会にも出席していました。

弘も、学校にあがる頃には随分丈夫になってきて私たちを安心させ、慎ましくとも穏やかな生活が続きました。

私たちが天神町の市営住宅に移った昭和二十三年の秋に、義兄の古賀晨生が突然、心臓麻痺で亡くなったのでございます。それもまだ五十六歳の若さで……。岡田には大変なショックで文学の面でも、ほかでも、何かが狂ってしまったのではないでしょうか。

前夜には岡田と夜遅くまで文学論に花を咲かせていたのです。義兄と岡田は私たち姉妹を介しての義兄弟でしたが、本当の兄弟のように仲睦まじく、何ごとも相談し合い、岡田は書いたものは全て義兄に批評を仰いでいました。

義兄と岡田は一回り以上年差が開いていましたのに、話題が共通していたせいもあり、二人は弘と姪の花江ちゃんを連れて四人でよく散歩にも出掛けていました。季節の折々には、亀山《きざん》公園に夜桜を見に行ったり、朝早く月隈公園に蓮の花の開く音を聞きに行ったり。鮎の季節には夕方三隈川の台霧《だいむ》の簗《やな》を楽しんだりで、私たち姉妹が嫉妬を覚えるほどに、本当に二人は気が合っていました。またあの頃の日田の空気は本当に澄んできれいでしたね。岡田が日田へ引っ越して来たのも、義兄あればこそ、という面が大きかったのです。岡田の落胆と悲嘆はちょっと表現しきれないほどでございました。

それからの岡田は急に酒量が増え、一層文学にのめり込んでいきました。私の方からいえば、これを機に岡田には文学から足を洗って貰いたい、と期待していたのでございましたが……。

その翌年、弘が小学校二年の夏休みの時と記憶していますが、私は昼食もそこそこに頼まれ物の和裁に熱中していましたところ、往還《おうかん》の方から弘の助けを求めるような声を聞きました。さして気にも留めず仕事を続けていましたところ、ざわめきはだんだん大きくなり、人が飛び込んで来て、弘の急を告げました。

私は素足のまま往還に駆け出すと、道の横の小川の土手に大勢の人が集まって騒いでいました。その中に弘がずぶ濡れで泡を吹いて倒れていました。私はとっさに弘の上に跨《またが》り必死に人工呼吸を続けました。間一髪のところで、幸運にも弘は溺死を免れたのでございます。夜、酒気を帯びて帰って来た岡田は、針仕事をしている私の仕立中の着物をいきなり鷲掴《わしづか》みにして投げ捨て、

「弘がいなくなったら、俺は何のために生きるのだ。こんな仕事なんか止めてしまえ」

と結婚以来初めて見る恐ろしい形相で私を睨み付けました。

岡田は日頃私に対しては無口で、怒ったこともなければ笑顔を向けたこともない温和《おとな》しい人でしたので、彼の一面を初めて見せつけられた思いでした。岡田は義兄の死後、心も荒《すさ》んできていたようです。

職場の人や文学仲間に対して岡田がどんな接し方をしていたかは、知りようもありませんでしたが、姪の花江ちゃんに見せる表情はそれは優しく温かいもので、私でも嫉妬心を覚えるほどでした。赤ん坊の頃から接してきたことでもありましたが、成長するにつれて明朗で賢くなり、文学にも興味を抱き岡田好みの才気煥発な少女に育っていました。花江ちゃんも岡田を慕っていましたし、義兄の死後は親代りになって何かにつけて励ましていました。岡田はよく国語や英語、数学を花江ちゃんに教えてやっていましたね。

日曜日には弘と花江ちゃんを連れて文学仲間とピクニックに行ったり、博多に本を買いに行ったりもしていたようです。

弘が溺れかかって以来、縫い物の注文も減ってきていましたが、年のせいで目の疲れがひどくなって、和裁の仕事は出来るだけ避けるようにしました。岡田から叱責されたことへの意地もありましたしね。家計は益々苦しくなってまいりましたが、岡田は意に介するふうもなく酒を飲み、小説を書いていました。米櫃《こめびつ》に明日の米がなくとも平気でしたね。酒があればご飯はいらない体質のようでしたよ。私は近所の食堂に下働きに出たりしていましたが、たいして足《た》しにもならず、姉に泣き込んで用立てて貰っていました。

その頃から岡田に関して、勤務中に酒を飲むとか、飲み屋の付けを払わないとか、寸借の癖があるとかの噂が私の耳にも入ってきました。

それでも岡田は、家にいる時は静かに小説を書いていました。弘がよく自転車で市役所まで岡田を迎えに行っていたせいもありましたがね。私が迎えに行くように仕向けたのですよ。弘は自転車を買って貰った嬉しさに、一里もある道を毎日のように迎えに行ったのですよ。岡田はその頃には時々へべれけになって道で倒れていることもありました。市営住宅に住んでいれば、こういう行状はすぐ市役所中に広がりますからね。岡田には何とか良い作品を書いてもらいたい気持ちは、その頃はまだ私にもありましたからね。

その頃には既に、私と岡田は直接話をすることはなくなっていました。何事も弘を介して話をしていましたよ。ご飯が出来たのを知らせるのにも、狭い家でありながら弘に伝えさせます。岡田もご飯のお替わりを弘に茶碗を渡し、弘から私といったふうで、給料も岡田は弘に手渡していましたからね。弘がいなければ、夫婦仲はもう終わったといってもよい状態になっていました。義兄が生きていた頃は弘の手をとって、夫婦で義兄の主宰する句会に出て、私も拙い句を作り、岡田がそれを丁寧に推敲《すいこう》してくれていたのですがね。

弘はまだ小学校の低学年で素直でしたから、子供ながら懸命に二人の間を取り持とうと気を遣っていました。岡田も私も弘の教育には熱心で心を砕いていました。弘の発育が他の子供に較べ遅れていたせいもありましたが。

父兄会の時など、弘は私と岡田に別々に知らせるものですから、二人がかち合うこともあり、先生や父兄からは皮肉にも大変教育熱心な仲の良い両親と思われていましたよ。

そうそう、弘が通っていた三和小学校の校歌は岡田が作詞しているはずです。担任の先生が、岡田が詩を書くことを同人誌か何かで知り、弘を介して依頼されたものですから、岡田は喜んで作りましたよ。ああいう才能は岡田には確かにありましたね。

他校の校歌とはひと味違って、父兄からも評判がよかったようでした。今でも歌われているのでしょうかね。日田を逃げるようにして出ていった岡田にも、足跡は何か残っているものでございますね。

運命というものは本当に皮肉なものでございます。その二、三年あと、私と岡田が離婚する原因となります舞踊を私が習い始めたきっかけは、弘の運動会でございます。弘の学年の婦人会が運動会で民謡を踊ることになり、私もその役員の一人にされ、役員たちは日田で当時一番有名であった舞踊劇団に連夜、民謡の振り付けを習いに通ったのです。

私はもともと、舞踊はあまり好きではありませんでした。というより私みたいに生活に汲々としてきた者には縁のないもの、と諦めていたのかもしれません。

ところが習い始めてみますと、舞踊の魅力の虜《とりこ》になってしまいました。お師匠さんの教えの呑み込みも早く、一つ一つの所作が意識せずとも自然に決まり、自分でも驚くほどで、先生は、筋が良いと褒めてくれました。

五十歳に近い、運動会の民謡を習いに来ただけの者にお世辞でもないと思っていたのですが、運動会の終わった数日あと、お師匠さんから直接に呼び出しがかかりました。あなたは大変に踊りの筋が良い、舞踊に年齢はないから本格的に修業をしてみてはどうですか。将来はきっと人に教える立場になれるし、場合によってはうちの舞踊劇団を加勢して貰ってもよい、とそれは本当に熱心に勧めてくれたのでございます。

岡田との陰湿な生活に飽きあきしていた私には、目の前にさっと一条の光が射したように感じたのでございます。岡田に相談することもなく密かに練習に通い始めました。最初のうちは岡田や弘が帰宅するまでの昼間だけの積りでした。いかに破滅しかけた家庭でも、これだけは守ろうと思っていました。舞踊の世界は見る目には華やかでも、内部はそれは陰惨たるものですが、それでも私はその魔性の中に引き込まれていきました。内弟子の衣装の世話から師匠と弟子、弟子間の内輪もめの仲介、お師匠さんのご両親の走り使いまで、私はいつの間にか首を深く突っ込む破目に陥ってしまいました。教習代も無論ただではございませんでした。

舞踊を習い始めた以上、私は体面を保つためにいろいろ苦労をしました。姉にも金銭面で随分無心しましたし、岡田のボーナスを前借りみたいにして衣装も揃えました。そのうちに先生は別府にある若松流の本家に、私を一ヵ月ほど合宿みたいに住み込ませて舞踊を修業することを強制してきました。

私みたいに年がいって舞踊を始めた者には、それだけ厳しい修業を経なければ、と言外に匂わされていることと覚悟しました。私はやる気十分でした。この時ばかりは岡田に相談いたしましたが、岡田は何も言いませんでした。岡田もその頃一番筆が乗っている時期で、文学に対する激しい情念で頭が一杯だったようです。私は弘に言

いなくなる淋しさに、泣き叫んで私の跡を追い含めて別府へ旅立ちました。弘は私がいなくなる淋しさに、泣き叫んで私の跡を追いました。家庭との決別の始まりですね。その半月後に西日本を襲ったあの昭和二十八年の大洪水が発生したのでございます。

比較的に被害の少なかった別府も大変な出水で、私は着のみ着のままのような状態でお師匠さんたちと方々を逃げ回りました。あとで知ることになりますが、日田は想像を絶するような甚大な被害を受けていたのでございます。

まだ下筌《しもうけ》、松原ダムも出来ていない頃で、それまでも毎年のように梅雨時になれば川は氾濫して床下浸水を起こしていましたので、弘は水が出ると学校が休みになると喜んでいたほどでした。でも二十八年の大洪水は例年の何倍の出水で、岡田と弘は天井裏によじ登って辛うじて難を逃れていたのです。

通信網も交通網も完全に途絶して、私が日田に辿り着いたのは被災後二週間も経ってのことでした。弘は私に飛び付いて来て泣き叫び、私の胸をたたき続けました。岡田も言葉には出しませんでしたが、本当に安堵したようで何もかも許してくれて、私を責めることは一切しませんでしたね。

この大洪水が、私と岡田の拗《こじ》れた夫婦関係を元に戻すきっかけになれば、と私は願っていました。市民あげての復興作業が進み、特に市役所の職員はその第一線に立って昼夜を厭わず駆け回り、岡田も寝食を忘れて奔走していましたよ。私の家でも、家族三人で力を合わせて荒れ果てた家屋の復旧に努め、ほんの一時ではありましたが、危急の時だけに風波も立たず穏やかな日々が続きました。
その頃の岡田が、市の共済組合発行の機関誌『かがり火』に書いた詩を今でも憶えています。それは本当に穏やかな心温まるもので、私の好きな詩でしたね。

秋澄む

覆ひかぶさつた川砂が乾けば
やつぱり此処にも
色濃い秋の花が
咲く

人は去年の今と同じやうに
薄紫の煙を上げ
日々の暮らしのものを
炊く

子供よ　父よ母よ
肌寒いこの頃の朝よ
澄み透る空よ！

いとしや
鳴る風の中で
みんなやはり生きる

この詩は大洪水の時に流失した銭淵橋の上流の荒涼とした竹田川原《たけだごうら》に立って創ったものと思われます。

あの大洪水のあと岡田は一時、懸命に家族を守って文学も諦め、平凡に生きたい時期があったように思われるのでございます。私も舞踊など捨てて、出来たら一家安全に幸せに生きたいと思っていました。

流された橋や道路は生活必需ですから、次々に新しく、それも風情のない堅固なものに変わっていきました。日田の町並みも随分変貌してまいりました。それは止むを得ないことでしたが、古い日田を愛した岡田にはかなりの衝撃であったようで、それからの岡田はまた創作一途に打ち込んでいきました。

岡田もその年、四十八歳になっており、作品で賞を狙う年齢としては最後の勝負どころに差し掛かっていたのでしょうか。市役所にも出勤せず、朝から焼酎をちびりちびりやりながら、狭い部屋で小さな電気スタンドのもとで原稿用紙に額をつけるようにして、鉛筆をなめなめ小説を書き続けていました。

その頃には『九州文学』も代が替わり、発表の場を失った岡田は、昔の伝手《つて》を頼って名古屋の同人誌『作家』にせっせと作品を送っていたようでございます。

洪水の余波がおさまると、私にもお師匠さんから執拗《しつよう》に声が掛かり始め、私はまた舞踊を始めました。大分、別府、中津と請われるままに各地を踊り歩きました。私は舞踊が楽しくて仕方がなかったのです。踊っていれば全ての憂さを忘れました。

私が夜遅く帰ると、岡田は台所でアルマイトの半球の笠をしたスタンドのかすかな明かりの下で、辞書と睨めっこしながら恍惚とした表情で小説を書いています。みかん箱に新聞紙を張った机のそばには、酒びん、食べ残しの茶碗、めざしの頭、はし、灰皿、書き損じの原稿用紙などが散らばっていました。その中に弘が空腹のままに泣き寝入ったのか、頬に涙の筋跡を残し、口からよだれを垂らしたまま寝転がっていました。それに岡田は、その頃よく夜中に喘息の発作を起こすようになっていました。近所の日野先生に往診していただいて注射をうって貰い、ゼエゼエ苦しみながら原稿用紙に向かうなど、体も随分損なっていたようです。私が至らなかったのが第一ですが、それは地獄絵さながらの光景でございました。

岡田はその頃、税務課長の要職にありながら、自らも借金地獄に陥っていたようです。飲み屋の付けも溜まり、寸借した人々からも、もう逃げられなくなっていたようです。酒害のため少し飲んでも道に転び、道端に寝込むこともしょっちゅうになっていました。素面の時には平常の人と変わりないのに、酩酊すれば子供同然でした。

私は情けなかったのです。舞踊のお師匠さんは七十歳というのに、恰幅も色つやも素晴らしく良く、踊りを決めるところの所作など青年と言ってよいくらい元気で華麗でした。あの華麗さと緊張感が岡田には全くなかったのです。

文学というのは、文章に手慣れた人が文章を書き、その出来栄えにひとり自分で酔っているだけで、歌や舞踊のようにけじめがありません。文学と舞踊は全く異質でございます。岡田は初めから舞踊そのものを嫌悪し軽蔑していたようでした。それなのに私は、岡田の気持ちを知らないで舞踊に没頭していきました。

その頃、岡田が市職員共済組合の組合費に手を付けたという噂が広がってきていました。事実は少額を軽い気持ちで流用していたのでしょうが、職場団体の金に手を出したことに変わりはなく、その金額も一ヵ月の給料や一度のボーナスでは払えない額になってしまっていました。

一部の職員の間で責任問題が取り沙汰され、一方では何とか金を工面して取り繕おうと奔走してくれる仲間もいましたが、岡田の才能を買っていてくれた人たちの包容力も限界に達していたようです。

　このような成り行きになっても岡田は、自分でどう処理したらよいのかも全く分からないようでした。本当に世間知らずで、生活無能力者みたいなところがありました。借金で人に迷惑をかけることも罪悪とは考えていないところがありました。そんな世間の騒ぎも耳に入らないかのように、懸命に小説を書き続けていました。書き出したら食事も忘れて、焼酎だけをひっかけていました。

　使い込みが明るみに出てからは、呑気にしていた岡田も市役所から次第に足が遠退《とおの》き、欠勤続きになりました。このままいけば懲戒免職になりかねない、と上司や部下の方々が心配して岡田を説得してやっと依願退職にして貰ったのでございます。岡田はそんな時も自分の意見を言うこともなく、黙ってこの処置に従いました。

　退職したのは昭和二十九年の暮れのことで、退職金が二十万円ほど出ました。大学卒の初任給が一万円にもなっていない頃ですから、今でいえば二百万から三百万円はあったのでしょうね。本当に助かりましたよ。その半分が借金などの穴埋めに消えました。借金返済のために退職したようなものでしたからね。弘も小学校高学年になっており、来年からは中学生でしたから、前途には本当に不安を覚えました。

　退職してからの岡田は一層アルコールに浸り、奇妙な言葉をぶつぶつ言いながら小説を書き、赤ん坊のように糞尿を漏らすこともありました。私は舞踊劇団の中ではいよいよ大事な存在になってきて、家を留守にすることが多くなり、もうほとんど家に帰らなくなっていました。

岡田には、生活を心配した同僚の人が仕事を見つけて持って来てくれていたようですが、岡田がやれるような仕事はなかったようです。私の留守の間、弘の生活を見るに見かねて隣の藤村のおばさんが食事を作ってくれたり、学校の先生が自宅に呼んでくれたり、友だちの家を泊まり歩いたりしていたようです。

昭和三十年のある春の夜、私が家に帰ると岡田がいつになく明るい顔でぽつりと、今度自分の書いた『銀杏物語』という小説が芥川賞候補になった、と私に漏らしました。芥川賞というものがどういう賞なのかも私は知りませんでしたが、芥川龍之介に関係のあることぐらいしか想像できませんでした。

岡田も特に嬉しそうな表情を表わさず、淡々としたものでしたので、私は別段それ以上のことは聞きませんでした。でも市役所をあんなふうな辞め方をしたので、これで岡田の顔も少しは立った、ぐらいにしか思っていませんでしたね。

世間の反応は何もありませんでしたよ。その後落選の知らせが入った時も岡田は別に落胆した様子でもなく、そのことを私に告げることもしませんでした。

いよいよ生活にも行き詰まり退職金は減る一方で、私の方は舞踊劇団の生活がますます面白くなり、副団長みたいな立場になっていました。生活能力のない岡田との生活が嫌でたまらなくなり、岡田との離婚を決意しました。

姉と姪の花江ちゃんぐらいしか相談する相手もなく、二人とも弘の母親として絶対に離婚をしないでくれ、と泣いて私を説得しました。私は依怙地で、二十歳前に養家を飛び出した時と同じように、こうと決めたらどうにも妥協が出来ませんでした。その時、仲介に入っていただいたのが、舞踊劇団の高橋社長さんでございます。

昭和三十年の夏の暑い夜、私と岡田は高橋さんの自宅で対決しました。私だけが一方的にしゃべりまくり、岡田はただ黙って聞くだけでした。

弘が中学生になったのに今後の生活設計が全く立たぬこと、岡田は生活無能力者であること、一文にもならぬ文学を諦めようとしないこと、私も女としてもうひと花咲かせたい等々、私は何度も繰り返して岡田を攻撃しました。岡田は途中で一言だけ、弘のために離婚せずにいてくれと懇願しました。私はその言葉で一層逆上して、そんなに弘が大事なら、今までなぜ親らしいことをしてやらなかったのか、とさらに難詰しました。岡田は最後に悲しそうに涙を溜め、静かに私に背を向けて、全てお前の言う通りだ、お前の言う通りに離婚するが、ただひとつだけ私の言うことを容れてくれるなら、と何度も念を押しました。私は離婚をしてくれるなら、どんなことをしてもよい心境に凝り固まっていましたので、それを承諾しました。

岡田は、高橋さんに、今私が承諾したことを確認して、静かに、
「弘は私が育てる、それでよければ今でも離婚を承諾してよい」
と言いました。生活能力のない岡田がまさか弘を引き取るとは思いもつかぬことで、私は仰天しましたが、もう後の祭りでした。

高橋さんはそれを聞いて少し思案していたようですが、約束は約束ですから、とすばやく離婚が成立したことを宣言したのでございます。

高橋さんは、いかに岡田が零落《れいらく》していようとも、その人柄と教養の高さを知っていましたので、軽薄で依怙地な私より、弘を育てるには岡田の方が適任であることを見抜いていたようです。岡田は退職金の残りを全て私にくれました。そして何を思ってか、あれほど重宝にしていた扇風機も渡してくれたのです。その数日後、弘が学校に行っている間に、私は舞踊劇団について別府に旅立ちました。

別府や大分を巡業している間に風の便りで聞いた岡田は、その後保険勧誘員になり、よれよれの背広にどた靴で歩き回っていたようですが、それも巧くいかず、その後は、県会議員の秘書みたいなこともしていたようです。その議員は芝居小屋や映画館も経営していたので、キップの捥《もぎ》りから議員の靴みがき、肩もみなどもせねばならず、また例のアルコールが過ぎて首になり、昭和三十一年の春にはついに日田を着のみ着のままの状態で出奔したと聞いています。

長々とした話で、貴方もさぞ退屈なされたことでしょう。

この年齢になって振り返ってみても、私と岡田は一体何であったのか、と考えることがございます。運命の引く糸で偶然出会い、結婚いたしました。どちらかがしっかりしていれば、或いは巧く生涯を同伴出来たかもしれなかったものを、と悔やまれます。内助の功で大成した作家も、たくさんいるはずでございますからね。

しかし、私は岡田と離婚したことには全く後悔はしていないのです。あのまま続いても地獄の日々でしたでしょうし、離婚してから十数年の間、私は緊張した生き甲斐のある幸福な日々を送れたのですから。

今も、私が悔やんでも悔やみ切れないのは、弘を手放したことでございます。弘の夢を今でもよく見ますよ。この世の中でたった一人の親子でありながら、私は何という酷薄非情なことをしたのでしょうか。

そうそう、弘が大阪に出て何年かした頃、一度だけ弘に会いに京都に行ったことがございます。弘が十八歳ぐらいでしたかね。友禅染の手描き職人に弟子入りして修業中の弘を訪ねました。三日ほどその家に泊めて貰い、弘が京都見物をさせてくれましたよ。それはそれは、楽しいものでございましたよ。私も羽振りのよい頃でしたから、お小遣いをあげ、弘が欲しがっていた海釣り用の竿を買ってやりましたよ。岡田は大阪の新聞社に勤めているとのことでしたが、無論会うことはしませんでした。

京都の駅で別れる時、ジュースで乾杯をしました。汽車が動き出すと、突然弘が直立不動の姿勢で兵隊さんがするように私に敬礼してくれました。もう二十年も前のことでございます。

今でもあの敬礼した姿が目に浮かびます。それが弘との再会、そして別れでございました。ええ、岡田とは離婚してからは、ついに一度も会わずじまいでした。

近いうちに弘に会いに京都にお出でになりますか、そうですか。弘が結婚するまでは手紙の遣り取りをしていましたが、嫁を迎えたあとは私の方から便りをすることは止めました。もう、べたべたする歳でもありませんし、嫁にとっても嫌でしょうからね。弘には私と会ったことは言わないで下さいませ。もし、どうしても私の消息を聞いた時は、元気にしている、とだけ言っておいて下さいませ。岡田徳次郎のこと、本当によろしくお願い申し上げます。私は何の供養もしてあげていないのでございますが、貴方によく調べていただければ、これくらい素晴らしい供養はございませんから……。

第二章　木津沢敏雄の章

よく、ここに辿《たど》り着きましたね。

朝からずっと、心配してお待ちしていたんですよ。これまでも、お見舞いに来てくれた人たちが、あまりに山が深く、道も狭くてカーブが多く、恐れをなして引き返した人が多くいたのですよ。

ここは耳納《みのう》高原の山頂部にある病院ですが、遠い所をよくいらして下さいました。この病院は「星のふるさと」として知られる福岡県の南西部にあたる星野村にあるのですよ。

隣町が八女市で、八女・星野茶の産地で有名なんです。山また山の場所ですが、光と風と緑には恵まれた、とても爽やかな所です。

でも、今は夏ですから涼しくてとても過ごし良いのですが、晩秋から春先までの半年間は寒さが厳しく、それはなかなか大変な所なんですよ。

今日は岡田徳次郎さんのことをお尋ねしたいとのことで、お電話をいただいた時には、一瞬岡田さんとは誰のことかと思い浮かばなかったのですよ。電話のあと考えますと、岡田さんとは昭和三十五年の初夏に大阪の鶴橋駅裏の屋台で盃を交わしたのが最後でした。今年が昭和五十八年ですから、もう二十三年になるのですね。岡田さんと別れた時から、私は文学を諦めましたので、岡田さんの事も遠くなっていたのでしょう。私のは文学と言えるような代物《しろもの》ではありませんでしたがね。他人の書いたものを批評といえば聞こえはいいのですが、貶《けな》してばかりいたのですよ。私は岡田さんを兄貴分のように思っていましたので、心のなかでは甘えていたのですが、表面ではライバルとして対等に物を言っていたのです。それでも岡田さんは真剣に私に接してくれたんですよ。

さあ、どうぞ狭苦しい部屋ですが、今日は同室の人が外泊していますので、ゆっくりお話ししましょう。下界の方はさぞ暑かったことでしょう。おっと、失礼しました。人が沢山生活している筑後平野のことを下界などと、口が悪いのが私の癖でして、ご容赦下さい。下の方は三十三度もありましたか、筑後平野と耳納高原は五度ぐらい温度差があるそうですね。ここは標高六百メートルぐらいありますし、風がよく通りますから、夏は天国ですよ。あなたは十年前に福岡から日田に越してお出でになられた。その頃八女茶を買いに行こうとして合瀬耳納峠《おおぜみのう》を目差したら道が悪く、カーブだらけで、山も段々深くなって恐くなり途中から引き返しましたか、ハハハ……。そうでしょう。通い慣れた人でも恐いそうで、夜などは本当に恐怖だそうです。今はだいぶ道も良くなってきていますが、この病院が出来た昭和四十七年頃は建築材を運び上げるのに大変だったようです。峡谷の巨勢《こぜ》川にダムが計画されているようですから、将来はよくなるでしょう。

私は二年前にここに入院したのですがね、娘が私を乗せてこの病院を下見に来た時、あまりの山深さに、途中で車を停めて泣き出しまして、こんな遠い山奥に私を入院させる訳にはいかない、と思ったのでしょう。姨捨山《おばすてやま》のように感じたのでしょうね。

この病院は福岡県農協が経営しているのですよ。高度成長時代になってから農協はいろんな分野に手を出して、口さがない者は「農協は揺籃《ゆりかご》から墓場まで商《あきな》っている」と言いますがね、ハハハ……。でも病院はこの静かな環境で内科とリハビリテーション科に徹しているのですが、大変よくやってくれています。

先見の明があったのでしょう。患者さんはいつも一杯ですよ。老人相手なのに、看護婦さんが若くて、それは一生懸命にやってくれています。有り難いことです。

それにしてもよくお訪ね下さいました。

そうですか、岡田さんと離婚した秋橋つたさんから私の事を聞いたのですか。ここに入院しているのをつたさんは聞き知っていたのでしょうね。お元気でいらっしゃいましたか。それはよかった。駅裏のアパートで一人暮らしですか。岡田さんと息子の弘さんは大阪へ去りましたからね。あれは昭和三十一年でしたかね。日田は戦災に遭わなかったが、昭和二十八年の大水害に遭い、古い屋並みが大被害を受けていて、復興中でまだ悲惨な状態のなかでの旅立ちだったのですよ。岡田さんは明治三十九年生まれだったからあの時、五十歳だった。私は岡田さんより五歳年下だった。つたさんは確か岡田さんより一歳年下でしたから、今年は昭和五十八年ですから七十七歳になりますね。まだ細々ながらも、踊りのお師匠さんを続けていますか。それは羨ましいことですね。やはり踊りを続けているのが体に良いのでしょう。

貴方もつたさんにお会いしていろいろお話を聞いてのことでしょうから、つたさんについては、あまりお話ししないことにしましょう。

そうですか、踊りに没入したことが離婚の大きな原因になった、と仰しゃっていましたか。あの方は、学問と言えば大袈裟ですが、躾と申しますか教養はおありだったのですよ。あの頃、高女を出ていると聞いていました。

つたさんが俳句を作っていたのはご存知ですね。お姉さんが有名な俳人古賀晨生さんの奥さんでしたから、作句もしていたのですよ。

日田のある俳句機関誌の句会に岡田さんとつたさんが一緒に一年間ぐらい出ていたのですよ。

信じられませんか、そうでしょうね。離婚の最大の原因は岡田さんの文学へののめり込みでしたからね。つたさんは岡田さんの書くもの、延《ひ》いては文学全搬そのものを、最後の頃は嫌悪していたようですからね。

私と岡田徳次郎の出会いから聞かせて欲しいのですか。はい、分かりました。私で出来ることなら何でも、それにしても、さして実績も残していない岡田徳次郎さんをよく調べる気になりましたね。岡田さんは、自分のことをあまりしゃべらない人で、私も岡田さんの生地とか経歴など殆ど知らないのですよ。ええ、昭和五十四年に大阪・吹田市の老人ホームでお亡くなりになったのは下水道工事会社をしている山野征一郎君から聞きました。それも死後一年以上経ってのことでしたがね……。岡田さんの芥川賞候補作の『銀杏物語』や詩作の清澄さに惹かれて、その生涯を追う気になったのですね。

そうですか。無名の作家を追うことは、労多くして得ることは少ないかもしれませんが頑張って下さい。

私が岡田さんに出会ったのは、岡田さん本人でなく、先ず岡田さんの詩だったのです。

私は若い頃から俳句を齧《かじ》っていました。

それは昭和二十二年のことで、私の友人で俳句を熱心にする奴がいて、私に俳句文学雑誌『飛蝗《ばった》』（第四号）を送ってくれました。

終戦後まもなくの頃で、活字には飢えていたので、私は貪るように読みました。俳句文学と名乗っていましたが、俳句だけでなく、詩、随筆、紀行文、戯曲まで載っていて、それは充実していました。古賀晨生、野見山朱鳥、田原千暉などが選者をしていました。

この雑誌のなかで、岡田さんの詩「春光」に出会ったのです。

春光

外の光があまり明るいので
わが部屋のうちは却つて暗く
畳を這ふ潮のような愁ひは
膝をひたして寒い

草の庇を見上げ給え
鬱と重い厚みのむかう
あの白ばんだ空の匂ひは
まるで貝の泪の色ではないか

風は東東南空気に乳をとかし
わが心をそそのかして
ふくらむ光のまるさの中へ

誘ひ誘ひ誘ふて止まぬ

いざ膝を払つて立たう
白光のみなぎる中へ
かざして翻《ひるが》えすべき金扇は
わが手のうちにある

私は文学が好きで、志も持っていましたが、俳句でも、詩でも、小説でも全て中途半端に終わりました。口だけは達者でしたがね。『飛蝗』を〝ばった〟と読むことも、それはばったが多数群飛して移動する現象であることも、恥ずかしながら知らなかった程度だったのです。でも、岡田さんの「春光」には驚いたし、心打たれました。心の底から感動が押し上げてきて、全身を水が浸しました。それから密かに岡田さんのファンになったのです。

今でも不思議に思うことは、俳句文学雑誌と謳《うた》っていても、エッセイはともかく詩をよくぞ載せたものと思いました。俳句と詩は分野が違うといっても、俳誌のなかに詩がひっそりと掲載されていては、それは孤高となって輝きますからね。

毎号ではなかったのですが、時々岡田さんの詩が載っていて、載っていないと物凄く淋しいのですね。無くしましたが「八月」という詩もよかった。

昭和二十三年九月に九州で屈指の俳人であった日田在住の古賀晨生が、まだ五十代の若さで亡くなりました。先にも述べたように、岡田さんにとって義兄に当たる人。歳はひと回り離れていましたが、岡田さんが大阪から日田に越して来たのも、この人がいたためだったと思う。古賀の後押しで、『飛蝗』に岡田さんの詩が掲載されていたのではないでしょうか。古賀が亡くなって、『飛蝗』は『菜殻火《ながらび》』と改名されました。古賀という有力者を失って気分一新を図ったのでしょう。

その五月号と八月号には、まだ岡田さんの詩が載っていました。

春の章

山々は駈け出したいのだ
身を覆ふ空気の甘さのゆえに
樹々は消え入りたいのだ
葉の葩《は》の明るさのゆえに

夜々人の耳にも入らず

地をふるはせる音響がある
薄光つて飛び交ひやまぬ
見えぬ稲妻がある

子供よ母よそして父達よ
物憂いある一日の会話が
思はぬ善意に満ちてゐるのを
あなたたちは知つてゐるはづだ

名の付けようもない灯の色よ
ものいへば夢につながり
花粉の匂ひする刻々よ
人はそれを　四月と呼ぶ

水蜜桃

筒抜けでガランドウで

物音一つしないひととき
黒い水桶の中で水蜜桃は思ふのだ
——遊びに行きたいなあ

トヤの網目の向ふ側に
鬼のやうなニワトリがゐて
じつとこつちを見てゐたが
もう三角の影へ入つてしまつた

びしょ濡れの裸ん坊が
川から走つて来た指で
桶の中の銀いろの珠に触はり
又川の方へとんで行つた

そこで古びた桶の水の中で
すこうしばかり動きながら
ひそかに水蜜桃は思ふのだ

――あれはおれだ

岡田さんの詩には、「春光」のような憂愁を書いたものと、「水蜜桃」のような子供の眼から見た可愛いものがありますね。

岡田さんは詩に関しては色々なものを書ける才能があったですね。惜しかったと思いますね。詩で一生徹《とお》せばよかった。

このあと、『菜殻火』に岡田さんの詩が載ることはなかったですね。

数年後に『流木《るぼく》』という俳誌にも詩を載せていたのですが、同人から賛否両論が起こり、結局掲載を止めたことがあったのですよ。

でも岡田さんは超然としていて、ぼやくことはなかったですよ。関西から越して来て、文学全般に力もあったので、地方では煙たがられたのかもしれませんね。岡田さん自身にも家庭的、社会的に問題があったのでしょう。

『飛蝗』『菜殻火』を読んでいる時は、私はまだ岡田さんと古賀晨生の関係など知りませんでした。ある面から見れば、俳誌に詩を載せることは考えものですね。岡田さんは、それくらい詩を創り、チャンスがあればどこでも発表することが心から好きだったのでしょうね。

『飛蝗』が終焉した頃から、岡田さんは詩での表現に限界を感じ、小説も書き始めていたようです。

その頃、『九州文学』と名古屋の『作家』の同人になったのではないでしょうか。どちらも、当時から名門同人誌でしたからね。相当の実力がないと入れなかったのではないでしょうか。火野葦平さんや矢野朗さん、原田種夫さんのことは聞いたことがあります。

岡田さんの詩が『菜殻火』に姿を見せなくなった理由など、当時の私には分からなかったので怪訝に思っていました。

岡田さんがどこに住み、何を生業《なりわい》にしているのかも知る術《すべ》がなかったのです。

私が岡田さんの詩を再び目にしたのは昭和二十五年のことでした。

前年の六月に天皇陛下が九州行幸で日田にお出でなさいました。私も村の歓迎行事執行委員に選ばれて奔走しました。

敗戦後の日本にも、こんなにパワーが残っていたかと思う程の熱烈な歓迎でした。

天皇陛下の日田での行幸と、歓迎の模様、日田市長をはじめ関係役員、中学生、小学生までの感想文を掲載した記念冊子が昭和二十五年十二月に発行されました。あの当時にしては立派な本でした。

その『天皇陛下日田行幸記』のなかに岡田さんの詩がありました。それは全編百七十行を越える長大作であったのです。

長いですが、全編読んでみましょう。岡田さんの力量が分かります。

陽と雲と（日田奉迎場にて）

1

この日
朝は雲の下で明け
北の山々は
渦巻く白雲の中にあつた
あゝ　はるか
山の彼方より来られる
たつた一人のおん方よ
まことにこれこそ
あなたの来られる道筋として
この上なくふさはしい

遠いむかし
あなたの御先祖も
荒ぶるものらを鎮めようと
かかる雲の中をくぐつて
此処に来られた
しかし今　あなたは
あなたを慕ふものたちに逢はうと
雲の峯を越え
霧の谷を縫つて
はるばるとお出でになる
これは神話でないけれど
それにもまして美しく
人を動かす出来事なのだ

2

何といふ刻々が

この山間の町の上にあることか
たつた一人のおん方よ
はるかなあこがれであつた人を
今日こそ目のあたり見ようと
八方から集つて来るものらの
あの顔をあの眼を
やがてはあなたも御覧になる
それはもう人間たちではない
光かがやく何かに慕ひ寄る
心の群
時間と距離をいとはぬ
精霊《すだま》の雲
されば御覧なさい
その時の近付くにつれ
次第に薄れゆく周山の雲を
かなたの土に湧き
空にたゆたつたものたちが

その形を解いて降《くだ》つて来る
此処へ
此処へ
その時へ
その時へ
あゝ　御覧なさい
山にまつはつてゐた雲は無くなつた
皆降つて来たのだ
此処へ
その時へ

3

雲の散つてしまつた山の上は
目の覚める碧
夏の
健康な青金

まだ照り翳りする山の
鮮緑、紫暗のさしひきは
心もそらに
千載一遇のまろうどを待つ
胸の騒ぎ
あゝ　霽れる　霽れる
昨夜までの雨にまだ濡れてゐる山々も
盆地の底の小都市も
波立つて馴せゆく川も
今　光りかがやいて霽れる
それは時の近付きのしるし
あなたの立たれるべき白い台も
(雲の色と同じ白)
今こそ土から浮き上つた
ざわめきに満ち
期待に満ち
あなたのことばかりで

身動きならず犇いてゐる広場も
光あふれる所となつた
あゝ　あなた
たつた一人のおん方よ
此処にあふれる六万の魂が
皆　山を見てゐる
そこから降りてお出でのあなたが
今から見えるかのやうに

4

輝く午後
一発の合図を先ぶれに
宝石のやうに光る車の列で
あちらからお出でになつた
あゝ　あゝ
はるかな夢であつたおん方

今こそ夢でなく
あなたは高い台の上にお在でだ
あなたは帽をお振りになる
あなたはお辞儀される
右へも左へも
何度も繰り返して会釈される
その頬のかすかな動きは
千万の言葉にも現はせぬものが
そのうちらに犇いてゐるしるし
あなたは帽をお振りになる
あなたは左右に会釈される
そのたびに
あなたの眼鏡は光り
あなた御自身のけぞりさうだ
帽を振りながら
あなたは御覧になるだらう
あなたの左前方に

六月の午後の輝く陽に染んで
丸くうづくまる一つの丘を
あなたの御先祖がその麓で
禊をされた所なのだ
あなたは今
禊ではなく
純真な万歳の潮と
陽にきらめいて湧き上る
日の丸の波の反射をお受けになる
あれは威の禊
これは愛の禊
あれは剣を帯びたおん方の足跡
これは帽を振られるおん方の足跡
あゝそれ故
あなたの去られた白塗り台へ
人々群がつて
あなたの靴の跡を撫でたとしても

誰もそれをとがめることは出来ない
それ程あなたは親しみのおん方
彼らはまた其処に
夢のあなたを立たせてゐるのだ

5

散つてしまつた
散つてしまつた
誰も居ない
誰も居ない
この広場の空しさを
空の青さに比べてどうであらうか
此処に立たれた貴い方よ
だからと云つて彼らが
寄つては散る雲のやからであると
よもやあなたは思はれまい

消すべくもなく残る麦藁の座
此処に人居た縄の仕切り
いや
立去つたのは人の形影
彼らはまだ此処に群れ居て
此処に立ちます夢のあなたを
今なほ飽かず見てゐるのだ
それとも彼らは
やはり雲たちであつたかも知れぬ
若しも彼らが雲であつたら
あゝ　たつた一人のおん方よ
あなたは陽
はるかの山も
近くの丘も
夕べの色に生き生きと冴え
あなたを見送る童の眼だ
散つてしまひ

人々散つてしまつたこの広場の
水びしよびしよの面積を
人は決して空しいとは思はぬ
あゝ　あなた
はるか来られたおん方よ
夕陽のはなやかなやうに
それがいつまでも残るやうに
茜が旅人のうしろを追ふやうに
あなたのあとを追つて散つた
雲の色
いや旗の爆発
それが夜
えんえんと続いてあなたを慰める
灯の訪ひになることを
あなたは知つておいでだらうか
光る人
たつた一人のおん方よ

今日のこの広場の饗宴を
願くは　永く
忘れますな

詩人というのは、風景・行動などから起こった感興や想像をリズムを持って書けるから、詩人と呼ばれるのでしょうけど、岡田さんの技法の広さに私は驚きました。天皇陛下の行幸を目の当たりにして、その印象を心に深く刻み込み、一気に書き上げたものと思う。

言わば、即興詩と思いました。

岡田さんには、深く静かに熟成して書く「春光」のような憂愁もの、軽やかに、いとおしんで対象を見つめて書く「水蜜桃」のような童心もの、それと、この「陽と雲と」や、ここに詩はありませんが、田原千暉さんが主宰した俳誌『石』の創刊号のために書き下ろした「石」という詩のような即興ものがあります。

絵画の世界でも、似顔絵や写生画とあります。絵のなかにも書く人の心象は出せます。だが、詩は言葉で表現するのですから、余程の才能とボキャブラリーがないと出来ませんよね。

岡田さんが日田市役所に勤めているのを知った私は、手紙を書きました。今でいう、ファンレターですね。でも、返事が来るまでドキドキして待っていましたよ、恋人からの返事のように、ハハハ……。

達筆の封書がすぐに届きました。私が小躍りして喜ぶものですから妻と子供から笑われました。不惑にも手が届こうかという男が、ですからね、ハハハ……。それは昭和二十五年の暮れのことでした。

少しお休みしましょうか。冷たいものを持って来ましょう。どうぞ、座っていて下さい。世の中も贅沢になったものです。患者が何人かで、共同の冷蔵庫を持っているのですからね。

地球が段々温暖化していると言われていますが、本当にそう感じますね。昔はお盆が過ぎると風が急に涼しくなり、赤トンボも姿を消していましたものね。

今は、この高原でさえなかなか涼しくなりません。考えようによっては恐い話ですね。さあ、この暑い夏のなかから、寒い冬に飛びます。冷たい麦茶が美味しかったですか。それはよかった。

昭和二十五年の暮れの粉雪の舞う寒い夕方、岡田さんと私は日田市隈町のおでん屋・たこ万で待ち合わせました。暖簾を掻き分け、ガラス戸を開けて長身痩躯の人が入って来て、湯気で曇ったメガネを横向きになってハンカチで拭くと、私の所に寄っ

て来て、

「木津沢さんですね、岡田です。お待たせして、済みません」

と丁寧に頭を下げました。

他に五、六人客がいました。

「木津沢です。よろしくお願いします。よく私と判りましたね」

私は驚いて尋ねました。

「文学を好きな人の顔は、判りますよ」

岡田さんは事も無げに、静かに微笑みながら言ったのです。

私は玖珠の山奥に住んでいましたが、時々日田に出て来ていたので、たこ万は知っていました。おでんの美味しさでは有名でしたからね。

「この粉雪の中、玖珠の山奥からよく来てくれましたね。バスですか」

「いいえ、単車で来ました」

「それは寒かったでしょう、十里はありますでしょう」

「ええ、あります。でも、岡田さんに会えると思ったら寒くも何もなかったですよ」

「僕は数年前、荒平という高瀬の山奥から自転車で通勤していた。坂ばかりで来る時は天国だが、帰りは地獄なんだ。子供が、行きはよいよい、帰りは地獄、と笑うんだ。さあ、今夜は飲みましょう。あなたはいけるのでしょう。ここの酒は錫燗《すずかん》と言っているのだけど、錫の徳利で燗をつけるのだね。それで美味しいのですわ。歌舞伎のセリフにもありますよ、『錫を口へ寄せ、づっと飲み』。おでんは関東煮といわれているから、関東から始まったんだろうけど、関西出身の僕にもとても旨い。特にここのおでんは絶品ですよ」

岡田さんはコップ酒を楽しそうに飲みながら言いました。

「天皇陛下の行幸をお詠みになった『陽と雲と』は、素晴らしいですね」

「うーん、あれは即興詩だからね」

「でも、あんなに長い詩がよく思い浮かびますね」

「観ているものがイメージとなって、どんどん浮かんでくるんだね。だから、そんなに大変ではないのだね。西欧などにいただろう。即興詩人とか、吟遊詩人とか宮廷詩人とかね。あれと同じではないのだろうか」

「そうですかね。私なんぞには、とても書けないですね」

「しかしね、詩人というものは厄介なものでね。特に戦争や天皇への批判や賛美の作品を書くとね、いろいろな評価を受けてね……。『天皇陛下日田行幸記』編纂の手助けをしていたので、上司から、印象に残るような長い詩を書いてくれ、と頼まれていたこともあったしね。どうしても、書かねばならなかったんだよ。行幸を目の当たりにすると、意識せずとも自ずから詩句が湧き上がってくるんだね。でも、即興詩はあまり好きではないんだ。じっくり考える詩の方が僕に合うんだ」
「『春の章』とか『旅情』みたいなものですね」
「その通りだね。ところで、貴方はどんな仕事をしているのですか」

そうでした、まだ私のことを貴方には何も語っていなかったですね。秋橋つたさんからお聞きになっていらっしゃるでしょうが、ここで私のことを話しておかないと岡田さんを書くにしてもお困りでしょう。

こんな山奥の病院に入院している私には、語るような経歴などありませんが、簡単にお話ししましょう。

私は明治四十四年生まれですから岡田さんより五歳年下です。玖珠の山奥の村で七人兄弟の三男として生まれました。生家は村ではまあ豊かな方でしたかね。山林はかなり持っていましたが、田畑は食べるのがやっとくらいしかなく、生活は苦しかったですよ。私は自分で言うのもおかしいのですが、頭がよかったのですね。よく言うでしょう、十で神童、十五で才子、二十過ぎれば徒《ただ》の人。あの部類なんですよ。兄弟では私だけが日田の中学へ入学しているのですよ。あの頃は玖珠郡全体からでも中学へ行ったのは、数えるぐらいしかいなかった時代です。

末は博士が大臣か、といわれていて、そう軍人も台頭してきていましたね。私は弁護士になりたかった。しかし、中学四年の時に肋膜炎に患り二年間寝ていました。中学も中退になってしまいました。両親も兄弟もがっかりしたでしょうね。私は情けなくて、本当に死を考えましたよ。あの頃、肋膜炎も治りにくい病気でしたしね。今でも私の左肺は真っ白なんです。寝ている間に文学にのめり込んでいったのですね。病気をしていなければ文学などに陥ることはなかったでしょうね。いえ、文学を知ったことを後悔しているのではありません。全く違った人生を歩いたことは間違いありませんね。幸運にも病気が治ったあとは村役場に勤めました。

私の青年期は日中戦争から第二次大戦の時代でした。病気は治っても片肺が真っ白ですから召集令は免れました。岡田さんも強度の近視で戦争には行ってなかったのですよ。

戦争に行くということは死を意味していましたからね。私は役場で赤紙・召集令状を届ける役をしていましたから、それは辛いことでした。

私には男の兄弟が五人いましたが、四人召集され二人戦死しました。

次兄は隣村の素封家に養子に入ったのですが、十数年間殆ど出征していました。召集解除になっても、またすぐ召集されるのですね。家で馬や牛を飼っていたので、調教師として重宝されたのでしょう。昭和十九年、中国戦線で戦死しました。三十七歳でしたよ。十五歳を頭に三人の子供を遺してです。優しくて、とてもいい兄でした。

病気の私に、よく牛乳を届けてくれました。

敗戦の翌年、私は兄の後釜に養子に入ったのです。

体はあまり丈夫でなかったので農業には役立たなかったのですが、役場勤務の月給がありましたから、それが魅力だったのかもしれませんね。私も三十六歳になっていました。あの頃は人生五十年の時代でしたから、若い女性との結婚を諦め、一生独身を通そうと思っていた矢先で、両親や兄弟もほっとしたでしょう。戦争未亡人が夫の兄弟と再婚する例は多かったのですよ。

妻は温和しい女で、子供たちも私によく懐いてくれて、静かで幸せな生活を送りました。その頃に岡田さんの詩に出会い、そして昭和二十五年の暮れに岡田さん本人に会ったのです。私にとって幸せの絶頂期でしたね。

その後はなかなかうまくいかない人生を送ることになるのですが、それはまた後で話しましょう。

岡田さんとたこ万で会ってからは、月に一度ぐらい会うようになりました。

私が日田に出て行くのが殆どで、時には玖珠で発行している同人誌の合評会に岡田さんが玖珠に来ることがありました。

たこ万や柳原食堂、宝屋、竹仙、更科、かじか食堂、中華料理の南京、喫茶店チェリーなどでよく飲んで話しましたね。

ある時、岡田さんが同人誌の女性の小説を私の前に広げ、どうもこの意味が解らない、と線の引いてある所を見せてくれたのです。

『女性の体は山でも家でも、田んぼでも札束でも吸い込むことが出来る』と書いてあるのですね。私も読んですぐには理解できなかったのですが、そのうち解ってきまして、大声で笑い出したのです。

「おい、木津沢君、どうしたんだ」

「岡田さん、まさか、蒲魚《かまとと》ぶっているのじゃないでしょうね。これは女性が肉体提供の代償として山や家、田んぼ、札束を取るということですよ」

「ああ、そうか。なる程ね。君も解っとったんか。本当はね、君がどこまで知っていたのか知りたかったんだよ」

二人は大笑いしましたよ。岡田さんは蒲魚ぶったんですよ。彼にはそうしたユーモアがありましたからね。

『九州文学』『作家』に載っている『木立』『樗』『虎』『旅寝』『不動』などの小説を読みました。

岡田さんの小説には人事といいますか、ドラマ性といいますか、そういうのが殆どないのですね。

そうだからといって、観念的でもないのです。

事象をじっくり、しっとりと描いているのですね。私にはよく理解できないこともありましたね。

ある時、私は酔いにまかせて岡田さんに絡んだことがありました。

「岡田さんの小説には社会性が全くない。戦争のことも、敗戦後の混乱も、今は朝鮮戦争も始まったというのに、霞でも食って生きているようなもので、生活感、現実感がない。もっと現実性を出したらどうですか」

岡田さんは私の酔顔を見直して、ちょっと困ったような顔をしましたが、いつもの静かな口調で言いました。

「うーん、木津沢君の言う通りだ。自分でも現実に根差したものを書かねばと思っているのだけど、これが個性というのだろうか。そちらの方の才能がないと言った方がはっきりする。戦争とか、社会的変化などは大事なことだけど、歴史を見れば、大河のなかの細波のように思えることもある。どんな大変なことが起こっても、人間は生きて来たし、これからも永々と生きて行くと思う。時代と共に人事や事象も変化していくが、親子や男女の情愛、喜怒哀楽など感情本質は変わらないと思う。木津沢君、有り難う。人間を書かねばならない。僕は頑張るぞ。僕には文学しかないのだから」

岡田さんは、びっくりするぐらい強い力で私の手を握り締めたんですよ。

岡田さんと、息子の弘君と私、時には『日田文學』の同人などと、よく山に登りました。玖珠の万年山《はねやま》、切株山《きりかぶさん》、日田の月出山岳《かんとうだけ》、一尺八寸山《みおやま》、五条殿《ごじゅうどん》、伏木の演習林、高井岳など、吟行を兼ねることもありましたがね。

戦前、大阪にいた時、岡田さんはよく大阪、京都、奈良、紀州などを吟行したと言っていましたね。

岡田さんの詩でも小説でも、自然や対象をよく凝視していますよね。『樗』は岡田さんが私の家に遊びに来た時に、裏山で見た樗の古木を見て発想したと思います。

芥川賞候補になった『銀杏物語』の次のシーンは、岡田さんとよく散歩した日田の町なかです。

軈《やが》てタカは大きな橋の袂に出た。町のほゞ中央を貫いてゐる川に架つたこの橋は、四五十間もあらうと思はれ、ゆるい弧形を川の上に渡した橋の向うに、低い家が群がつて見えた。彼処へ行けば求めるものが見付かるかも知れないとタカは思ひ、橋を渡りはじめた。しかし橋の半ばでタカは立止まり、西側の欄干に手を添へた。欄干の木目の痩せた木は陽のために熱く乾いてゐた。

タカの眺めた方に、水量の豊かなその川の中に浮かぶやうに中島があつた。樹々を鬱蒼と茂らせた円いその島と、対岸の農家地帯との間を、満々と水が漲り、折からの夕映を映して輝いてゐた。いつかもうそんな時刻だつたのだ。

……………………

橋を元へ戻りきつた所で、タカの眼に夥《おびただ》しい黄色が映つた。さつきは気が付かなかつた。T字形になつた橋の突当りに、商家の間に隠れるやうにして寺が一宇、門を開いて境内を見せてゐた。黄色いのは、境内の地面と云ふ地面を埋めつくして散り敷いた銀杏落葉であつた。川の方ではもう石油色に暮れか、つてゐたのに、此処ではまだ昼光の名残りが充分残つてゐた。それは落葉の色と、さう気付いて見上げた眼に、附近の家々をはるかにしのいで打ち仰ぐ程の高さに聳え立つた銀杏の大木、あれ程葉を降らしながらまだ鬱然と黄葉を蓄へ、梢の方に、僅かながら残輝を宿してゐる、その為であると思はれた。

川は三隈川《みくまがわ》、橋は銭淵橋《ぜにぶちばし》、寺は日田の川原町《かわはら》の古刹・照蓮寺《しょうれんじ》です。次のシーンは銀杏の実からぎんなんを取り出す場面です。

実が落ちはじめると、それが交つた幹の周囲の落葉の他の部分とは別に寄せられる。かうしてリツに掃き寄せられた黄葉の堆積の中から択り出された丸い実は、箕籠で何回にも運ばれて長屋の軒下に積み上げられた。三四日もすればそれは今にもつぶれ相な果肉の山となる。するとタカはそれをもう一度長屋に附属する井戸端の石の流し場へ運ぶのだ。粗末な藁草履が用意され、両手にそれをはめたタカは、初めは全部を圧潰すやうに上から何度も圧さへる。圧し付けられて潰れた果肉はどろどろになり、激しい臭気を発する。譬へやうもなく甘臭いその重い臭ひは、濃くあたりに立籠めて、あたかもタカを包み込んでしまふかのやうであつた。両手を染めるばかりではない、腕も顔も、いや着物さへ、つぎには着物の下の皮膚までも、ベトベトしたもので濡らしてしまふかのやうであつた。

……………………

果肉のあらましが離れた頃、幾杯も幾杯もの水がかけられ、どろどろのものが流れ去つた後も、まだあの白い種子は見られない。今度は、まだ周りにうすく果肉のついてゐるものを二つの藁草履の間にはさみ込んで揉みに揉む。永い時間が費やされた後、又水洗ひが繰り返される。斯うしてやうやく白色の種子となつた銀杏の実は、縁先の日向に敷いた莫蓙の上に拡げられて乾燥される。それが毎日のやうに続けられた。

よく観察して、丹念に描写してありますね。

そう、そう、思い出しました。

あれは三隈川に筏が浮かんでいましたので昭和二十八年より少し前でしたね。二十八年に夜明ダムが出来て木材を流送する筏流しは廃止になりましたからね。

春の宵のことでした。

岡田さんは「春宵一刻値千金」といって、春の宵が大好きでした。寒い冬が終わって大気が暖まり赤提灯が潤むようでいて、はっきりと浮かび上がり、暖かいようで肌寒い、あの緊張感が何ともいえず好きだったのです。

先程の照蓮寺から程近い三隈川沿いの隈町の料亭・春光園の庭のテーブルで高井岳に沈む赤い夕日に頬を染めながら飲んでいました。

川には沢山の筏が繋がれていました。

その時、私は岡田さんに聞いたのです。

「どのようにしたら文章が巧くなりますか」

「そうだね、今の目の前の風景みたいに光と影を描くことだね。夕日に照らされた明るい部分と、山や家や筏の影となった部分が鮮やかなコントラストを作っているだろう。文章にもこのコントラストが必要なんだ。僕も昔、親炙《しんしゃ》している作家に同じようなことを尋ねた。その人は私に十七世紀のオランダの画家・レンブラントの『夜警』という絵を見せて、光と影のコントラストを教えてくれたんだ。他の人が描いた夜警とは迫力が全然違うんだね。平板なんだ。レンブラントのものは描かれた人物も一人一人個性がある。見事なものだね。それと先生は、文章には鋭さというか、勢いが必要、と言うのだね。

その例として京都・大徳寺の狩野永徳の屏風絵の話をしてくれた。その絵のなかの鶴の眼差しを参考にしてみたら、と言ってくれた。後年、私は大徳寺に行った。先生の言うのがよく解った。絵画から文章作法を学んだよ。芸術だから通ずるものがあるのは当然だわな。偉そうな事を言ったけど、文章は難しい。文学は文章だから、一生悩みの種だよ」

私も聞いて、よく解りました。だが、とうとう一生文章らしい文章を書けずに終わりましたな。

とても印象に残った春の宵でしたね。

その頃から私には色々のことが起こりました。

妻が妊娠したのです。

妻は私と同年の四十三歳でした。私は嬉しかったですよ。兄の子供も長兄は成人式を終わっていましたし、末の女の子は中学生でしたので手はいらなくなっていました。ただ、四十三歳ですので高齢出産になるのが心配でしたが、妻も産みたいようでした。

ある日、義父が話があると言ってきました。子供は諦めてくれないか、と言うのです。

妻が高年なのが理由ですが、どうもそれよりも況《ま》して、この家の財産を分散したくないこと、家系を複雑にしたくないのが本音のようでした。

私にはショックでした。

私の存在が、そのくらいにしか考えられていなかったことを知らされたからです。

結婚して十年近くなっていて、毎月きっちり役場の給料を入れていました。

あの頃の農家で、毎月きっちり月給が入ってくることが、いかに貴重なことであったかは、貴方にもお解りでしょう。

私が養子に入り込んだ後にも義父は、自分名義の山や妻の名で田んぼを買ったりしていましたが、それには私の給料が大いに役立っていたと思います。だが、気付いた時には、私の名義の財産は何もなかったのですね。

私はがっくりきました。

義父と妻の家のために働かされている働き蜂に過ぎない、と思い知ったのです。

だが、私は妻を愛していました。優しくて、兄の後に養子に入った私に、とても気を遣っていました。

義父と私の葛藤に妻は神経を使い、体調を壊して流産してしまったのです。

それでも私は気を取り直して頑張りました。

だが、岡田さんが大阪に帰る丁度その頃に、妻は胃癌で死んだのです。ストレスが溜まってそうなった、と私は思っています。可哀《かわい》そうな女でした。家のために死んだとしか思えません。

だから私は、岡田さんが日田を出ていくのをお見送りすることが出来なかったのです。岡田さんは私から見ても、既にアルコール中毒みたいになっており、奥さんのつたさんは舞踊劇団に入り浸りになっていたと聞いていました。

『銀杏物語』で芥川賞候補になったことは、岡田さんから掲載された同人誌『作家』を送って貰い知っていました。

私と岡田さんが一緒に見た光景が随所に生かされて、感動しました。とても軟らかい、優しい文章でしたが、その時は岡田さんが文章作法で言っていた光と影、鋭さ、勢いはあまり感じなくて、失望しました。私の浅薄で皮肉な性格によったものでしょう。後年読み返して、『銀杏物語』はまさに人世を書いていますね。優しい文体のなかで、人世の万古不易《ばんこふえき》を謳《うた》っていますね。

妻が死んだ後、私は居場所を無くしたように感じましてね、家を飛び出して、日田の飲み屋の女と同棲したのですよ。

そういうことがあって、役場も辞めざるを得なくなりました。金のない男に、女はいずれ愛想を尽かしますわな。何年しか続かなかったですよ。

私はただ一度、岡田さんを大阪に訪ねたんですよ。お見送りも出来なかったし、とにかく岡田さんの温顔に接したかったのですね。

昭和三十五年の事でした。大阪、鶴橋駅の近くに、岡田さんの勤めるビルがありました。古い小さなビルでしたね。評論新聞という株の業界新聞社でした。女性の事務員と二人でしたね。前もって連絡はしてありましたが、岡田さんの喜びようは異常なほどで、寄って来て私を抱いて頬ずりまでしましたね。余程懐かしく嬉しかったのでしょう。

でも岡田さんは随分老けていました。

貴公子みたいな細面とウェーブした豊かな髪も、皺《しわ》だらけの顔と白髪頭に変わっていました。この五年間、余程苦労していたのでしょう。

『銀杏物語』を発表したのが昭和三十年の五月号で、その前後、最後が昭和三十四年の一月号の「影絵界」まで『作家』に十六作品も発表しているのですか。一生懸命、力を振り絞って書いたのでしょう。岡田さんの心境を思うと涙が出ますね。

五月の夕暮れでしたね。

岡田さんは女の子に後のことを頼んで、鶴橋駅裏の屋台に連れていってくれました。

まだ準備中でしたが、岡田さんは亭主から団扇を借りて七輪を熾《おこ》し、自ら酒の燗をつけました。

たこ万のおでんには敵わないが、屋台ではやはりおでんが一番合うね、と岡田さんは何度も嬉しそうに頷き、それから日田の話が続きました。

大阪あたりの大きな街に住むと、山がない、緑がない、清流がないので、岡田さんには、それが堪《たま》らなく辛く淋しいようでしたね。

仕事は業界紙の編集でしたが、社長の古川真澄という方が若いころ文学青年だったようで、文学に理解があり、大阪の詩人の安西冬衛、小野十三郎、藤村青一、藤村雅光、作家の稲垣足穂、岡田さん自身などの詩やエッセイを毎号載せていたので、文学の中に少し浸ることが出来ると喜んでいました。

岡田さんには私の妻が死んだこと、そして養家を出たことは知らせていましたが、そんな話は一切しませんでしたね。

ただ、息子の弘さんのことを尋ねましたら、中学校を卒業して住み込みで友禅染の絵描きの勉強をしていると喜んでいました。

あの日の、五月の夜空はきれいでしたよ。

私はふと、同人誌『風焔《ふうえん》』の同人・財津敏子さんが亡くなった時に、岡田さんが捧げた弔詩・「五月の夜空」のことを思い出したのです。

「ほう、君はあの詩のことを知っていたのか。財津敏子さんは若くして肺疾で亡くなった。立派な体格をしていたのにね。才媛で、とてもいい詩を書いていた。惜しいことをした。才能のある人は、天が呼ぶんだね。あの若さで死ぬとは、そうとしか考えられない」

岡田さんと私は暫く夜空を眺めました。そのあと、二人で肩組んで日田の「水郷《すいきょう》音頭」を辺り構わず大声で唄って帰りましたよ。そして、狭いアパートの一人分の布団に潜り込んで寝ましたよ。

あれが岡田さんとの最後でした。

前年には皇太子がご成婚され、安保闘争がヤマ場を迎えようとしていました。まだまだ日本の経済成長の大波が押し寄せる前でしたね。大阪の街は古い屋並みがしっとり並んでいましたよ。

それからの二十数年で、日本は別の国のように変身しましたからね。

さあ、日が暮れて来ましたね。夕焼けがきれいでしょう。屏風のように久留米の方へ延々と連なっているのが耳納連山《みのうれんざん》です。

私は、独り身になって、生命保険の勧誘、タクシー運転手、掃除夫などいろいろやりました。

昭和五十六年に脳梗塞で倒れ、一時意識がなかったのでしたが、ここまで回復し、あと半年もしたら退院出来るでしょう。

養子先を飛び出したのですが、子供たちは、といっても兄の子供ですけど、とてもよくしてくれるのですよ。退院したら家に来い、と三人の子供皆が言ってくれるのですね。

なるべく世話にならず、自立したいのですが、この体、年齢では無理でしょうが、嬉しいことですね。

貴方はこれから岡田さんを追跡するのですね、そして立派な本を書いて下さいね。

それから、これは大変な問題でお話しする私も辛いのですが、実は息子さんの弘さんは、岡田徳次郎さんと秋橋つたさんの実子ではないとの噂なのです。

二人は結婚して十年経っても子供が出来ないために話し合い、昭和十七年に、大阪の孤児院、今は養護施設と改称されていますが、そこを訪れ、三人いた赤ちゃんの中から、二人に微笑みかけたように見えた子を貰い受けたのです。

紫のビロードの服を着せられていたそうです。

脇に黒い筒が置かれ、中に、この子は大阪の一流の商家の長男と長女が恋愛して生まれた子、二人ともそれぞれの商家の後継者であるため、已むに已まれず、この院に託するのである、と書かれていたそうです。

ロミオとジュリエットの関係だったのでしょう。

真偽のほどは分かりません。

岡田さんの詩には、よく子供が出てきますね。弘さんはもちろんですが、余程子供が好きだったのでしょう。

まあ、これからお調べになって下さい。弘さん自身にもお会いになるのでしょうから。

ここに岡田さん、俳号は魚衣《ぎょい》、つたさん、俳号は多津子《たづこ》。お二人が仲良く俳誌『流木』の句会に出た当時の俳句があります。昭和二十九年九月のようです。

長梅雨に倦み吸殻の溜まるのみ　魚衣
汗にじむ夜を邪険に子と睡る　魚衣
日ざかりの爽竹桃や塀の外　多津子
ラジオ体操カンナの花のたくましく　多津子

まだ二人の仲が拗《こじ》れていなかった頃なのでしょう。

それから、ここに大阪の鶴橋で飲んだ時に話に出ました「五月の夜空」の詩がありました。

弔詩

五月の夜空

この　飛び去つたものは何か
晴れた五月の美しい夜に
羽ばたいて地を捨てたもの丶音を
人は聞かなかつたか

桐の花が天を指してゐるように
虚空へ向いてゐる夢がある
花のさだめは地に落ちるが
かの夢は　天に飛ぶのだ

香ぐはしい五月の夜空は
清らかな一つのもの丶　飛び去るのに

如何にふさはしかつたことか
あらゆる色と匂ひをこめて

あゝ、人には見えず（そして、おそらく）
きらめいて去つたものは何だ
指さすことも語ることも許されぬ
かの　すがやかなものよ

虚無であり万有である所で
それはもはや閉じることのない眠だ
あゝ、飛び去つたものよ
人はそれを信じる

いい詩ですね。人間は誰でも、いずれ必ず死にますからね。

岡田さんの詩ですが、これを岡田さんに捧げましょう。岡田さんは本当に文学を愛していました。

漂泊の詩人でしたね、身も心も。

これから、しっかり調べて下さいね……。

いつかこの詩と出会うと思いますが、今ここにないのですよ。昔は暗誦できたのですがね。「旅情」という詩があります。その中の一節です。

……前略……

子と
その母を
ひきつれて
われは雲か
……中略……
渦巻く
業の思ひに
身をゆだね
明日を忘れ
……中略……
あした
汁にむせて

わらへば泪

ゆふべ
飯をこぼし
俯向けば愁

第三章　山野征一郎の章

拝復

この数日、朝夕めっきり冷え込んでまいりました。ここ花月川《かげつ》の辺《ほとり》の寓居からも時折川面に、湯気みたいに川霧が立ち昇るのが見られるようになりました。

今年の夏は殊の外暑く、まだ還暦には間があるというのに、若い頃の重労働がたたったのか体調を崩し、これまでは贅沢なものと我慢していたクーラーの厄介になってしまいました。

ついこの前までは朝からでも冷えた麦茶が美味しかったのですが、今は煎茶を楽しんでいます。季節とはよく出来ているものと感心します。毎年煎茶の美味しい季節が巡って来ますと、本当にほっとします。

前置きが長くなり、申し訳ありません。

岡田徳次郎さんの著作、詩、小説、随筆等お送りいただきまして心から感謝申し上げます。これほどの量を、また三十数年も前の作品をよくお集めになったものとただただ感激いたします。『九州文学』所載のものは最近復刻されたと聞いていましたが、名古屋の同人誌『作家』の方は大変だったようですね。地元の名古屋や岐阜の図書館にもなく、東京の国会図書館でやっと入手されたとのこと。それも岡田さんが活躍した昭和三十年から三十二年頃までのは運よく保存されていて、その前後は欠本が多いとかで、何か奇蹟的、運命的なものを感じました。

八十編に及ぶ詩は、岡田さん自身が雑誌の切り抜きをして作詩順に番号をうち、ノートに貼って保存していたのを、吹田市の老人ホームで岡田さんが死亡したあと、息子の弘君が遺品を整理していて見つけたとのこと。他にも小説や随筆の切り抜きを遺した岡田さんの心中を察しますと、涙が流れてなりません。

三十年前の昭和三十一年三月末の肌寒い日に岡田さんが弘君と二人で日田駅を発った時、私は仕事の都合で日田駅には間に合わず、夜明《よあけ》駅の方で発車間際に駆け込むようにして見送ったのです。日田駅で見送った文学仲間たちの言によれば、さしたる荷物もなく肩から雑嚢《ざつのう》みたいなものを提げていただけだったそうで、その中にこれらの切り抜きの詩編を密かにしまい込んでいたのでしょうか。心の掛け替えのない欠片《かけら》である詩編を、岡田さんはどんなにか愛《いと》おしんでいたことでしょう。

それに、岡田さんが大阪の株式業界紙『評論新聞』の編集の仕事をしていた時代の、その文芸欄に毎回書いていた随筆の数々もよく手に入ったものだと驚きました。これは『評論新聞』の縮刷版を弘君が岡田さんから貰い受けて保存していたのだそうで、本当によく捨てずに置いていた、と感心します。

この数日、女房が娘の出産の手伝いで福岡に出向いているのを良い機会に、お送りいただいた作品を隅々まで読ませて貰いました。『評論新聞』時代の岡田さんの随筆には、本当によく日田のことが出てまいりますね。

一編一編、私にも思い当たることがあります。岡田さんは日田を出る時、もう二度と日田に戻ることは決してあるまいと漏らしていましたが、二十歳以上も年差があった私は、今思うと、その当時の岡田さんの本当の気持ちを理解出来ていなかったようです。

岡田さんにとって、日田は良い思い出の地ではない、いやむしろ嫌悪すべき地と私は同情していました。いたたまれなくなって辞めた市役所、離婚、借金苦、生活苦と、それは大変な状態の中での日田との離別でしたから。岡田さんとの出会いから別れまで十年足らずの歳月でしたが、私は岡田さんについては大概のことは知悉していると自負していました。ですが、今考えますと、本当は何も知らなかったような気がします。

岡田さんが『銀杏物語』で芥川賞候補になった時が五十歳でした。そういう面からも岡田さんは晩生《おくて》で、日田に引っ越して来た四十歳の時に青春が始まり、日田を去る時が青春の終わりであったのかもしれません。

五十歳まで青春を持ち続けるなどは、普通の社会通念では抱腹ものでしょうが、芸術や文学を志す人々には、内心、青春という言葉に年齢を超越した想いを持っている人は多いのではないでしょうか。芸術や文学に魅せられ、志し、とり憑《つ》かれた者には、その希望を実現する確かなきっかけを掴まえた時か、自分の才能に絶望した時が青春の終わりだ、と私は思っています。矛盾する言葉のようですが、若い頃詩人を夢見ていた私には、この心理がよく分かります。

岡田さんが日田を出る時、青春に歓喜で訣別したのか、それとも絶望で訣別したのかは分かりませんが、いずれにしても日田が岡田さんにとって掛け替えのない青春の地であったことは確かだと思います。

岡田さんの詩の中で今でも記憶に残っている「石」というのがありますが、今度改めて読み直してみて、その力強さ、構成の緻密さ、精選された言葉などに改めて感銘を受けました。

これは岡田さんの友人（年齢はずっと若いのですが）の田原千暉さんという方が俳誌『石』を創刊した時に岡田さんが贈った詩なのです。

石

時の重量の下で
石は信じてゐる
おのれの不動のエネルギーを
そして石は知つてゐる

凝りに凝つたこの位置の想ひが
火花となつておのれを突き上げ
鳴動して虚空に散るのを

生滅流転のカレードスコープの唯中で
石は
おのれの位置と　夢と
おのれの愁ひの綯ひ交ぜを秘めて
空を映し　陽をすべらせつゝも
じつと
じつとしてゐなければならないのだが

けれども石は
おのれの不動を信じるが故に
なほも烈しく信じるのだ
草びら　昆虫　けだものら
木々の花　したたり又は蒸発する水粒　雲たちよりも

さらに無常に
動き　もだえ　流れ行くべきである自己を
寂寞《せきばく》のあめつちの中で
月光よりもなほ冷たく横たはりながら
一点不滅の夢を宿して
石は
火の山よりも熱く
信じるのだ
おれは自由だと

岡田さんの詩には「旅情」「黄昏」のような叙情的なもの、「山中憂悶」のような諧《かい》謔《ぎゃく》に富んだもの、「石」「樹間」のような硬質な躍動感溢れるものがありますが、三つともどれもが岡田さんの作風で、才能はそれくらい柔軟なものを持っていました。失意・望郷・洒落・道化・奮発・執念が日田での繰り返しだったんですね。「石」を最初に読んだ感動が今でも興奮を伝えます。「石」に擬《なぞら》えた自分の青春とそのエネルギーの爆発を予言している、まさに青春のほとばしりを感じます。あの頃若かった私には、岡田さんは随分くたびれて見える時がありましたが、こんな詩を読むと、心中はまさに青春そのものであったのですね。

つい詩の方に目が向き余談が長くなりましたが、ご容赦ください。

八月末のある夜、市の福祉課長の佐川俊夫さんから久しぶりに電話があって——佐川さんは若い頃一緒に詩の同人誌などを発行していた文学仲間ですが——岡田さんについて調べている人がいるから、明日の夜、画廊喫茶「ムンク」に集まって欲しいと言われた時には本当に驚きました。岡田さんと言われても、咄嗟には岡田徳次郎さんのこととは思いつきませんでした。迂闊《うかつ》といえば迂闊でしたが、岡田さんと別れて三十年もの歳月が過ぎていましたから。幼い頃大変可愛がってくれた恩師でも恋い焦がれた恋人でも、三十年の歳月はたとえ忘却していても容赦してくれるに充分だと思います。それに私は、岡田さんが日田を出られたと同じ頃、文学に対する私の青春に訣別していましたから。

その頃から私の身の上にもいろいろの変化が起こりました。結婚、父との葛藤、勤めていた会社からの独立、そして倒産の危機などで、詩など創る暇がなかったのですね。いや、文学に執念と才能があったなら、逆境こそ文学の母胎なのでしょうが、私には根気すらもありませんでした。時間が出来ればいつでも書いてやろうという気持ちだけは心の片隅に抱いていた積りでしたがね。才能とはある面、ひたすらに書き続けることですからね。

「ムンク」で十数年ぶりに昔の仲間と会った時は本当に嬉しかったですね。メンバーは「ムンク」のマスターの諫山さん、市役所の佐川さん、市議会事務局の山田さん、それに岡田さんを調べているという貴方と私の五人でしたね。

岡田さんに興味を抱いた方というので、私はもっと年配の方とばかり思い込んでいましたので、大変驚きました。貴方はまだ四十代半ばとか聞いてなお驚きました。ご多忙で煩雑なお仕事でしょうに、よくも岡田さんという無名の作家を見つけ出し、追跡する気になった、と私は正直なところ奇異な感じさえ覚えました。

貴方は、岡田さんの存在を偶然知ったこと、興味を抱いた動機、作品はまだ数編しか読んでいないが、その質の高さに惹かれたこと、岡田さんと関わりのあった人ともまだ数人しか会っていないが、その人生が波乱と数奇なロマンに満ちているのが予想され、何としても岡田さんの生涯を追ってみたい旨をお話しされましたね。

そしてその一週間前には岡田さんの最期の場所となった大阪の吹田市の特別養護老人ホームをわざわざ訪ね、ホームでの生活や臨終の模様を話して下さいましたね。

それは私たちにはショックでした。岡田さんが病に倒れてどこかの老人ホームに収容されて、その後死亡したということは、かなり前に風の便りで聞き知っていました。昔の仲間で一時お見舞いに行くか、お見舞金を送ろうかと話したこともありましたが、いつの間にか立ち消え、それが悔恨として残っていましたからね。私たちは岡田さんの老人ホームでの生活に思いを馳せて沈痛な気持ちになっていましたが、マスターがその場を繕うようにウィスキーの水割りと突出しを出してくれましたので、画廊の板の間に車座になって、それを飲みながら静かに岡田さんを追想しました。

昔あんなふうにして岡田さんを囲んで焼酎を飲んだ光景が、誰の脳裏にも二重写しのように浮かび上がってきたことと思います。

それは貧しくとも何と芳《かぐわ》しい日々であったことでしょう。明日の生活もどうなるか分からぬあの戦後の荒廃の日々に、私たちは文学を情熱を持って語り明かしたのですから。堰を切る前の水が、その水流の強さを水面に出さないように、意外に私たちの岡田さんへの思い出は断片的で静かでした。

ピクニックに行って岡田さんが酔い潰れて皆で背負って帰ったこと、豆田の木下酒店で仕事中もよく一杯引っ掛けていたこと、夕方になると役所仕事は早々に終えて「たこ万」の屋台で岡田さんが渋団扇《しぶうちわ》で七輪を煽いで火を熾《おこ》すのを加勢していたとか、三隈川沿いの「春光園」で飲むことになった時、出てくる酒は岡田さんが独り占めして、私たちには、お前たちは子供なのだから飲んだら駄目、と若い者にはアイスクリームを注文して皆の酒を独りで飲んだなど、それは面白い話が出始めました。

談笑している所に、画廊でちょうど個展を開いていた別府芸大の岩尾秀樹教授がひょっこり顔を見せました。

岡田さんの話に熱中のあまり気付かなかったのですが、画廊の周壁には教授の「シルクロードの印象展」の絵が飾られていました。それらの絵は端整にして、シルクロードの乾いた風土を見事に表現していました。

岩尾教授は既にかなり酩酊していて、弟子たちに車で日田まで送らせて来たらしく、「ムンク」に入るなり声高にマスターを呼び、画廊に入って来ました。そこが岡田徳次郎を偲ぶ会の最中と聞くと、

「岡田徳次郎なら俺もよく知っている。俺がまだピヨピヨの駆け出しの頃、岡田さんが日田市の共済組合が発行する機関誌『かがり火』の表紙を俺に描いてくれないかと言われて、三、四回描いたことがある。もちろんお金など貰えはしなかったが、描かせてくれる機会を与えられただけでもどれだけ嬉しかったことか。岡田さんは文学はもちろん、芸術全般に通じる教養と眼力を持っていたから、誇りに思っていたよ。あの人はいい人だった、物静かな人だった。私が絵を描くのを一日中でも傍らで焼酎を飲みながら静かに見ていたからね。あの人は文学の鬼だった。生きているなら会いたいね。会ったからといって声高に話すこともない人だが、とにかく会いたいね」

皆にとって突然の闖入者《ちんにゅうしゃ》でしたが、岩尾教授の言う通りの心境になってきていま

した。教授がグイグイ飲むものですから、そのペースに巻き込まれた私たちも酔いが回ってきました。岡田さんのことから他の話題に移り始めたものですから、メモをとっていた貴方の手も止まりましたね。そのうち、教授に従って来た学生の中に日田出身の人がいて、酩酊した教授を連れ出しましたので、毒気を抜かれたように座が急に静かになり、私たちも場所を変えて飲み直そうということで、「たこ万」支店へ行きました。岡田さんがよく行っていた「たこ万」本店はあいにく休みでした。支店の囲炉裏端に座った時には、貴方は酩酊してまっすぐ座っていられない状態でした。酒は強いとお聞きしていたのですが、仕事や取材旅行でお疲れになったのでしょう。一方、甚兵衛姿に着替えてきた諫山さんは、しゃんと腰を据えてにこにこと飲み続けていました。それは三十数年前に見た光景にそっくりでした。酔い潰れた貴方の姿が岡田さん、それを取り囲む諫山さん、佐川さん、山田さんと私。三十年の歳月が逆戻りしたような錯覚を覚えました。あの頃の岡田さんはもう五十近かったせいもありましたが、酒は好きなくせに弱くなって、よく寝入っていましたからね。

私たち四人はまだ二十代の半ばで全ての面で意気軒昂、寝入った岡田さんを横目で見ながら文学論を闘わせていました。そして時々岡田さんを揺すっては起こすのです。いよいよ起きないとなると、皆で肩を抱いて送って行くのでした。

貴方はあの日は寝入ったので憶えていないでしょうが、暫く岡田さんの話をしたあと、佐川さんと山田さんは明日大事な会議があるとのことで帰り、自由業の諫山さんと私は残って飲み続けていました。貴方のことが心配になり、タクシーで送り届けようかということで、自宅に電話すると、奥さまが恐縮して自家用車で迎えに来てくれました。奥さまに起こされた貴方は、失礼しました、これからまた飲み直しましょうと言って頑張りましたが、明日の仕事のこともあるだろうから、と私と諫山さんとで無理に車に押し込みました。そのあと私は十二時頃には帰りましたが、諫山さんは朝まで飲んでいたそうです。

貴方が岡田さんを調べているということで、本当に久しぶりに文学の世界に引き戻されました。諫山さんも言っていましたが、岡田さんと本当に近かった同年代の人々、明王寺《みょうおうじ》の吉永先生、ずっと前の図書館長の古川さん、農民文学の高川さんなども皆亡くなってしまいましたね。岡田さんから見れば子供のような世代ですが、岡田さんを知る人もいよいよ少なくなってきている現在、誰か私たちの中から岡田さんの思い出を書かなければなるまいと言っていました。それは暗に、時間的に一番余裕のある私にそれを書け、ということと私は受け止めていました。

書く、ということを忘れて三十数年の時が経過しており、果してどこまで書けますか自信はありませんが、幸い私には時間的余裕はあり余るほどありますから、思い出すままに岡田さんのことを認《したた》めてみたいと思います。

「歳月とは水のやうに流れる」という美しい一節が岡田さんが芥川賞候補になった、『銀杏物語』の中にありますが、確かに元の形状を留めない水の流れには人生の推移を比喩する趣があります。岡田さんと別れて三十数年の歳月が滔々《とうとう》と流れ過ぎたのを感じます。日田駅前の風景ひとつ見ても、今岡田さんが駅頭に立ったらどんな感慨を持つのでしょうか。古い低い瓦葺きの家並みが続き、至るところに杉丸太が山と積み上げられ、下駄材を乾燥するために積み上げられた大きな円筒状のものが立ち並んでいる。街のあちこちから耳を引き裂くような製材所の鋸の金属音が聞こえ、それに杉材のあの鼻をつく強い臭いが立ち籠もる。その上を、赤とんぼが群れをなして飛んでいた、といった懐かしい町並みは、もう探そうと思っても、なかなか見つからぬ近代的な姿に変わってきています。

昔が良かったか、今が良いかの当否はともかく、町並みは全国どこに出しても恥ずかしくない立派なものになりました。変貌し続ける町並み、過ぎ去っていく月日を目の当たりにしながら、この頃「歳月」について考えることがあります。

「歳月」というものは悠久不易のもので少しも動かず、人間や事物がただ動いているのだと感じるのです。歳月という凄い巨木が聳《そび》え立ち、その枝葉の作る影は途方もないくらい巨大な球状を形成し、生まれ来ようとする人間がその周囲に密集し、それに接触した者が瞬間に人生を経験して、後はまた悠久の宇宙の闇の中に消えていくように思われ始めてきました。巨大な誘蛾灯の周囲に飛び交う無数の虫が、誘蛾灯に接触してジリッと音を立てて焼かれ、宙に飛散していく、その瞬間が人の一生ではないかとつくづく思えるのです。誘蛾灯に近づこうと思っても近づけない虫もいますし、虫の群集に巻き込まれて近づかされて意に背いて焼けた虫も、最初から灯を忌避した虫もいたことでしょう。

なにか理由《わけ》の解らぬ独善的なことを書いていますが、岡田さんや私を含めた様々な人生を考えていると、近頃しみじみと歳月をそのように感じるのです。

これから書きますことは、あくまでも私から見た岡田像であることを、呉々もお忘れなく。

昭和二十年の春、私は日田中学を卒業と同時に肺浸潤と宣告されて、自宅臥床《がしょう》を余儀なくされていた。その年の八月に戦争は終わった。最初のうちは微熱と咳があったが、秋口になると自覚症状もなくなり、それでも自宅でブラブラしていた。下駄作りをしていた父は主治医の多賀先生と相談して翌年の春から、私を久留米の経理専門学校に通わせることを言い渡した。私は嬉しかった。履く物もろくにない時代で、下駄はよく売れていた。時には下駄と米や卵、牛肉、野菜などとの物々交換も世故にたけた父は私のためによくやってくれた。だから私はあの食料難の時代でも、本当に恵まれた療養が出来、エネルギーの発散に苦労していたくらいで、外界に出られることの喜びは万歳したいくらいであった。

朝五時に起きて一番列車で久留米に通った。朝早いのも全然苦にならず、朝霧の立ち込めた町を私は「解放、解放」と叫びながら、駅まで走った。あの頃は久留米に通う主要な交通機関は久大《きゅうだい》線の汽車しかなく、朝の駅頭はそれは活気に満ちていた。降りる人、乗る人、それぞれ揉み合い触れ合って、もんぺ姿の女性にわざと体を押し付けていく時の戦慄と快感は今でも夢に見る。

経理学校に通いながらも、私は少しも学校の勉強はせずに授業中も詩集を読み漁った。頭の中は青春の肉欲と詩人への憧憬で一杯だった。

活字への渇望は今では考えられない程に強烈で、とにかく何でも書いてあるものは貪り読んだ。看板の字でも駅名でも、何か字があれば私は嬉しかった。中央誌はなかなか手に入らず、あの頃、久留米、吉井、日田の駅の売店に『九州文学』の薄っぺらな本を売っていたが、それが私にはどんな貴重なものであったことか。それを欠かさず買って隅々まで読んだ。あの頃の『九州文学』は今考えても内容的に少しも中央に負けていなかった。書く人も皆溌剌として戦後の日本文学をリードするという気概に燃えていた。

私は経理学校に行くふりをして久留米や日田で映画を見たり、喫茶店に入り浸ったり、亀山公園に登って一日中ぼんやりと三隈川の杉丸太の筏流しなどを見ていたりしていた。その頃から私は書けもしないのに詩人になることを夢見ていた。いつもポケットには萩原朔太郎や中原中也、藤村の詩集や、『九州文学』などの雑誌を忍ばせていた。恰好良く言えば青春の憂愁を抱いて悶々としていたことになるが、何をする気力もない怠惰な性分を、病身に託《かこつ》けていたに過ぎなかった。父も母も健康第一、と一人息子の私を甘やかしていた。

父の下駄作りの仕事は大変うまく行っていて作ったものは右から左に売れ、家にはいつも仕入業者が屯《たむろ》していた。紙幣が無造作にバケツの中に投げ込まれ、それはすぐにバケツから溢れ出るといった景気よさであった。当時の農家では、都会から米や野菜を買い入れに来て、紙幣が一尺溜まるごとに尺祝《しゃくいわ》いをしている、と父は苦々しく非難していたが、父もそれに近いことをしていた。

下駄との物々交換のお陰で当時入手困難であった砂糖や牛肉、バター、洋服など、どんな物にも不自由しなかった。両親は私のために何でも手に入れてくれた。私は庶民の困窮の様を知っていたので、心中で苦悩し矛盾を感じ悶々としながらも、贅沢な生活を謳歌していた。よい目を見ながらも両親に反抗、軽蔑するといった具合で、その口実として私は文学という美しい隠れ蓑の中に逃避した。

その頃の『九州文学』に載っていた詩で、私は初めて岡田徳次郎という人の詩を読んだ。昭和二十二、三年で、私が二十歳頃であった。

山中憂悶　(一)

(1)

三時間汽車に乗つて
海を見に行つた
海は荒れてゐて
夏の終りだつた

煤だらけになつて
山の中へ帰つて来た
山もかなしいが
思へば海もかなしかつた

(2)

もつと奥の方に高原があつて
そのまん中に
突然又山があるのだ
まるで其処に生えた一本の角
片足で立つてゐるのだ

まつさをな夜
私の乗つた汽車は
目をつむつてその裾を駆け抜けた

(3)

たつた一本あるアスファルト路
だから遠廻りして
その路を歩いて帰るのだ

商店街の行手が山
不意に木犀が匂ひ
薄情な自転車に追ひ抜かれる

でもやはり
遠廻りして歩くのだ

(4)

三年経つのに
方角が判らん
周囲が山だらけなので
皆北だ

故郷では
南に海があつた

(5)

薄いズボンをはいて
暗がりを歩いてゐたら
木犀の匂ひの中に入つた
北向いて歩いてゐるのだと
確信した

(6)

ダリア咲き
紫苑咲き
秋海棠咲き
まいとし同じところで
同じ花が咲く

これでは
西陽の居酒屋が恋しくなるのも
仕方がない

(7)

不意に海の匂ひがし
それは店頭に盛り上げられた
配給の昆布だつた

同人の住所録を見ると、岡田徳次郎は日田市在住であったので私は興味を覚えた。詩の内容から、岡田は海のある都会から事情があって日田に疎開して、不遇を託ちながらも詩作によってその憂《う》さを発散させている憂愁の詩人に思えた。ぜひ会ってみたい気持ちになったが、まだ二十歳の私には探すにも手の打ちようがなかった。

そんなある日の夕食で、その日も鶏の太股のバター焼きを一家で食べながら、焼酎

で機嫌のよくなった父が、

「岡田さんが四、五日前に来て、自転車の具合が悪くなったので新しく買い替えるか、中古の掘り出し物を買いたいから金を貸してくれ、と言うものだから貸してやった。ところが、今日町で会ったら前と同じ自転車をヒイヒイいいながら漕《こ》いでいるもんだから、どうしたと言ったら、彼は苦笑していた。

わしの貸した金はどうも飲み代に化けたらしい。あの人にも困ったもんだ。同情をかけるとすぐ図に乗る。文才はあるのだが、生活力が全くない。今度は自転車その物を買ってあげないと駄目だ」

と後援者《パトロン》のようなものの言い方をしたので、その岡田さんというのは岡田徳次郎さんのことですか、と父に尋ねた。

父は一瞬戸惑って、お前、岡田某人《ぼうじん》のことを知っているのかと訝《いぶか》しげに聞くので、岡田徳次郎の名で『九州文学』などに詩を書いていますよ、と答えた。

「岡田某人は大阪時代からの川柳の仲間だが、詩も書いていたのか。確かに本名は徳次郎で、川柳の雅号は某人だ。それで、お前は何で岡田さんを知っているのか」と、その口調は私を警戒するようであった。父は、まだ子供の私が、岡田さんに接近するのを心配しているようであった。

数日後、それは昭和二十三年十一月の肌寒い日だった。その年の六月に太宰治が情死したのでよく憶えていた。父は朝から何か落ち着かない様子で、こそこそと立ち回っていた。

あとで聞いて分かったことだが、父は戦前大阪で呉服問屋に勤めていた頃川柳の会に入り、都司《とじ》という雅号まで持っていたそうだ。その当時岡田さんは大阪の鉄道管理局に勤めていて、麻生路郎の主宰する『川柳雑誌』の会で一緒になったことがあった。戦時中故郷の日田に戻って来た父と、日田に疎開して来た岡田さんは、飲み屋で偶然に再会し、交際を続けているらしかった。

その日は大阪から麻生路郎先生が日田に来るので、父と岡田さんと、もう一人、この人も戦前大阪の造幣局に勤めていて、古川柳を研究している豆田の広瀬さんと三人で、先生の歓迎会をすることになっていた。父は無理して仕入れてきた落鮎を夕方母に塩焼きさせ、それに清酒を一本用意し、飯は広瀬さんが炊いてお櫃《ひつ》のまま川沿いの旅館「山陽館」に持ち込むことにしていた。あの当時は旅館に泊まるにも米を持参せねばならないような時代で、良い米を持ち込んでもそれを炊いてくれるか分からず、炊いて行けば間違いない、と父は自分のアイディアに悦に入っていた。広瀬さんは田を作っていたので、取りたての新米であった。

私は二階の部屋に密かに隠れてカーテン越しに、未だ見ぬ岡田徳次郎を見てやろうと小一時間も待っていた。

秋の日暮れの薄明かりの中を二人の男が駅の方から自転車を押しながらやって来た。一人の小柄の方が明らかにお櫃と判る物を荷台に積んでいた。もう一人は背が高く痩せて眼鏡をかけ、風に吹かれるような心もとない足取りであった。その岡田さんとおぼしき人の顔は夕暮れの中ではっきりとは判らなかったが、細面の穏やかな、いかにも詩人らしい風貌をしていた。二人は家の前に自転車を置くと、父と三人で連れだって、楽しそうに出掛けて行った。岡田さんは父から渡された酒を一升、広瀬さんはお櫃を、父は鮎を載せたお盆を提げていた。昔同じ大阪で生活をし、今日はお師匠さんを迎えての宴と、その喜びが三人の背中に躍っているようであった。

私はその時、生まれて初めて大人の世界を垣間見た思いがした。

翌朝父は、まだ昨夜の酒の残った上機嫌の赤い顔で、

「やはり都会人は違うわ、都会で生活したことのある人間はセンスが全然違うわ」

と、関西弁に英語を交えて何度も繰り返し、麻生先生の色紙と、

先生を肴に秋の更けはじめ　某人

という達筆の短冊を嬉々として私に見せた。「山中憂悶」の中で岡田さんが見せた憂愁と嘆嗟《たんさ》とは趣を異にする軽妙な川柳ではあったが、岡田さんの持ついわゆる文人としての幅広い一面を見せられた思いであった。

胸の病もほとんど治ったのを自覚した私は、父や母に内緒で、密かに新制大学に入

学すべく勉強を始めていたが、怠惰な生活が身に染みて思うように進まなかった。階下の工場での両親や職人の元気な声を聞きながらも、毎日布団に寝そべって参考書を見るかと思うと、書けもしない詩を書いてみたり、好きな詩人の詩を声を潜めて読んだり、それに倦《あ》きると、ぶらりと町に出てあてもなく歩き回ったりした。

日田中学時代の同級生や後輩で、陸士や海兵に行っていた連中が次々に大学に入った噂を聞くにつけ、確実に自分が取り残されていくのが分かってきていた。どんな大きな社会変動があろうと国家や民族が滅びることはないのは自明の理で、皆それぞれに目的を持って進んでいるのに、私には若者らしい覇気も勇気も根気もなかった。社会の進む方向を先取りせよと言っても、私みたいな若造にそれが解るはずもなく、また助言をしてくれるような人もいなかった。

父の俗気丸出しの生活を批判はしても、反抗して家を飛び出して自分で生活を開拓するような度胸など私にはなかった。何しろ当時にしては何不自由のない贅沢な生活をしていたから、それが私の覇気のなさ、根気のなさ、進歩性の欠如の根底になっていたことだけは確かである。しかし詩の行間から湧き出るあの情感と余韻に私はどうしても惹かれて、どうしようもないほど詩人になりたかった。

世間によくある女狂い、酒好き、博打狂いを、詩人と同じレベルで論じるのは失礼と思うが、生まれつきの脳の構造の異常という点ではあまり変わりないのか、とも思う。文学に固執する人は、やはり生まれつきとしか考えられない点がある。

昭和二十四年の春、私は両親には内密に幾つかの新制大学を受けたが全て落ちた。父はそれを知っていたらしく、むしろ嬉しそうに、「これからは農業や職人の時代だ。お前は下駄を作っておれば一生何不自由なく暮らせる。詩などは生活が安定すれば、いつでも書ける。貧乏して良い詩が書けるはずがない。何ごとも生活の基盤がしっかりしていなければ出来ない。明日からお前に下駄作りを教える。今サンダルというのが流行っているんだ。お前、知らんだろう。これが売れて売れてしょうがないんだ」と流行歌手、高峰秀子の『銀座カンカン娘』の真似をして私の前で腰を捻って見せた。

私は、父の詩心のなさと、生まれて初めて味わった絶望と屈辱と挫折の中で、いつの間にか家を飛び出していた。外は春の夕暮れの夢のような薄紫色の世界で、快い春風が頬を撫でていた。

私の足は、いつか一度訪ねようとその周囲を徘徊したことがある岡田さんの勤める三本松の市役所に向かっていた。道の周りは杉丸太の山と淋しい田畑で、所どころに人家があった。懐には岡田さんの「山中憂悶」第二部の載った雑誌と自作の拙劣な詩を持っていた。

山中憂悶　㈡

目がさめると山
どう歩いても
行手に山

じろじろ
じろじろ

立小便も出来ない

×

気の利いた洒落一つ
とばしてやらう相手も無い
しんねり　むつつり
しようちゆうを飲めば

湯呑の白が
かなしいのだ
×
裏町の古い店の土間で
ひとり腰かけてゐたら
ニワトリ色のニワトリが一羽
軽蔑して通つた

見上げた壁に
むかしの列車時刻表

思はず腕時計を見て
ドキッとした
帰る所が無いのだ
×
昨日も今日も
おんなじ人間

雨が降つたら
麦に悪かろ
風が吹いたら
稲に悪かろ
今年も
去年と同じところから
山が枯れはじめた

×

あるとき
平野へ行つておどろいた
そこでは木も家も
空がバックだ

あゝこんな風景もあつたのかと
おろかにも思つた

それ以来

山の中に
風景がなくなつた
×
山裾の川原で
秋晴れ
草相撲を見た
顔知つた誰彼が
勝つたり負けたり
面白かつた

夜――暗い灯の下で
都会ぐらしが恋しかつた

灯を消しても
眠れなかつた
×
――あれは何

──山
──これは何
──山
そうだそうだ
間違ひなし
だから
腹が立つのだ

あの襖を押しひらいて
やつて来る奴もなければ
出てゆく
すべもない

せめて一夜
火を噴いてでも呉れれば
助かるのだが
×

山の映つてゐる溝川の縁《ふち》に
うすももいろ
菊の半分の形の小さな花よ
誰もお前の名前を
私に教へて呉れない
咲いてゐることすら
知らないらしい
そんな薄情な所で咲くのを
もう止めたらどうだ

私も
お前を見るとぞつとするのだ
又一年経つたかと

たのむから
来年は咲くな
×

遠い所から来る手紙を
餌のやうに待つてゐるのだ
すくなくとも三回は読んで
倍位の返事を書くのだ
その晩眠れなかつたとしても
手紙のせゐではないのだ
窓から
山が覗いてゐるからなのだ

私は市役所前の「とっくり横丁」で、岡田さんが出てくるのを待っていた。今夜は何としても岡田さんに会いたかった。この私の憂悶を解ってくれる人は岡田さん以外にないと信じていた。

あの頃の三本松界隈は、今の賑わいからは想像出来ないような淋しい所で、市役所の周囲に市職員を相手に朝鮮、満州、中国など大陸帰りの人たちが『とっくり横丁』という飲屋街をつくっていた。

私は待ち切れず市役所の中に入って行った。一室から詩を朗読する声が聞こえ、そのあと合評している様子が分かった。やがて、扉が開くと数人が出て来て、皆それぞれに自転車に乗って家路を急いだ。

一番最後に、てんぷらを口に銜《くわ》えたままの岡田さんが出て来た。私は昨年の秋に見ていたのですぐ判り、岡田さんですね、と寄って行った。

焼酎の匂いがした。

「私は岡田だけど、君は誰かね」

「私は山野征一郎です」

「山野って、山野都司さんの息子さんかね。そうか、都司さんにこんないい息子さんがいたのか」

岡田さんは少しよろめきながら、乗ろうとしていた自転車を脇に立てて、

「それじゃ、この先の柳原食堂にちょっと寄ろう。まだ飲み足らないと思っていた」

と、私を旧知の友のように抱きながら歩いて行った。

私は岡田さんの「山中憂悶」の詩を読んでいただけに、これから飲むと帰るのも大変だろうと気遣って尋ねると、今夜は三本松で野宿だ、とこともなげに言って、私の頭を撫でた。その所作に私はこれまで経験したことのない温かみを覚えた。

柳原食堂の戸を開けると、二人の眼鏡が湯気で白く曇った。土間のテーブルにつくと、注文もしないのに女性店員がコップに二杯のカストリをさっと持って来た。岡田さんは満足げに何度も頷いた。

「今日は都司さんの息子さんと一緒や。どじょう鍋がよかろう。じゃんじゃん持って来てや」

岡田さんはよほど嬉しかったのか、青二才の私を相手にカストリをぐいぐい飲んだ。

私は頃合いを見計らって自作の詩を恐る恐る岡田さんの前に出した。岡田さんはコップを手にしながら、丁寧に一行一行読んでいき、内ポケットから赤鉛筆を取り出して三、四個所に赤線を引くと、私に戻した。

「よい所がある。赤線を引いた所は私にない良いセンスの部分です。これからも書き続けたらよい。言葉を大事にするとまだ良くなる」

赤線の部分があまりに少ないのと、取り付く島のないような簡単な批評だったので、私はがっかりして飲めもしないカストリを呷《あお》り、文学論を岡田さんに挑んでいた。

岡田さんは、少し左前方を見る斜視で、私の方をやや横から見ながら関西弁のつっかえた口調で、

「征一郎君、これからも、とにかく詩を書いていこうや。今私が市の職員として働いているのは、私の仮の姿なんだわ。本当の姿は詩人なんだ。詩こそが真の魂の告白なのだ」

と言い、何度も同じ言葉を繰り返していたが、それからあとのことは、私は酩酊してしまって何も憶えていなかった。

私は岡田さんに会ってからは人が変わったように下駄作りに精を出し始めた。大学に落ちたり、父の世俗的な生き方に失望したり、岡田さんに私の詩の限界を知らされたりして内心は悶々としていたが、私の詩心は依然衰えず、下駄作りを岡田さんの言う仮の姿と考え、詩を書く緊張感だけは持続しようと努力していた。

私が下駄作りに精を出すようになったので父母は上機嫌で、この仕事に倦かせまいと、まるで腫《は》れ物に触るように私の言うことなら何でも聞いてくれた。気が向けばいつでも仕事を放って久留米でも博多にでも映画を見に行ったり、音楽会に出かけたり、高価な書物を買い求めたり、自由気ままな生活を送った。

岡田さんは勤めの帰りによく父を尋ねて来て、父と二人で、夜の街に飲みに出掛けていた。私はわざと岡田さんを避けていたが、岡田さんの方は私のことを気に掛けているようで、父に仕事ぶりなど聞いているらしかった。

父はあまり酒は飲めないのに、岡田さんが来ると嬉しそうで、帰って来ると決まったように、

「岡田某人さんと飲むと大阪にいるようで何となく心が浮き立つわ。あの人はわしと違ってあまりしゃべりもしないが、一緒にいると何か楽しい。何といってもここらの

人間と違って教養がある。わしの所に寄るのは金せびりか、一杯飲ませて貰いたいためと分かっていても腹が立たんわ。わしは某人さんに金を貸すとは思っていない。いつも差し上げると思っているので返してくれなくともどうもないわ。一杯奢るにしても、二人分飲むと覚悟している。市役所の安月給で酒など飲める訳もないわな。あの人と飲む時は大阪のカフェーで飲んでいると思えば安いもんだわ。某人さんも口には出さないが、さぞ大阪に帰りたいだろうな。わしは日田生まれだから諦めもつくが、某人さんの望郷の念を思うと遣り切れないわ」と同情していた。

私は岡田さんの「旅情」や「山中憂悶」の詩を知っているだけに、その心中が察せられ、帰りたい故郷を思いながら、望郷の詩を作れる詩人岡田さんが、羨ましくもあった。

五月のある晴れた日曜日の朝、職人にはあの頃日曜日も何もなかったが、私は出来上がった下駄を小淵《こぶち》の小売店に届けるように、父に言われた。あいにくその店は閉まっていた。

小淵橋に佇んでいると、空に一片の雲が漂泊し、それが三隈川の川面にぽつんと映っているのを見つけた。その時、突然岡田さんのことを思い出し、無性に会いたくなり、父からかすかに聞いていた岡田さんの住む荒平に行ってみようと思いついた。黒岩橋まで戻ると、橋の袂の知り合いの店に下駄を預け、高瀬の坂を自転車で登って行った。日田に生まれ育って、一度も来たことのない道であった。

高瀬小学校の辺りまで来るとアスファルトの道は途切れて凸凹の田舎道になり、一度荷馬車に出会った以外は誰一人会うこともなかった。対岸の低い所に人家は見えたが、進む道は絶壁の上にあって下を見ると目が回った。

私はすっかり汗を掻いて心細くなった。これより先に人家があるとも思えず、よほど引き返そうかと迷っていたが、これこそ岡田さんの詠う「山中憂悶」の世界だと思うと勇気が出、自転車を押して歩き続けた。暫く登るとやっと道下に集落が見えはじめ、小さな駄菓子屋の前に荒平と書いたバス停の標識が立っていた。

駄菓子屋も閉まっていて、うららかな五月の陽光を受けた集落は人影も見当たらず、嘘のように静まり返っていた。私は不思議の国に迷い込んだような気持ちになり、岡田さんの家を探し出すことを諦めて、道脇の御堂の傍に落ちている小さな滝で手拭いを浸して汗を拭きながら、ぼんやり御堂に座っていた。

「山野君、山野征一郎君ではないか」

背後から岡田さんの声がした。

岡田さんが着流しの姿で、七、八歳の色の白い、目のくりっとしたお河童《かっぱ》頭の可愛い男の子の手を引いて上の方から降りて来ていた。

「どうしたの。こんな所で」

岡田さんに会うためにわざわざここまで登って来た、とは素直に言えなかった。

「この近所に下駄を配達に来ての帰りで、あまりに暑いものですからひと休みしているところです。岡田さんはこの付近に住んでいるのですか」

私は照れながら驚いたふうに言った。

岡田さんは、私の心を見透かしたかのように微笑みながら、

「それはご苦労さんやな。まあ家に寄ってお茶でも飲んでいきなさい。坂ばかりだから大変だったろう。帰りはしかし楽だよ。ブレーキが利かないと危ないくらいだわ」

と言って、最後は大きな声で笑った。

「これは私の一人息子の弘だ。いつも弘が朝、私を見送る時、歌うんだ。お父ちゃん、行きはよいよい、帰りは怖い――とね。ハッハッハ……」

岡田さんの家は農家の離れ家の二階で、階下の牛小屋には大きな赤牛が二頭いた。奥さんが窓際で静かに和裁をしていた。

「家内のつたです」

軽く会釈し、奥さんに対して、

「こちらは、私がいつもお世話になっている山野木履工場の都司さんの息子さんだ」

と大切そうに紹介した。

奥さんはお茶を持って来て丁寧に挨拶すると、また針仕事を続けた。想像していた

より肉感的で、私はちょっと意外な感じを受けた。

岡田さんは、私が期待していた文学的な話は全然出さず、今の私の生活や下駄作りのことを尋ね、出来たら大学に進学した方が良いなどと勉強を促した。

帰り際私は岡田さんに、今日こうして会ったことは父に内緒にして欲しいと頼むと、少し怪訝そうな顔をしたが、私の気持ちを忖度《そんたく》してくれて、優しく頷いた。

夏の暑い頃に岡田さんから突然手紙を貰った。それには、私が家業に精を出していることを喜びながらも、君は学問を捨ててはならぬ、出来れば来春どこでもよいから大学に入った方が良い。自分も学歴のないことで苦労をしたのでよく分かる。今君のお父さんの家業は大変巧くいっているようだが、どんな時代にも学問は必要で、やれば独りでも出来ないことはないが、やはり大学という場で学ぶのが一番良い。それから、詩作という行為は、書こう書こうとあせっても、書けるものではない。内から湧き出てきたものを紙に写す、という姿勢でなければ良い詩は書けない。そのためにもいろんな経験を重ね、教養を身につけねばならぬ。長いようで短いのが青春、あるようでないのがチャンスです、と書かれてあった。私はそれを励みに、また少しずつ勉強を始めてみたが、思うように身が入らなかった。

夏の終わり頃、今度はハガキが届いた。博多で開かれる『九州文学』の大会に行ってみないか、と誘いがあったので、家には内緒で出掛けた。駅には市役所に勤務している岡田さんの同僚の高川さんと、姪の花江さんという女学生と、先日会った弘君も来ていた。汽車に乗り込むと岡田さんはすぐに焼酎を飲み始めた。高川さんはあまり飲まないようであったが、二人はポツリポツリと静かに会話していた。あとで知ったことだが、高川さんは岡田さんの軽妙、洒脱な作風とは対照的に、農民を題材としたリアリティのある作品を書いていた。二人は文学に親しむというだけでなく、高川さんは満州から、岡田さんは大阪から戦後日田に身を寄せていることでも心の通じるところがあり、互いに相手の才能を認めながら、尊敬し合っていた。

博多駅の近くの旅館の大広間に四、五十人の人たちが集まって盛んに論争しているようで、私と花江さんと弘君は隣の洋画の映画館で時間を過ごした。夕方、岡田さんは『九州文学』大会の打ち上げの宴会でも、またかなり飲んだらしく酔っ払って出て来た。私たちを駅前の商店街に連れていき、弘君にハーモニカ、花江さんと私には本を買ってくれて上機嫌であった。

汽車の中で岡田さんと高川さんは、火野葦平さんや原田種夫さん、矢野朗さんなど、私も読んだことのある作家の話をしていた。そのうち岡田さんは弘君を抱いて鉄道唱歌を歌ってやり、そのあと東京から日田までの駅名を東海道本線から山陽本線、鹿児島本線、久大線とひとつ残さず順々にあげていき、花江さんの持っている地図で確認させた。高川さんも私も、岡田さんがいくら国鉄出身といっても、その記憶力の良さには驚かされた。

父によると、岡田さんは歌舞伎十八番や古典落語などの触《さわ》りの部分を実に良く憶えていて、上手ではなかったが、お酒の余興などでポツリポツリと披露することがあるらしかった。そんな時でも記憶力の良さや知識量を誇示するような感じは全くしなかったという。ほとんど独学でやってきたので、若い頃頭の訓練のために随分いろんなことを記憶する努力をしていたのではないかと思ったし、もちろん天性の頭脳の良さがあったことだろうが……。

私は実際には見たことはなかったが、珠算の能力は市役所でも群を抜いていたと聞いた。少しぐらい面倒な計算でも暗算で済ませることが出来て、またソロバンを弾く時の指の動きは、神がかり的に美しかったという。父がよく言っていたが、「岡田さんは普通の職員の半分の時間で仕事を終わらせるから良く言わん人もいる。公務員は時間一杯に仕事をしないと職場の秩序を乱すわ。岡田さんはどうも要領が悪い」と自分のことのように心配していたこともあった。

花江さんから、岡田さんは英語も達者であることを聞いて驚いたことがあった。新制高校の英作文の問題ぐらいなら即座に出来た。花江さんは岡田さんとよく洋画を観に行ったが、ボブ・ホープなどの喜劇を観ていても、日本語訳が字幕に出る前に笑い出した。その後に本当に面白い訳語が出るので、花江さんが、英会話が解るのかと聞くと、これくらいのだったら大体解ると言ったという。岡田さんは英語を学校で習ったことはなく、十一、二歳の頃近所に水産大学の学生さんがいたので、相手の迷惑も考えず毎晩押しかけた。その学生さんも岡田さんの熱心さに絆《ほだ》され、徹底的に音読で鍛えられたので、当時の中学校の英語の教科書は丸暗記したとのことであった。

それに岡田さんは、パチンコも素晴らしく上手だった。パチンコの玉と玉をぶっつけて方向と回転を変え、その微妙な玉の動きを利用して穴に入れる様は芸術的とさえいえるほどで、私も実際に見て感嘆したことがあった。

十月末の日曜日、前夜新しい同人誌で、「山中憂悶」㈢を読んだ私は、岡田さんのことが気になって荒平に出掛けた。

山中憂悶　㈢

三年ここに住んだ
それが大したことだと
誰も知らない

誰とも喋らず
むつつり食つて
早寝するのだ

あゝ　それがもし
腹いせだとしたら
こんなかなしいことがあらうか

○

まだこの奥にも山里があつて
そこに暮してゐる人もあると
さう思つてみることが
何の足しにならう

デルタの諸君
此処は諸君のところより
いささか天に近いのだと呟いてみるが

それで慰むわけではない

○

眠れない夜がある
今日と明日との狭間のくらがりで考へることは
此処で死にたくないといふ
そのひとこと

明ければ
股火鉢して
メザシ焼いて
弁当を食ふのだ

日々
あへて不幸だといふわけではない
しかし
寂しいことに変わりはない

○

案山子がピヨンピヨンとんで
海を見にゆく絵本がある
子供よ
あんまりしばしばそれを読むな

又勤めを休んで
汽車に乗りたくなる

○

ある人と酒を飲んだ
その人も都会の話をした
あそこも焼けてしまつたと云はれて
さうだつたと思つた

材木の積んであるくらがりで
立小便しながら
やつぱり此処で死ぬかと
かなしかつた

材木の匂ひが
いまいましかつた

○

半丁とまつすぐな道が続かん
いたるところの物影から
丸太積んだトラックが出て来るのだ
でなかつたら傲慢な雛

夕方
疲れて帰るのさ
縞の合羽に三度笠で
遠方の友人がやつて来そうな
川沿ひの県道

あゝそんな道を
薄暮帰るのだ

○

大きなニワトリがゐるのだ
ピカピカ光つて
まるで馬だ
（こいつを見てゐると
日向といふものが判る）

下駄はいて歩いてゐたら
首をかしげて
俺を見た
（あ、
こいつまでが……）

毎日少しづつ
時計の進む仕掛
今日は何分進んでゐると
それがたのしみだなんて

岡田さんは晩秋の和《やわ》らかな陽の射す部屋で、みかん箱に新聞紙を張った机で書き物をしていた。恐る恐る声を掛けると、私が訪れるのが分かっていたかのような笑い声で迎えた。奥さんも弘君もいなかった。

「征一郎君、よく来てくれたね。今日は朝からそんな予感がしていた。君が初めてここに来てくれたのもこんな良い天気だったので、ひょっとしたら、と思っていたのだ」

岡田さんは着流し姿のまま軽やかな手つきでお茶を入れてくれた。それは素晴らしい味と香りであった。奥さんと弘君は小学校の運動会を見に行っていた。岡田さんは立ち上がると私を近くの眺めのよい渓谷に誘った。焼酎の二合瓶とてんぷらの包みを手にしていた。道すがらはまさに秋たけなわで、山々は紅葉、黄葉が始まり、路傍にはコスモスの花が風に揺れていた。大きな銀杏の樹の下まで来ると岡田さんは立ち止まり、長い間見上げて感嘆の声を漏らした。

「銀杏の葉がこんなに黄色いとは、この荒平に来て初めて知った。こんな山奥に住んでみると、本当にどんな樹も花も、純粋な色をしている。空気が澄んでいるためか、土の養分がよいのか分からんが、恐らくその両方だろう。本当にきれいで、季節の移ろいに心が洗われるよ。この銀杏の黄色の素晴らしい色合いを題材に、詩か小説か何かを書きたいと思って、今苦悶している」

　私たちは狭い坂道を降りて川原の石に座った。山また山が連なり空が小さかった。谷川のせせらぎが快かった。岡田さんは焼酎を飲み始め、私も少し飲んだ。

「岡田さんはこんな田舎の日田に辟易して、大阪のような都会に帰りたくなったのではないですか」

　私は心配していたことを恐る恐る尋ねた。岡田さんはちょっと困惑したような顔をしたあと、優しく微笑して、

「征一郎君は僕の詩を読んでくれたんだね。あれは確かに私の心情の告白なんだけど、今の自分には帰る先がない。都会での生活の難しさは身に染みているからね。日田は人情も景色も実にいい。失望はしていないよ。良い文学仲間もいるし、今書きたい詩や小説が頭から溢れそうで、どれから先に書くか迷って、却って書けないで困っている。早く書かねば消えてしまいそうで焦っている。帰りたいが、絶対に帰れない。そういう時にしかあんな詩は書けない。創作は、こういう心情にある時が一番出来るはずなのだがね」

「岡田さんはいいですね、望郷の詩を書ける故郷があるから。僕は生まれてずっと同じ所。これからもこの町を出られる見込みは全くない。考えると本当に絶望的になります」

「故郷を遠くから眺めねばならぬ人は不幸なことで、生まれ育った土地で一生静かに暮らすのが人間の至福というものだ。望郷の詩など詠む者は流れ者。書かなくてよい詩など書かない方がよいのだわ。平凡が一番。征一郎君、詩など書かない方がいいよ」

「では岡田さんはそんなにまで苦労してなぜ文学をやっているのですか」

「うーん、これは病気だよ。脳細胞が生まれつきに狂っているのだ。こんな頭を持たなければどんなに幸せだろうかと思う。平凡に、静謐《せいひつ》に生きられたらどんなによかろうかと思っている。毎日、毎日何か書きたい、書かねばと思い悩む、これは地獄だね」

「岡田さんにはあって、私には詩を書く才能も、資格もない、ということでしょうか」

　私は岡田さんの言葉に半ば絶望的になって、食ってかかった。

「誰にだって詩は書ける。しかし、その道があまりに険しく、実りの少ないことだから、若い有為の人に詩を書けとは勧められないのだ。気に障ったら許してくれないか。近頃アルコールが入ると自分に対する愚痴が出てくるのだ」

「岡田さんは少しアルコールを断って文学に精進したらどうですか。年も若くないし、このまま行ったら、梲《うだつ》のあがらない酔いどれ詩人で終わりますよ」

私は言い放つと崖道を一気に駆け登った。岡田さんが、着物をぞろびかせながら懸命に私を追ってきた。

御堂の滝のそばで、岡田さんが息せき切りながら、

「征一郎君、今日は有り難う。本当に良い時に来てくれた。来月ここから市内の下井手の製材所の離れに移る。また遊びに来てくれ給え」と大声で叫んでいた。


翌年の春、私は岡田さんが期待していた大学入試にまた落ちた。落ちたというより、一日目の物理の出来があまりに悪く、二日目の試験は受けなかった。

荒平の秋の出来事以来、私は岡田さんを敬遠していた。岡田さんは時々父に金の無心に来ているらしく、日曜日など親子三人連れで奥さんの姉さんのいる隈町に行く途中立ち寄ったりしているらしかった。

金の無心に甘い父に、母が少し不満を漏らすことがあると、

「岡田さんは昔の文人墨客みたいな人だわ。時代がこんな動乱、荒廃で世知辛くなかったらよかったろうに、可哀想な面があるわ。給料取りに向かないんだ。日本各地の素封家の間を旅しながら、詩や小説を好きに書かせたらよいのだわ。書もうまいしね。そうそう、江戸時代の頼山陽のような生き方があの人の理想の生き方なんだわ。この前も酒飲みながらそう言ったら、某人さん嬉しそうに頷いていたわ。いろんな人

がいるから世の中面白いんだ。少しは大目に見てあげなくちゃ、世の中あかんわ」と父はいつも岡田さんを庇《かば》っていた。

「岡田さんは無心に来ても、卑しい所がないのがいいわ。嫌みがないものね。どうしてかしら。でもあの一家はどこか幸福には縁遠い気がするわね。巧くいっているのかしらね。それに岡田さんの後ろ姿は本当に淋しい感じがするわ。何ともひっそりしていて、影が歩いているみたい。首筋も細いし、つい同情したくなるのね。そうそう思い出したわ。この前大和町の銀天街を歩いていたら、あの賑やかな通りの中に、昼間からひっそりと静まり返った家があって、あんなのを仕舞屋《しもたや》と言うのかしら。その家を見た時、ふと岡田さんのことを思い浮かべたわ。あの人は仕舞屋みたいな人だわ」

母は不満を言いながらも、結構自分の感性の発露と揺れを楽しんでいるところがあった。

四月のある日、日田中時代の先輩で、市役所に勤めている佐川さんから、今夜市役所の仲間でやっている詩の合評会に出てみないか、と誘われた。あまり気がすすまなかったが、父からその日、下駄の作り方が遅い、気が入っていないからだと叱責されて、くさくさしていたので、夕飯も食べずに顔を出す気になっていた。

四月になっても盆地では夜になると冷え込むことがあり、市役所の前でしばらく逡巡していたが、寒風と人恋しさに耐えきれず、明かりのついている会計課の表札の扉を思い切って押した。既に詩の朗読が始まっていた。

ストーブを囲んで五、六人が集まっていた。暖かい空気が私の眼鏡を曇らせた。詩の朗読に区切りがつくと、佐川さんが私を皆に紹介した。狭い町のことで、どの人も名前か顔のどちらかは知っていた。岡田さんが隅の方に座っていて、私の方にちょっと手をあげて微笑んだ。高川さんも来ていた。

一人一人の詩に皆遠慮会釈なく批評した。若い人ほど怖いもの知らずというか、血気盛んであった。岡田さんはほとんど何も言わず静かに微笑んで、最後の総評になっても、二、三言、もう少し言葉の選択に留意して欲しい、とだけ言った。

「さあ、今夜は山野君の歓迎会をしましょう。皆さん、お酒の嫌いな方々ばかりだから、異議ありでしょうが、今夜は我慢して飲みましょう」

と自称文学浪人の諫山さんが言ったので、皆どっと歓声をあげた。

「それじゃ錫燗の『たこ万』にしますか、味の『鶏松《けいまつ》』まで足を延ばすか。それともとっくり横丁の、美人姉妹のいる『大陸』にしますか」

と幹事役の久山さんが皆に諮った。

「とっくり横丁では、市役所の連中に会いますし、『たこ万』には前回行きましたので今夜は『鶏松』にしましょうよ。あそこの美味いうどんを食べないと寝つかれませんしね」

若い山田さんの言葉で決まった。

「『縞の合羽に三度笠』、岡田さんも山奥まで帰らなくてよくなりましたからね」

と諫山さんが岡田さんの詩を引用して半畳を入れたので皆がどっと沸いた。

皆自転車で底霧の夜道を出発した。私は佐川さんの荷台に乗せて貰った。

鶏松は浦川原《うらごうら》にあった。小さいながらも感じのよい温かい雰囲気の店で、主人も機智に富んだ人だった。

私は岡田さんと佐川さんの間に席を取った。岡田さんは大学入試のことには一言も触れなかったし、去秋のことも忘れてしまったように楽しそうであった。皆それぞれ好きなものを飲み、好きな物を食べて、勝手にしゃべった。

酒の席では文学の話はしないことになっているらしかった。皆気持ちの良い人ばかりで、こんな会合もあるのかと私は目を開かれた思いであった。岡田さんは生まれ育った明石のことを、訥々《とつとつ》と語った。

そのうち誰かが、岡田さんが最近つくった川柳を憶えていて披露した。

　ひき算は悲しきものよ給料日

　朝顔を這わせて消防本部ひま

皆がわっと歓声をあげた。給料から飲み代や共済費などどんどん引かれて手取りが少なくなっていく悲しさが実によく出ていたし、あの頃市役所の前にあった消防本部が暇で、署員たちが丹精込めて作った朝顔が見事に咲いていた様を風刺していた。

それからの私は、文学仲間に組み込まれていった。仲間には市職員の他に学校の先生もいたし、商店主や主婦、女子大生、製材所の工員もいた。

合評会は数ヵ月に一度ぐらい開かれ、港町の喫茶店チェリーや金水堂の二階、市役所、中央公民館の二階、会員の家で行われることもあった。あの戦後の物資が窮乏し、明日の生活にも事欠く時代に、なぜあんなに何らの利益も生まない文学に熱中したのか。戦争から解放された喜びと自由への憧れからだったのだろうか。

文学仲間たちで、あの頃の流行の言葉でいえばレクリエーションにもよく出掛けた。伏木《ふしき》の演習林、杖立温泉の上の曾田《そたん》台、中津海岸の潮干狩りなど、家族連れで行くことが多く、岡田さんは花江さんと弘君をいつも連れて来ていたが、奥さんは一度も来たことはなかった。その頃から岡田さんは酒を飲むと足をとられることが多くなり、また吐血することもあったりで、皆で介抱したこともあった。

文芸講演会も近郊でよく開かれ、岡田さんのお供で佐川さんと私は天ケ瀬や玖珠、阿蘇まで行ったこともあった。岡田さんはあまり話し上手とは言えなかったが、いろんな方面で造詣の深いのには感心した。

私には未知の楽しい日々の連続であったが、あれだけ景気のよかった家業に、その頃翳《かげ》りが見え始めてきていた。物資もだんだん出回りはじめ、特にゴムの生産が上昇するにつれて、ゴム草履、ゴム靴、長靴などもどんどん生産されて、下駄の売上げは目に見えて減ってきた。革靴も手に入るようになってくると、木履業界は大変な打撃を受け、目先の利く人は早々と製材所に転換したり、他の仕事に鞍替えしていった。父は生来呑気な方だったから、時流に乗るのが遅れ、後手後手に回るようになってきていた。それに父の女性関係や高利貸しをしているなどの噂も流れ、私は憂うつな日々を送るようになってきた。岡田さんも下井手から、出来たばかりの天神町の市営住宅に移ったので、私の家からずっと遠くなった。

そんな中でも仲間でガリ版刷りの詩集を出し続けていたが、仲間たちも次第にそれぞれの仕事が多忙になり、合評会も一時のようには開かれなくなってきた。

私は衰退していく家業に危機感を覚え、父に進言して遅まきながら製材所に転換することになった。父は、競争の激しいことや不慣れなこと、本格的にやるなら山林売買まで手を延ばさねばならず二の足を踏んだが、お前が責任を持つならば、と許してくれた。私には、文学に現《うつつ》を抜かす余裕はもうなくなっていた。

その頃『九州文学』も編集方針が変わり、岡田さんは発表の場を失って困惑していたようだが、昔教えを受けた同郷の作家稲垣足穂氏の紹介で、名古屋の同人誌『作家』に投稿出来るようになるかもしれないと喜んでいた。岡田さんにとってはそれよりも、市の職員共済会が機関誌『かがり火』を創刊することになり、その編集に携わることになったことの方が嬉しそうであった。

水を得た魚というか、自分の好きな分野で活動出来ること、岡田さんの才能と実力が周囲に認められたことになり、これが何よりであったようだ。岡田さんは『かがり火』の各号にそれぞれテーマを設けて積極的に編集に取り組んでいた。

今でも印象に残っているのは、新入りの男女職員を集めての座談会を岡田さんが司会して開いている記事であった。日田などでは考えられないフレッシュさが溢れ、その司会ぶりもいかにも洗練されていて岡田さんの心の躍動が感じられた。また同誌に次々に発表した『松籟』『木立』『樗』の小説は内容も文章も幽玄にして華麗な世界であった。岡田さんは脂が乗り切り、真剣に文学に精進しているのを感じた。

私の方は詩作については諦めの境地になりつつあったが、仕事の製材所は、朝鮮動乱景気で木材を挽《ひ》いても挽いても足らない状態が続いていた。私は有頂天になり一端《いっぱし》の青年実業家気取りで、夜の町を飲んで回ったり、ダンスホールに入り浸ったりしていた。酒も随分強くなり、岡田さんともよく飲んだ。飲み代はスポンサー気取りで全て私が持ち、頼まれれば返してくれないのを承知で用立てたりもした。

岡田さんは文学にのめり込んでいけばいく程酒量もふえ、役所の仕事も疎《おろそ》かになってきていたようだった。岡田さんの寸借癖は強まり、それに奥さんが日本舞踊に身を入れ過ぎて家庭もうまくいっていない、と仲間から聞かされていた。

私はその頃、詩の合評会で知り合った女子大生と密かに交際を始めていた。日曜日ごとに福岡から帰って来る彼女を誘って遠くの町に汽車で出掛けたり、待ち合わせて日田の近くの景色の良い山野に自転車で行ったりした。最気がよいといっても高が知れていて、今みたいに乗用車などあるはずもなかった。

一日中町並みを歩いても、山野をただ自転車で走り回っても、彼女といれば楽しかった。暑さ寒さも気にならなかった。私は彼女に恋し始めているのをはっきりと感じた。

昭和二十八年の五月に、父と相談して、製材効率をよくするため新型の製材機を購入した。試運転も巧くいき、お祝いの酒で気持ちよくなった私は、彼女のことを岡田さんに是非話しておきたいと思い、夜道を自転車で天神町の市営住宅へ走った。伏木、中津へ通じる県道の傍らに花月川から灌漑用水に引いた小さな渡里川が流れ、土手には桜並木が続いている。それに沿って市営住宅が建ち並び、その中に岡田さんの家があった。家は電灯も点《つ》いていないように暗く静まり返っていた。玄関はすぐ開いたので、岡田さんの名を呼んだ。

奥の部屋から幽かな明かりが漏れ、

「おお、征一郎君じゃないか、珍しいね。さあ、あがり給え」

と岡田さんの声が返ってきた。薄暗いアルマイトの電気笠の輪に岡田さんの憔悴《しょうすい》した顔が怖いような陰影を帯びて浮かびあがっていた。みかん箱のような机で懸命に原稿を書いていた。

「ちょっと、そこで焼酎でも飲んで待っていてくれ。今やっと新しい小説の構想が纏《まと》まって、書き出しを書き始めたところだ。飲みながら書くものだから、すぐ忘れてしまう。もうすぐ区切りがつく。書き出しが決まれば、あとは楽なんだ」

岡田さんは私の方を気にしながらも、額《ひたい》を原稿用紙にくっ付けるようにして書きすすめた。人と真面《まとも》な会話をしながらでも、原稿を書く能力があるようだった。

「今日、京町の方に用があって帰りに銭淵橋を渡って隈の方へ来ていたら、突き当たりに照蓮《しょうれん》寺というお寺があり、山門越しに大きな銀杏の樹が亭々と聳《そび》え立っているのが見えた。突然、長い間温めていた、あの荒平で見た銀杏の黄葉の美しさを何とか小説にしようと考えていたのが具体的に出来上がった。嬉しかったね。いつもいつもトナカイの角のように何本ものアンテナを立てて走り回っていたら、遂にそれに引っかかった。題名も『銀杏物語』に決めた。これから書き始めていつ完成するか分からないが、出来上がったら、征一郎君、ぜひ一番に読んでくれ」

部屋の中の薄暗がりに酒瓶が転がり、てんぷらの食い残し、目刺しの頭、はし、煙草の吸い殻、グシャグシャに丸めた原稿用紙などが散らばっていた。

　私は、彼女のことや今日新しく購入した機械のことを告げる状態ではないこと、岡田さんの文学への気迫に押されて黙り込み、ただ奥さんと弘君のことが心配で尋ねた。

「うん、女房は何処に行っているのか分からんが、恐らく踊りの練習と思う。弘は、私が小説を書き始めると、怖がってか、気を遣ってか、隣の藤村のおばさんの家や学校の先生の所に行っているらしい。可哀想だけど、これも仕方のないこと。でも征一郎君、私は頑張るぞ。これが最後のチャンスだからね。ずっと前から京都にいる先生に小説を送り続けているのだけど、全部没《ぼつ》なんだ。どこが悪いのかも教えてくれない。しかし、読み直すと自分でも情けないほど不出来と分かってくるのだ。まだ小説を書き始めの頃は、原稿用紙の自分の字は全部朱色の字に直されていたんだ。作家になるということは、編集者や評論家、先輩作家との死闘と言える点もあるんだ。こうなれば、相手を打ちのめすような作品を書くしかない。この歳になってプライドを傷つけられたとか何とか甘いことは言っていられないんや。この十年のロスが悔やまれることもあるんだ。こんな愚痴を征一郎君に言っても仕様がない。誤解しないでくれ、日田に住んでいることを悔やんでいるのじゃない。そこに安住した自分を責めているんだよ。とにかく必死や。生きるか死ぬかの瀬戸際なんだ。済まん、済まん、そこで飲んでいてくれ、こんな弱音を吐けるのも君だけなんだ。堪《こら》えてくれ」

私は岡田さんの凄愴な形相と迫力に圧倒され、あんなに優れた作品を書いている人が、なぜこんなに悩まねばならぬのかと思うと、文学というものに底しれぬ恐怖感を覚えた。体に戦慄が走り出して止まらなくなり、私のような者が文学などといった世界にとても首を突っ込むものではない、と自分に何度も言い聞かせた。

六月の末に、何十年ぶりかの大洪水が日田を襲った。毎年梅雨時になると川は氾濫していたが、この年の雨は平年の数倍の量で、降っても降っても止まなかった。

大概一、二日降ると中休みがあり、その間に山地の川の水はあっけなく減り、また降ってもそれを容れる余裕が出来るのだが、昭和二十八年の雨はそれまでのとは全然違っていた。壮大な雲群が、ちょうど筑後川流域にどっかりと居座ってしまった。四日目の夜に水は音も立てずに床下を浸しはじめ、それから慌てて新設した製材機械を取り外し始めたが、もう間に合わなかった。後は二階の部屋に逃げ込むのが精一杯で、ただ水の引くのを祈るだけであった。夜が明けてみると、軒下まで濁流が来ていて、何ヵ月分かの杉丸太の山も、出荷するばかりの製品も全て流され、製材機械は流れついた雑木で滅茶滅茶に破壊されていた。残ったのは汚泥の堆積と借金だけだった。

荒れ果てた市街を見ると、命があったのが不思議と思われるほど凄まじかった。

岡田さんも無事らしいとの消息が入ったのは、一週間も経った七月五日前後であった。電話は通じない、道路は決壊して歩くのがやっとであった。

秋口になってやっと天神町の岡田さんを訪ねると、意外に元気で明るかった。庭に、赤や黄、白のカンナが鮮やかに咲いていて、奥さんも弘君もいた。

「これじゃ、酒を飲む雰囲気ではないので、近年になく体調が良い。征一郎君とこも大変だったね。戦争でやられたと思うしかない。こういう災害があると人間は却って一致団結の気持ちが出てくるもんだね。小説も暫くお預けだよ」

岡田さんは照れながら笑った。奥さんが帰って来て家庭がうまくいき出したのが、岡田さんを青年のように見せていた。

製材業を再び始めるかどうかで、私と父は毎夜のように議論した。父は、面倒なことはしないで私に勤め人になることを勧めた。そうすれば借金は自分が何とか肩代わりをしてやるが、また始めるならば、びた一文たりとも出さないと言った。

私が勤め人に向かないのは、自分が一番よく知っていた。悩みに悩んだ末に、私は友人の勧めで、友人の父が経営している水道工事の会社に弟子入りのようにして就職することにした。今度の水害の後で一番困ったのは飲み水の確保であったし、汚物の流出による衛生上の問題には最後まで悩まされた。そしていつか日本も文化国家になり、その時にはきっと水洗便所の時代が来ると予感した。

とにかくこの際、未知の社会に飛び込み、一から心身共に鍛え直したい気持ちもあった。が、さしたる肉体労働をしたことのなかった私には、水道工事の仕事は応《こた》えた。寒い時の水処理にはほとほと参った。

水道仕事を始めた頃から、これとは関係なかったかもしれないが、彼女が私から遠ざかっていくのが分かり、それがまた私を悩ませた。

二十八年の暮れのある日、父が一杯機嫌で帰って来て母に言っていた。

「岡田某人さんがまた酒を始めたわ。前よりひどいくらいだ。淡窓《たんそう》町の『竹仙』で飲んでいたら、岡田さんがひょっこり入って来て、私にしきりに愚痴るんだ。上司から小説を書き続けるなら市役所を辞めろ、と言われたとね。仕事はちゃんとしている積りですが、なぜですかと聞き返すと、仕事は出来ていても、頭の中で小説のことを考えているのがいかん、と言われたそうだわ。だからわしは岡田さんに言ってやった。『頭の中があなたに見えますやろか』と、今度言われたら言い返してやりなはいと。しかし、文学をやる奴は組織から見れば所詮アウトサイダー、食《は》み出し者だもんな。わしだって傍から見ているから良いが、経営者としては文学をやる奴は薄気味悪くて使いきれんわな。いい仲になった女子《おなご》はんからいつも懐に匕首《あいくち》を突き付けられているようなもんかもしれんからな。わしみたいに下手な川柳ぐらいなら、ご愛嬌だけどな。それにこんな田舎じゃ、大阪者は軟弱に見えて気に障るわな。低い声で、もぞもぞと大阪弁を使われると、げんなりだろうからな。岡田さんはこのまま行ったら、いずれ首になるわ。何とかしてあげねばならんけど、どうしようもないわ」

父が岡田さんを語る時は半分大阪弁になるのを聞きながら、私は背筋の寒くなるのを感じた。

明くる昭和二十九年の三月、霙《みぞれ》の降る寒い日に水道管を埋設するための道路を掘っていた私は、突然、上腹部に激痛が走って道路に倒れ、意識不明に陥って大河原病院に担ぎ込まれた。

十二指腸潰瘍の穿孔で緊急手術を受けた。出血がひどくて大手術になり、多くの人が献血をしてくれた。なかでも文学仲間の人たちは一番に駆けつけてくれたらしかった。

術後三日目の午後に私の意識は微かに戻った。岡田さんや佐川、山田、諫山、久山さんたちの心配そうな顔が私の網膜に映っては消えて、文学仲間の友情が嬉しくて、私は涙を流した。そんな意識朦朧の中でも、私は誰よりも彼女の姿を追い求めていた。

体力が回復して退院になるまで二ヵ月かかった。文学仲間が毎日本を差し入れてくれた。私はまた文学青年に戻ったように毎日毎日、詩集や小説を貪るように読んだ。そして詩心に再び点火されて、やはり自分は文学に精進して、いつの日にか自分の詩集を上梓せねばならないと決心した。

岡田さんの詩がいくつかの同人誌に載っていた。

海の匂い

六月は海の匂いがし
ひるからの雲は
なつかしい貝殻

あゝ子供よ
夕映の中を裸足で歩き
麦笛を吹け

その真鍮音の裂け目から
藻をひきずつたギリシヤの神が
光つて出て来るのだ

遠くはなれて住み

それゆえ　さらに
六月は海の匂いがし

　　　月下

寒夜
ひつくり返つたトロッコは
その車輛に映る月光のために
みづから悲しまねばならず

すべて　凍り
すべて　尖り
一枚の青いスライド画面の中で
私は凝固し

あゝ　この環状山脈の中心から
歩み去りたいと願ふのだ　が

そのためには　影を
こゝに捨てて行かねばならぬ

黄昏

乾いた土手がいっぽん
遥かに私の中に在り
胸のあたりの遠景
うぐいす色の中に溶け込み

白いけものがいっぴき
私の中に出没し
天に向けて開いた口から
雲母の半月を吐き

あゝ　水蒸気と花粉の墨流し
することもなく輪廓を失い

うとましく腕を組み
白茶けたこの土手を歩く
私のうしろ姿は
ものうい黄昏

数年前、文学仲間で中津の海岸に潮干狩りに行った時、弘君が嬉しそうに浜辺を駆け回っていた情景が「海の匂い」の中に鮮やかに浮かび上がってきた。岡田さんの弘君への愛情が滲《にじ》み出ていて頬笑《ほほえ》ましかった。

「月下」と「黄昏」からは、「山中憂悶」の諧謔、道化を脱し、詩人としての憂悶と嘆嗟が著しく昇華して清澄な境地に達し、感性を正確に形象化してきているのを私は感じた。

五月中旬、退院の迫った快い風の吹き抜ける日に、私は諦めかけていたのだが、彼女が赤いバラの花束を持って病室に風のように静かに入って来た。彼女は見違えるほど美しく大人っぽくなっていた。私たちは暫くの間お互いに黙ってうつむいていた。

「もっと早く来たかったんだけど……。いろいろあって……」

彼女は申し訳なさそうに言った。

私は思い切って彼女を病院の屋上に誘った。五月の風が吹き、三隈川の川面は初夏の陽を受けて眩しいほどキラキラと輝き、風が通る度に無数の光の玉が消えたり現れたりした。

彼女の表情から、別れの言葉を告げるために来ているのが分かった。今年の秋、結婚して東京に行くことになった、と私の方を振り向かずに言った。私には何も返す言葉がなかった。私たちは陽が傾きはじめるまで、黙って川面を見つめていた。

屋上から彼女が銀天街のアーケードに消えていくのを見送りながら、私は青春のほろ苦さを味わった。

退院後、父の反対を押し切って再び水道工事の仕事に戻った。私は精神的に強くなったことを自分で感じていた。

「どうも岡田さんの欠勤が目立ちはじめ、市役所で問題になっているらしいわ。それに共済組合の金を少額らしいが使い込んでいて、責任問題になってきているらしいわ。岡田さんの返す当てもない寸借癖を皆知ってきて、貸さなくなったからや。つい目の前の金に手を付けたんだろう。悪気のない小銭だけどね。可哀想やわ。何とかしてあげたいが、こちらも昔みたいな元気はないしな。奥さんも踊りに狂って家に寄りつかんという噂だし、弘君は学校の先生や友だちの家を転々としているということだわ。この前久しぶりにパチンコ屋を覗いたら、岡田さんが昼間からやっていた。パチンコはプロ並みの腕と聞いていたが、勤務時間中にやったらあかんわ。そうそう、淡窓町の友人が言っとったが、豆田の木下酒店の前で昼の日中《ひなか》に岡田さんが手招きするので行ってみると、酒を一杯奢ってくれと言われてびっくりしていたわ。言い寄られた人は他にもたくさんいるというからね。昼間からパチンコ屋と酒屋に入り浸っていてはね。これじゃ岡田さんも終わりだわ」

父は独り言でも言うように溜息をついていた。私にはどうする力もなかったし、また忠告するにはあまりにも年差が開き過ぎていた。

その頃、水道工事の入札のことで、朝早く市役所に立ち寄ったところ、岡田さんがアルコールの残った顔で、売店の前でてんぷらを立ち食いしている姿を見たが、私は気がひけて声を掛けられなかったこともあった。

私は秋口から三ヵ月ほど水道工事の研修で東京に出張させられ、日田に帰ったのは十二月の中旬であった。その間に岡田さんは上司や同僚の口添えで、何かと使い込みは穏便に取り繕われて依願退職の形がとられ、退職金も支給されたと聞いた。私は暗澹たる気持ちであったが、破滅の形を取らずに済んだことで安堵した一方、いずれ日田を去らねばならぬ日が来ることを予感した。

初夏のある日、佐川さんから突然電話があって、

「岡田さんの『銀杏物語』が芥川賞候補に推薦された。それで来週の日曜日の正午、私の家でお祝いの会を開くので君にもぜひ出席して貰いたい。メンバーは昔の文学仲間だけだ。必ず来いよ。岡田さんが待っているから」

と言ってきた。

私は体中に感動が走って暫くの間硬直したように佇《たたず》み、それから思わず万歳をした。岡田さんが言っていたあの『銀杏物語』で、ついに檜舞台に出るのだ。

市役所の会計課の部屋や喫茶店「チェリー」に屯《たむろ》して侃々諤々《かんかんがくがく》と詩の合評会をやっていたメンバーが、皆佐川さんの離れの二階に集まっていた。

岡田さんは緊張のせいか、むしろ青ざめて見えた。久山さんが、

「火野葦平先生からのご報告によると、今度の候補の中では若手の遠藤周作という作家の『白い人』が最有力らしいが、丹羽文雄先生が岡田さんの『銀杏物語』を大変高く評価しているので受賞の可能性もあるとのこと。

火野さんの言によれば、芥川賞は候補に推薦されることが大事で、受賞はある面、運や偶然に支配される。受賞しても、その後も生き残れるかどうかは本人の才能と努力次第。候補になったことは野球でいえば二軍から一軍に登録されたことで、その人の実力が水準を越えたことを認知されたと思ってもよい。日田のような田舎に在住しながら岡田さんは中央に認知された。これだけでも大変に素晴らしいことです」

と言い終わると、皆が一斉に拍手をした。

岡田さんは照れて、暫くもじもじしていたが、促されて立ち上がり、挨拶をした。

「本当に皆さん今日は有り難う。候補になったことが私自身にも信じられないくらいだ。恐らく受賞は無理と思うが、火野さんが言うように、候補になったことによって中央文壇に足掛かりが出来たということでしょう。落選が決まった後より、夢のあるうちにお祝いの会を開いてくれた佐川君の心遣いに感謝します」

皆がどっと笑った。昔の合評会のムードにすぐ戻り、あとは久しぶりの会合とあって賑わった。

岡田さんの実力を一番認める高川さんが、丹羽先生には早速お手紙を書いておいた方が良いですね、と岡田さんに進言し、岡田さんも明日にも書いておきますと話していたのが私の印象に残っていた。

あの当時、『銀杏物語』を読んだ私の印象は、淡く、迫力に欠けると思っていた。本当の良さが私にはまだ理解出来なかった。遠藤周作氏の『白い人』、次回の受賞作、石原慎太郎氏の『太陽の季節』の現代性、風俗性、躍動感には及ばないという印象を否めなかったが、三十年ぶりに今度読み直した『銀杏物語』の印象は違っていた。どこの町や村にもいる人柄も器量も一人前なのに、なぜか人縁に恵まれない薄幸の女性を主人公にして、この人生の不可思議さを見事に描き、機微と哀感のみならず人間の輪廻《りんね》の不易の思想まで出ていると思った。

『銀杏物語』のラストシーンで、お寺の境内一面に散り敷いた銀杏の黄葉を、まるで絨毯《じゅうたん》を巻いていくように女主人が松葉箒《ぼうき》で掃いている。誰か自分のもとを尋ねてくれる人を予感しながら山門を振り返るのだが、これは人間への愛情と信頼を描いている、と私は感じた。

一週間後に遠藤周作氏の『白い人』が受賞し、岡田さんは落選したとの報が入った。今振り返っても、岡田さんにとって受賞と落選の差は、文学上でも世間上でも天と地ほどの差があったと思う。受賞すれば原稿料も入ったことであろうし、後の原稿の注文も続き、本も上梓されたことだろうから。

さあこれから、という時に岡田さんは体力的に限界に達していたようであった。詩作ならともかく、原稿用紙の桝目を一つ一つ埋めていく小説創作は、作業だけ見ても大変な労力で、ストーリーテラーでない彫心鏤骨《ちょうしんるこつ》の作風の岡田さんには難儀なことであったろう。それに市役所を退職して収入の道も閉ざされ、退職金も大半は借金返済に消えていたし、奥さんとの家庭内のいざこざの噂も耳に入ってきていた。

その年の夏頃岡田さんは離婚し、弘君は岡田さんが引き取り、奥さんは舞踊劇団に身を投じて別府の方に去って行った。

離婚に追い込まれることは想像されていたことであったが、私にはやはり衝撃で、これからの弘君との生活が思いやられて暗然とし、岡田さんは文学的にもう大成することはまずあるまいと予感した。

ずっと後になって、離婚に立ち会った娯楽舞踊劇団の高橋信吾さんに聞いた話であったが、離婚話が決定的になった時、岡田さんは、もう文学もアルコールも断つから、弘のために離婚だけは思い止まって欲しい、と奥さんに懇願した。が、奥さんは頑として聞き入れず、それでも岡田さんが翻意を迫ると、奥さんは敢然と言い放ったという。

「この三年間あなたは私を抱いてくれたことがありましたか、私もまだ五十前の生身の女、どうして耐えられますか」

岡田さんはそれを聞くと、奥さんに背を向け壁の方を向いて、涙を流しながら言った。

「お前の言う通りだ。私から何も言うことはない。ただ弘は私が引き取る」

それを聞いた時、岡田さんのこの世に生を持った悲愁と憂悶が言いようのない悲しみとなって私の体を震撼させた。

離婚したあとの岡田さんは、一時保険勧誘員の仕事をしていた。私が水道工事の穴を掘っていると、よれよれの背広にどた靴を履き、破れ鞄を抱いてよろよろしながら近づいて来る老人がいた。危ないなと思っていたら本当に穴に転げ込んで来たので危うく受け止め、大声で怒鳴りつけた。それが何と岡田さんで、後は二人で大笑いになったが、岡田さんの老け込んだのには涙を流した。

あんな寡黙な人が保険の勧誘を上手にやれるはずがなく、間もなく県会議員の秘書みたいな仕事に変わった。その県議はいわゆる叩き上げた実利一方の人で、岡田さんとうまくいく道理がなかった。それでも辛抱して靴みがきから靴揃え、肩もみ、演説の原稿を作った。またその県議は興行師もしていて映画館や芝居小屋も持っていたので、そのチラシ作り、チラシ配り、キップの捥《もぎ》りなどもしていた。チラシなどの文章はさすがに巧いもので、岡田さんが作ったものはすぐ分かった。

私が映画を見に行くと、岡田さんが嬉しそうに手招きしてニヤッと笑いながら無料で入れてくれた。捥《もぎ》りをしながらも、焼酎片手に暗がりでせっせと原稿を書いていた。しかし、そこも暫くして県議との間が拗《こじ》れ、アルコール中毒を原因として首になったそうだった。

昭和三十一年三月頃になると岡田さんはいよいよ行き詰まってしまった。一時は東京の火野葦平先生の仕事場の留守番の話もあったようだが、それも壊れて、大阪の昔の川柳や鉄道仲間を頼って日田を出ることになった。市役所の上司、同僚、文学仲間の人たちが随分奔走してお金を集めてやったようだった。

私も貯金をはたいて餞別に贈った。その時、岡田さんがお礼がわりに残した色紙や短冊に書かれた俳句を今でも持っている。

岡田さんは俳句の雅号は魚衣といっていた。

大阿蘇を遥に置きて花すゝき

鬱々と蘇枋咲きけり去年の此処

雨孕む風に新樹の揺れやまず

有志の人たちが「鶏松」で送別会を開くことになり、父も淋しそうに出掛けていった。文学仲間では佐川さんと私が出席出来なかった。佐川さんは体を悪くして福岡の療養所に入院していたし、私は仕事の都合で時間が取れなかった。若い女性ファンが、野苺を摘んで岡田さんに贈った。その時「宮川写真館」で撮った写真が今でも残っていて、弘君も写っていた。

大阪へ出発の二、三日前、岡田さんから、君が送別会に来ていなかったのが心残りだから、今夜天神町に来てくれないか、と電話があった。

市営住宅の渡里川沿いの桜並木はまだ五分咲きであったが、快い春風と薄桃色の春宵はまさに値千金の趣があった。

川に面した庭で岡田さんと弘君が七輪で料理を作っていた。あたり一面に香ばしい匂いが立ち込めていた。料理は桜鯛の塩焼き、アナゴのかば焼き、牡蠣《かき》の土手鍋が用意されていた。どれも岡田さんが生まれ育った明石の魚町の名物で、幼い頃は毎日反《へ》吐《ど》が出るほど食べていたらしかった。味付けも上手で、弘君も屈託なく明るかった。

最後というのに、文学の話は何もしなかった。岡田さんは、日田の人への感謝の気持ちを何度も繰り返した。もう日田に二度と戻ることは決してしない。皆さんにいろんなことをしていただいたのに、もし舞い戻って再び日田の地を踏むことがあったら申し訳が立たない、と涙を流していた。

酔いが回ってくると、君に良いものを見せようと、手拭で頰被《ほおかぶ》りしてキセルを手に持ち、歌舞伎十八番の一節を嗄れた声であったが、しみじみと演じてくれた。私は涙が流れて仕方がなかった。

岡田さんがいよいよ旅立つ日、それは夕方六時日田駅発の汽車であったが、昼過ぎに北友田でダンプカーの転落による水道管破裂の報が入った。夕方になっても修復出来ず、私が出向かざるを得なくなった。刻々と時間は迫るのに水漏れはなかなか直らなかった。やっと修理が終わったのは六時ちょっと前であった。
二、三日前にお別れ会をしたのだから見送りは止めようかと思ったが、夜明駅で日田彦山線から久大線に乗り換える客待ち時間が十五分ほどあるのを思い出すと、岡田さんの顔がどうしてももう一度見たくなった。後片付けも放っぽらかして、自転車に跨《またが》ると夜明駅を目指して必死にペダルを踏んだ。駅まではゆうに四キロはあった。がたがた道で自転車を漕いで漕いで、漕ぎまくった。途中で何度か横転して肘も膝も、顔もこすった。血を流しながら、このまま死んでもいいと思って漕ぎ続けた。岡田さんの乗った汽車がすぐ道上の線路を警笛を鳴らしながら、私を追い越して行った。その頃、ちょうど夜明ダムの工事が行われていて道は片側通行であったが、作業員の制止も振り切って飛ばした。

夜明駅に着くと、道路に自転車を放り出して駅の階段を駆け登った。博多行きの汽車はまさに発車直前であった。私は所構わず、岡田さんを探して名前を叫んだ。汽車はけたたましい汽笛を鳴らし、力強く蒸気を吹き出し動き出した。プラットホームの満開の桜並木が、それに呼応して白い花びらを無数に散らせた。ホームは桜花の純白で浮きあがって、霞んで見えた。

他の乗客が、血を流した私の顔に驚いて、車窓を上げた。私はなお岡田さんを呼び続けた。前の方の車両に乗っていた弘君が気付き、

「山野のお兄ちゃんだ！」

その声に向かって私はホームを走った。

汽車は既に走り始めていて、岡田さんが身を乗り出し、

「征一郎君、来てくれたのか。お見送り有り難う、君も元気で！　いろいろ本当に有り難う」

と手を振った。

「岡田さんも元気で！」

これが岡田さんとの永遠の別れになるのでは、と予感がし、放心したようにホームに佇んで、いつまでも汽車の走り去った方に向かって手を振り続けた。

第四章　藤村青一の章

まあ、寝屋川のこのアパートがよく分かりましたな。それにしても無事に着いてほんまによかったですわ。

先日、見ず知らずのあんたはんから、突然、岡田徳次郎について話を聞きたいからお訪ねしたい言うて電話をもろた時、わしはほんまに驚いたんや。徳次郎は、私の生涯で忘れようにも忘れられへん存在やったけど、今頃になって彼を調べている人があるとは夢にも思わず、わしは自分の耳を疑ごうたんや。

まあ、さあさあこちらにお出でなはれ。たった二部屋の狭いアパート、立って寝なければならんほどやが、さあお座りになって下さい。

わしは、ご覧のように完全に失明しとるけど、代わりに聴覚は発達している。あんたはんの電話の声からも、大体あんたの年齢も姿形も想像出来る。そう、四十五歳でっか、そのくらいやとわしも想像しとった。わしの息子と六つ違いでっか。そんなにお若いのに、いまさら岡田徳次郎とは奇特な人ですな。

わしは、今日のあんたはんがお出でになる日が待ち遠うしいて、家内に夕方から何度も戸口に立たせてましたんや。ここはアスファルト・ジャングル、同じようなアパートがぎょうさん林立してるので、さぞ戸惑ったことでしょうな。それに夕方一時間ほど関西はもの凄い雷雨で、先ほどは停電まで起こしてましたわ。これじゃ今夜はとても到着出来まいと家内とも話をしていたんや。

そうでっか、福岡も凄い雷雨で飛行機の発つのが一時間も遅れましたか。それにしても、よう遠い所を来てくれましたな。

失礼やけど、もう何時になりますか。八時半にもなりますか、着くなり、こんなことを聞くのもなんやけど、あんたはんは今夜の宿はどないしてますんや。ここに泊まって貰てもよいんやが、とてもお客を泊めるような広さはありまへん。そうでっか、枚方のホテルを取ってますか、それはよかった。あそこやったら、こっからでもタクシーですぐ行けますさかい。これで安心して話が出来ますわ。わしはこんな不《ぶ》躾《しつけ》な男、堪忍しておくれやす。

それにしても、わしがここに住んでいるのがよう判りましたな。えっ、尾道の市役所を訪ねてここを突き止めた！　わしが尾道から某人《ぼうじん》に出したハガキを某人の息子はんが保存していて、それをあんたはんが住所を頼りに尾道までわしを探しにいって、最後には市役所でここを突き止めたんでっか、それは難儀をお掛けしましたな。

そうでっか、先住地の市役所に行けば、移転先が判るんでおますか。そんな仕組になっているとは、わしは全く知りまへんでしたわ。

ところで、あんたはんは酒をお飲みになりますか。そう、かなりいける、それはよかったわ。わしは毎日、夕方になると早々と焼酎飲むんを楽しみにしてますんや。日頃やったら、もうこの時間は気持ち良うなってラジオでも聞きながら寝ているんですわ。今夜はあんたはんが来るんで、これまで飲むのを我慢していたんですわ。ほしたら飲みながら話しまひょ。その方が舌がよう回って良いんですわ。焼酎でよござい まっか。焼酎大好きでっか、それはよろしゅうおました。そうや、九州は焼酎の本場ですわな。

　　飲んでほしい止めてほしい酒をつぎ

せや、これは確か某人の作った川柳やったな。某人の川柳は人情の機微に通じたよい句があるわ。

　せや、これからの話は岡田徳次郎を某人と呼ばせて貰いますわ。岡田は川柳での雅号を某人、わしは亜鈍《あどん》ですわ。わしらはお互いに某人、亜鈍と呼び交わしていましたからな。戦前はもちろんじゃが、戦後再会してからも本名を呼び合うたことはありまへん。川柳仲間はいつでも皆こうなんですわ。某人、亜鈍じゃないと気分が出まへんわ。これからの話も、これでいきますさかい、間違いないようにして下され。

　それにしても懐かしいことですわな。

　あんたはんの明日の予定はどないなってますか。そうでっか、明日は近江八幡市に某人の「評論新聞」時代の同僚を訪ねまっか。それやったら時間がおまへんな。

　ほな、こうしまひょ。あんたはんがお聞きしたいことを、わしが答える、いうたふうに話を進めまひょ。あんたはんがどないな目的で、某人を調べているかなどというた野暮な詮索はよして、話をどんどん進めまひょ。

それにしても某人は幸せな人間ですわな。あんたはんみたいな人に調べていただけるとは、某人もさぞや草葉の陰で喜んでいることでおまひょう。わしもほんまに嬉しおますわ。このわしの感情はとてもあんたはんには分かって貰えへんかもしれまへんな。

えっ、このわしの生い立ちからのことをお聞きになりたい。それは大層嬉しおますけど、自分から語るような立派な履歴はありまへんわ。それに先ほどからあんたはんの話を聞いとったら、ようわしのことを調べてお出でなのにはたまげましたわ。えっ、『詩文化』のことも知ってますか。あれは戦後昭和二十三年にわしがオーナーになって詩と評論の雑誌として、『詩文化』を創刊したんですわ。当時、日本でも第一線の詩人、安西冬衛、小野十三郎、竹中郁、大西鵜之介、わしの兄の藤村雅光が編纂委員になってましてな。『詩文化』の頃は、大阪を中心にした詩人がぎょうさん集まって、わしの鼻も高かったなぁ。振り返るとあの頃がわしの絶頂期やったな。大阪の詩人で、いや、ひょっとしたら日本の詩壇でもわしの名を知らん人はおらんかったかもしれんな。『詩文化』から、今、日本の第一線で活躍している詩人や評論家がぎょうさん出てますわ。

あんたはんは小説の方で、詩はあまり詳しゅうないらしいが、作家の大御所の井上靖はんも『詩文化』に「猟銃」という詩を載せてまっせ。無論その頃は無名やったけどな。今は有名になった評論家の吉本隆明はんや長谷川龍生はんも、よう寄稿してくれていましたわ。

ほんまかいな？　日田からもあの頃某人の他に、『詩文化』に投稿して載った人がいましたの。それはたいしたもんですがな。あの頃は詩なんか掲載してくれる雑誌が少なかったんで、採用されるのは大変やったけど、わしは編集にはタッチせんようにしてましたが、審査は厳重にしてましたからな。

もう、三十数年前のことやから、よう憶えてまへんけど、日田の某人から日田在住の学生詩人のことを手紙で知らせてきたことがおましたな。いや、ひょっとしたら、わしの方が掲載された学生詩人のことを某人に知らせてやったんかもしれまへんな。

その詩人の方は今も日田に健在で、『詩文化』に掲載されたことを、今でも誇りに思ってまっか。それはうれしいことでございますな。そうでっか、諫山昌信さんといいますか、その方は。「笛」「命」と「ヒシメキ」「海港地帯」、四編も載りましたか。

文学を志す者には、そんな矜持《きょうじ》を大切にするところがおますのや。某人も何編かの詩を『詩文化』に載せてますわ。某人が詩も書くとはその頃までわしは知りまへんでしたから、驚いたんですわ。戦前の某人はもっぱら川柳一筋で、時には随筆らしいものも書いていましたけどな。

ほんなら、わしと某人の出会いからお話ししまひょ。もう五十年も前のことですさかいに、記憶違いもおますかもしれんけど、勘弁しておくれやす。

昭和五年にわしは関西学院大学を卒業しましたが、そのまま大学に残ってキリスト教関係のセツルメントの仕事に打ち込んでいたんですわ。社会運動に一生を捧げる覚悟でしたからなぁ。ところが、上司の教授との間が、教義の解釈や生活態度の問題で巧くいかんようになって、大学に居辛くなり昭和七年に思い切って大学を辞めて、義兄がやっていたラシャ（羅紗）問屋に就職したんですわ。

わしは早熟で、中学時代から既に詩作に手を染めていたんやけど、その問屋に三人の番頭はんがいて、三人とも仕事中も川柳誌を離さへんぐらい熱心で、わしもそのうちだんだん感化されて川柳を始めたんですわ。

わしは翌昭和八年には処女詩集『保羅』（パウロ）を出さしてもろたくらいやから、三人の番頭さんの逆上《のぼ》せぶりを最初のうちは小馬鹿にしていたんやけど、川柳を始めてみるとな、これがえろう面白うおましてな、川柳は俳句や和歌より詩に近いもんがありますのんや。

それからは川柳の本を集めて読んだり、時々作っては番頭さんに見せておました。ある日、大番頭の大阪形水はんから、お前は熱心やし筋がよい、ひとつ今晩の川柳の会に出て腕だめしをしてみたらどないや、と煽《おだ》てられましたんや。わしは体は小さいけど、向こう意気が強うて、ものおじしいひん性格やから、よし出たろか、という気持ちになりましてな。

その会いうんが、当代の川柳の代表的作家、麻生路郎先生の主宰するもんで、当時の大阪ではレベルの高い川柳会で、わしは後から知って冷や汗もんでしたわ。

その会で偶然にわしの横に座ったのが某人だったんですな。彼は鉄道の制服の詰襟を着て、鼻眼鏡をかけ、ふさふさとした天然にウェーブした黒髪をポマードで固め、威風堂々と言いまっか、貴公子然としていましてな。わしはえらい所に座ったもんやと震えを覚えましたわ。某人は背も高うて、また姿勢がようて、お互い端座しているのに、わしは某人を見上げねばならないくらいでしたなぁ。

某人は川柳をはじめてかなり経っていたんか、作句するのが早うて、また良い句を作るんですわ。その夜、某人は最高点を取りましたなぁ。

声を掛けるのも気がひけましてな、その夜は黙って別れましたがな。その次の会の時も、不思議にわしと某人は二人とも少し遅れましてな。二つしか席が空《あ》いてのうて、また二人横に座ることになりましたんや。偶然が重ならなかったら、二人が生涯の友となったかどうか、もうこれは運命でっしゃろうな。

わしと某人は、何もかも可笑しいくらいに対照的でおましたな。某人は長身、わしは背が低い、某人は痩せていて、わしは太っていた。某人は細面、わしは丸顔、某人はぼそぼそと静かに話すが、わしは声高、早口。ほんまに全てが対照的でしたな。某人と付き合い始めて分かったが、性格も某人が陰、わしが陽やった。

あんたはんは生きている某人には会うてまへんのやな。写真では見たことがある？そうでっか。それだけじゃ、某人のイメージが湧かんやろう。今、目の前にいるわしを見て、その真反対の人間だと思って下はれ。

体格も、性格も真反対だけに、わしと某人はほんまに気が合うた。それは凹面体と凸面体が一緒に重なり合うて正立方体を形作ったようなもんでしたな。そうや、文学と酒だけは趣味が一緒やったな。某人は女性にはあまり興味がなかったな、そこもわしと違うとったわ。

偶然が重なった会の帰りに、わしはおずおずと某人を夜の街に誘うたんや。わしも、あの時は勇気があったと思うわ。ある面、茫然自失の状態だったんかもしれへん。自分で某人を誘っていながら、某人が道頓堀の通りをわしの後を心細げに付いて来ているのに、気が付かんかったくらいでしたからな。

はっと我に返った時は、行きつけのカフェーにわしと某人が並んで座っていたんや。某人もわしもその時は遠慮し合うて、あまり話さなかったんや。わしは某人を前に一人で黙々と飲んだ記憶があるわ。自分の引け目を隠すように飲んだんやろうな。某人はその時、アルコールを一切口にせんかったんですわ。

某人は長い付き合いの中で後にも先にも自分のことを口にすることはほとんどなかったけど、その時某人は、自分の家系には酒で身を滅ぼした者がいるので、自分は酒を飲まんことにしてるんや、と妙に思い詰めたように言うたわ。

わしはひとりで酔い潰れながらも、某人という男は、家系的というか、体質的に何かアルコールに対して脆弱《ぜいじゃく》なもんを持っとって、将来いつか酒に溺れるんやないか、とその時不思議に予感したんですわ。

そう、その年の川柳の忘年会があって、一次会が終わると、わしは自分では意図してへんかったんやけど、最後は某人と二人だけが取り残されたようになりましてなぁ。ほしたら、六甲にでも行くか、と素面《しらふ》そのものの某人をハイヤーに乗せて、神戸の夜景が一望できる、あの頃は外国人しか行かへんホテルのカフェーに連れて行ったんですわ。今の六甲から見る夜景がどんなにきらびやかか、わしは目が見えへんから分からんけど、とにかくあの夜某人と眺めた夜景はそれはきれいやったな。

今でも鮮やかに思い浮かびますわ。目が見えんようになった方が、記憶の残影は素晴らしいもんで、あんたはんらには分からへんかもしれまへんな。

そのホテルの、今でいうバーのマスターが某人と同じ明石の出身や、いうことが偶然に分かって、某人とえらい話が合いました。そのうちにマスターがジンの入ったカクテルを作り某人との会話の弾むなかに密かに飲ませていたようで、某人は人が変わったように陽気になり、わしにも打ち解けてきたんですわ。某人にとってアルコールはやはり禁断の実やったんやな。その夜は酔い潰れてしもうて、わしが家まで送っていったわ。

それからのわしらは会うとよく飲んだもんや。アルコールもまだ自由に手に入る頃やったからなぁ。もっぱらわしがしゃべり、某人は黙って聞く一方やな。黙っとっても、わしは楽しゅうてしょうがなかったな。

付き合うていくうちに某人のことも少しずつ分かってきた。学歴はほとんどなかったようやけど、独学でよう勉強しとってなぁ、本なんかもよう読んどったわ。芝居や落語にも精通しとって、洒落がよう通じるんやわ。

しかし、文学的にはわしの方が随分老成《ませ》とったな。某人は文学的には見掛けによらず初《うぶ》だった。それでわしは少し安心したんや。わしは特に早熟やったせいもあるけど、文学に関しては、わしは某人を随分リードしてやったはずや。ある小説や詩人についてわしが語ると、次に会う時にはその本を必ず読んで来る、いうた状態で、飲み込みが実によかったな。

あの頃の某人からは、後年詩を書いたり、小説まで書くようになるとは想像も出来んかったわ。某人自身もそう思うとったんと違いまっか。わしも某人は川柳を趣味として文学的には平凡に一生を終わるもんと思うとった。某人には詩人としての感性と才気ばしったところは全然感じられへんかったんですわ。

先に言うたようにわしは昭和八年に『保羅』という処女詩集を出してましたからな。某人にその詩集を見せると、たいそう驚いていましたわ。

そのうち某人の蘊蓄《うんちく》の深いとこが買われて、麻生先生の『川柳雑誌』の校正などもやらされるようになってきたんですわな。某人は几帳面な性格やったから、麻生先生の信頼も厚うて、時には匿名で川柳の批評なども書いたりし、わしが受け持っていた随筆など面倒になると、某人に代筆して貰ったりしましてな。今でいうゴーストライター、便利屋さんですな。某人は器用でおましたから、文体までわしに似せて書くんですわ。

ある時、随筆を仲間からえらい褒められましてな。どう考えてもわしには記憶がなかったんやけど、それも某人が書いたもんやったんですわ。こちらは冷や汗もんですわ。

そんな具合で、某人は次第に文学へ目を開いていったんですわ。もともと文章の巧いもんには天性のもんがあって、何としても書くのが好きで苦にしてなかったようですな。そこんとこがわしと大違いやったな。

わしは家内を前にして言うのも何やけど、もう何も隠すこともおまへんし、性格はよう知ってますから明かしますが、わしはきれいな女子《おなご》はんにはすぐ惚れるんですわ。その割りには率直に打ち明けきらへん性格やもんやから、よう某人に恋文を代筆して貰うたんですわ。無論その頃にはもう最初の妻もいましたけどな。わしは好きなもんにはじっとしておれん質《たち》で、某人はわしから相手の特徴や性格を聞くと、それぞれに巧いこと書き分けてくれるんですわ。それも、わしの目の前でさらさらと、あっという間に書くんですわ。わしも某人も三十代の半ばやいうのにたわいのないことをしていたもんですわ。その頃、もう日本は中国と戦争を始めていたというのにでっせ。

昭和十三年に、わしはいつ戦争にとられてもよいように、とそれまで書いた随想や評論を集めて『詩人複眼』という題で上梓したんですわ。これは正真わしの書いたもんばかりですわ。某人が全て丁寧に校正してくれましてな。今、手元に一冊も残ってまへんで、見せられへんのが残念でおますけど、よい出来のもんでしたわ。

そのうちラシャ業界も統制が厳しくなり、わしは兄に勧められて兄が経営する板紙工場に移ったんですわ。刻々と戦局は進んで、わしら若い者は風の中の紙切れみたいな存在やったけど、わしは割りと時代感覚というか、先を見る目がおましてな。

入った時には従業員四、五人の小さな会社でしたが、何しろ金偏のつく商売は統制が厳しくて、何もかも軍需の方に持って行かれたんですがな。鉄の代わりに紙が使われましてな。それまでは紙なんてもんは、本か新聞に利用されているくらいでおましたからな。それがコップ代わりに、アイスクリームの入れ物、製薬会社の天花粉や痔薬の箱、戦闘機の部品にまで利用され始めましてな。大変な需要で、四、五人の会社が、あっという間に百人近い従業員を使う会社になったんですわ。

それは面白いくらいに儲けましてな。今でいう設備投資をばんばんやりまして、会社も兄から譲り受けて、自分のもんにしたんですわ。何しろ軍需工場に指定されとって、バックには国というか軍部がついていますから、何も怖いことはありまへんからな。

せやけど、文学活動はもう駄目でしたな。特高の目が光ってましたからな。ちょっとした川柳の会でも、だれが特高に通じているか、分かりゃしまへんでしたから、会員も反戦などの危険な句は作りまへんでしたな。それなりにボケた句を捻《ひね》ってましたわ。

某人はひどい近視で、戦争に取られる心配はなかったようやけど、わしは三十の半ば過ぎても取られる危険があったんですわ。

わしはもともとセツルメントの仕事をしていた前歴もあったし、詩集なども出してましたから、軍部からは目をつけられていたんかもしれまへん。その頃、せっせと戦闘機の部品を板紙で作って、戦争に貢献をしていたんですがね。

その頃になりますと、某人とも会う機会はのうなっていましたな。文学とか、そんなものは全然価値のない時代になっておましたからな。

いつでしたか、某人と大阪駅の前でひょっこり会いましてな。近くの喫茶店で、何ともしれん甘茶を飲んだことがありましたな。某人はしきりに、もう間近に迫った本土空襲を、子供のように本当に怖がっていたんですわ。わしは、あの頃の青年と同じように、祖国のために身を挺して戦う気持ちがあったんやけど、某人は空襲を怖がって、大分県に自分の身寄りがあるので、そこに早く引っ越したい、言うたんですわ。

正直、わしは死を覚悟しておましたから、某人を非国民のように罵倒したんですわ。せやけど、今から考えると某人はあの頃、やっと文学の楽しみが分かってきていたんや、と思うわ。何としても生き延びて、自分の目指す文学を何とか成就したいとね。

わしは詩集『保羅』、随想集『詩人複眼』を出していましたからな。そんな点では某人より思い切れるもんは持っとったし、あの頃のわしは、生きて終戦を迎えられるとはほんまに思うてなかったんや。

それにわしは詩人としての才能にも少し自信をなくしはじめていたんですわ。詩より川柳に興味を覚えていたんですわ。某人は戦争が激しくなる一方の中でも、文学の勉強はしっかりしていたようでしたな。アルコールも、飲み方を教えたわしを上回って、強うなっていましたな。

その時某人から、男の子が生まれたことを聞かされて、わしも喜んだんですわ。わしは某人の家族のことを聞くこともなかったし、某人もあまり話したがらないふうやったから、子供の出来たことがよほど嬉しかったんやと思いましてなぁ。わしにはその頃もう四人の子供がおりましたんや。

わしの会社は景気がようて、生活に困った詩人や特高に睨まれた詩人を陰ながら援助してあげましたんや。金を手元に置いとけへん性分で、少し金が入ると落ち着かんようになって、どんどん使うんですわ。それも自分のためでのうて、全て他人のため、わしはよくよくそんなふうに生まれて来ているんですわ。

昭和十九年十二月一日に、三十五歳を過ぎたわしに召集令状が来ましたんや。この日付だけは一生忘れまへん。

わしの年齢より上の人にもお呼びがかかっていましたから、いつか来るかもしれんと覚悟はしていましたがな。ほんでも、わしみたいな者が戦争に行くようやったら、日本も敗けと思うとりました。

召集は海軍で、広島の呉でした。わしは軍需工場を経営していましたから、申請を出しておけば出征しなくともよかったんや。それが出来ない性分でしてな。某人に知らせるとね、驚いて駆け付けてくれましたがな。

某人は泣き顔で、お互いにあまり話もしまへんでしたな。外地じゃないのが少しは慰めでおましたけど、もう連合軍はすぐそばまで寄せて来てましたし、内地も空襲が始まっておましたから、どこにおっても同じ、いう気持ちはありましたな。二人で別れの水盃を交わし、カフェーを飲み歩きましたわ。

酒も統制で手に入りにくい時代やったけど、わしはそういう所にうんと金を使うてましたから、蛇《じゃ》の道は蛇《へび》というもんで、酒のある所は知ってましたから。またどの店もわしのために酒を飲ましてくれましたな。

某人もそのころ、空襲を逃れて転々と住居を変えていたようで、わしが帰還する頃は大分の日田かもしれへん、と日田への疎開を真剣に考えていましたな。

軍にコップや紙箱、飛行機の部品などを納めていましたが、もう軍需品など底をついていて、紙や木で米軍の豊富な鉄と戦争しているのをわしは知ってましたから、日本が敗れることは見抜いていました。ただいつまで抵抗し、最後は一億玉砕まで行けば、わしも帰って来れまいと思ってましたんや。わしは性格的にあまり深刻には考えてまへんでしたし、なるようにしかならんわ、と達観してましたな。某人の方が、敗れたあとの国政なんかにまで気を回しておましたな。

わしはその頃、最初の家内と最近好きになった彼女との二重生活みたいになってましたさかい、こちらの方が気になり、某人に何か少し頼んだような記憶もありましたが、これとて某人に出来ることは何もおまへんでしたからな。

入隊して体を鍛え直され、呉から大竹、大竹から千葉と移った時に戦争は終わりましたんや。沖縄の方にでもやられていたら、恐らく帰って来れへんやったやろ。

昭和二十年八月十五日、終戦の当日にわしは早々と大阪に戻ったんですわ。大阪はもう見る影もない瓦礫の荒野でしたな。そして九月の半ばに某人が、わしが無事帰還したのを風の便りにでも聞いたんでっしゃろな、ハガキが来たんですわ。直ぐに会いたかったけど、交通がままならんで、お互い動きが取れんかったんですわ。

十月中旬、日田へ発つので出来れば大阪駅で会いたい、と某人が言ってきたんで、駆け付けたんですわ。某人は憔悴しておましたな。わしらは抱き合い再会を喜び合うたんですわ。某人は涙を流してました。兵隊に取られたわしの方が元気一杯で、大体わしの方がバイタリティーがあったんですな。奥さんともその時はじめて会いましたが、肉付きの良い人でしたし、男の子は色が白うて可愛かったですな。三歳ぐらいやったかな。

とても大阪では食っていける自信がない。田舎で少し体力を作り直して、出来るだけ早い時期に大阪に戻って来るから、その時はまたよろしゅう頼む。向こうで文学の勉強もしてきたいから、と某人は弁解していましたわ。

戦争が終わって直ぐやいうのに、もう文学の話ですからわしも驚きました。某人はよほど文学への志向が強く、一寸先も見えへんあんな時代でも、文学のことで頭は一杯やったんやろうな。

某人の川柳や俳句、詩、小説を読んでみても、戦争が全然影を落としていないんですわな。某人には戦争も戦災も、戦後の悲惨な生活も関係なかったようで、彼の文学は、いわば文学三昧《ざんまい》とでも言うんでっしゃろうな。思想、行動、いう雑念から遊離した、とにかく文章を作ることに没入することでっしゃろな。

わしみたいに三界《さんがい》に迷うもんとは大違いですわな。せやけど、そこが某人の弱いところでも、限界でもあったんと違いまっか。去るも地獄、残るも地獄、いうた心境で、わしは某人を日田へ見送ったんですわ。

十年後、回遊魚のように大阪に舞い戻ることになるんやけど、この時が、某人漂泊の始まりでっしゃろな。


えらい今夜は蒸しますな。雨の後は特にひどいですな。クーラーがないから若い人には適《かな》わんでっしゃろ。わしみたいに八十歳も近くなると、少し冷えるのんも体に応えますさかいに、クーラーは付けてないんですわ。まあ我慢してくんなはれ。やっと戦前が終わりましたな。

あんたはんは、ビールかウィスキーがいいんと違いまっか。おーい、ビールでも出してくれんかいな。

戦後、わしは出征する時に兄に委《まか》していた紙製コップの会社へ戻ったんですわ。戦前に町工場みたいに細々とやっとったのを、わしが大きくしていましたからな。

ところが、兄は事情があってわしの会社を売却していたんですわ。わしはがっかりしましたな。兄、藤村雅光はわしと十二歳違っていましたんやが、既に大正時代には詩人として東京にも名を馳せていました。わしが詩人になったんも兄の影響があったんで、兄にはいろいろ迷惑もかけたし、援助も受けていましたから、無下《むげ》に兄ばかりを非難出来んかったんですわ。もともと兄がわしに世話してくれた会社でもありましたからね。ほんで、わしは仕方のうてぶらぶらしていたんですわ。

その頃、日田の某人からよく便りがありましたな。向こうに行ってまだ間がなく淋しかったんでしょ。日田は山紫水明の大層よい所だそうで、香魚《あゆ》が名物やそうですな。日田へ来れば、香魚を反吐が出るほど食わしたる、とか言うてきていましたな。昭和二十年に大阪駅で某人を見送って、再会するのは昭和三十一年でありましたから、十年以上会うことはありまへんでした。もちろん、便りは頻繁にありましたがね。

わしにもその十年間いろんなことがおましたんや。それをいちいち語っていたら切りがおまへんので、簡略にして飛ばしまひょ。

昭和二十二年でしたか、兄が前の工場とは別に細々ながらも続けていた板紙工場が軌道に乗り始めていたころ、突然わしに会社を譲る、言うてきたんですわ。兄はずっと、わしのことを考えてくれていたんですわな。わしを気遣うてか、あまり業績はようないけど、いう口調でした。

わしはど根性と勇気があり、その上、血の気の多い性質やさかいに、そんな時になると、よっしゃ、いうことになりますのんや。

兄がやっていた頃は、後年のようにアイスクリームも出回っておまへんし、薬箱だって微々たるもんでしたから、時期としてはそう良うはなかったんですわな。せやけど、この仕事がこの先良くなるのを見越していたようですな。兄にはそんなシャイなところがあったんですわ。

引き受けた頃には、大阪をはじめ大都会も次第に復興が始まり、それに連れて夜の街や屋台が復活してきましたわな。酒を飲むにはコップが要りますわ。そう、カストリ焼酎の時代ですわ。まだガラスや鉄、アルミニウムなどは品不足やし、プラスチックなどありゃしまへん時代でおましたから、わしは特に紙コップに目を付けたんですわ。

それにはお役所の許可が要ります。わしは戦前からいろんな所に知己は大勢おましたから、その人たちを頼って大蔵省や厚生省の役人に働きかけて紙コップの製造の許可を取ったんですわ。

まあ、それが奇跡的に当たって、紙コップが売れるわ売れるわ。一個一円でしたかな、あっという間に当時の金で何千万円も儲けたんですわ。経済的には、わしの全盛時代でおましたな。立派な住宅も見つけて移りましたし、最初の家内とは別れて、今の家内と一緒に暮らすようにもなりましたんや。

そんな時に、わしがしっかりしておれば立派な経営者、大きく言えば今の財界の大立者になれていたかもしれまへん。あの頃創設して成長したのが、今の日本のほとんどの企業でおますからな。

わしは所詮、非情、卓見のある企業家ではおまへんで、武士の商法と言いまっか、文人の商売でしたんやな。

金が面白いほど入り出して、わしが最初にやったんは、『詩文化』いう雑誌を作ることでしたんやな。わしを煽《おだ》てる人間も確かにおましたが、何よりわし自身がそういうことを好きでしたんや。エログロ・ナンセンスの時代で、わしには詩と戦後文化を何としても復興させねば、いう気負いと使命感、責任感があったんやね。粗悪乱造から三号（三合）で潰れるカストリ雑誌と言われるぐらい、もう当時はいろんな雑誌が出ては消えていましたから、わしは何とか真面《まとも》な雑誌を作りたかったんですわ。

小説は売れますさかい作家は結構引く手数多《あまた》でしたが、詩人は生活にも困っていたし、第一、発表できる場がおまへんでしたやろ。わしの『詩文化』には、特に当時の若手の詩人や評論家がぎょうさん参加してくれましたんや。見識を持って良い作品しか載せまへんでしたさかい、『詩文化』の名は上がりましてな、全国から熱い目で迎えられたんですわ。わしは原稿料もそれなりに出しました。若い詩人を育てたい気持ちが強うおましたからな。

『詩文化』は二年ちょっとぐらいしか持ちまへんでしたけど、一応の役割りは果たしたと思ってますんや。詩集や評論の発刊なども手助けしましたわ。せやな、わしも第二詩集『秘奥』を出し、かなりの評価を受けましたな。

ところが、紙コップの方は最初はすごい広まりようでしたが、当時の紙はまだ材質がお粗末でな。酒を飲む時も両手を添えて、口の方を近づけないと弱々しゅうて途中でぐにゃっと変形したり、漏れたり、底が抜けたりしていたんですわな。大体、酒でもビールでも、カストリでも、片手に持って、ぐっと呷《あお》らんと旨いもんじゃありまへんわな。まあ、そういう紙コップの欠点が分かりはじめて、またたく間に売れ行きが減ってきたんですわ。でも、まあ貯えがありましたし、そんなに慌てることもありまへんでしたしなあ。

某人の詩も六、七編、『詩文化』に載せましたわ。特に、「山中憂悶」の詩は同人の間で注目を集め、わしも某人の成長にびっくりしたんですわ。「樹間」「早春」「広袤」などという詩も、今でも印象に残っているいい詩やったな。それと某人が送ってくれた俳誌に載っていた「石」という詩は凄い出来で驚いたんですわ。

樹間

プリズムの中にゐるのだと思ふ
葉の網を濾過する七月の陽の冷たさ
掌にうけてみつめれば
流離の思ひが手首に集まる

水底――形象のひずみ
腐朽の甘味にまみれて立つ幹のみぶるひ
散る樹脂のきらめき！

あゝこれは風ある世界のうちではない
しんしんと何かの鳴る耳に打込まれる
光つた　死！

たえず揺れ　たえず滲み
青い青い中にゐるのだと識る
この現身の凍る
一瞬の高貴に匂ひまじる

潮騒――貝の死臭

あゝ掌にうけた七月の陽が
したたり落ちて足をぬらす寒冷
佇ちつくして
おのれを一本の刃物だと思ふ

　　早春

褐色ビロードの
なだれ

あなたのオーバーの
玉羅紗の
親しさ

かの——いや
この　起伏に
私もお陽さまのように
ひるねしてみたい

やがて　緑の
クレバネットとなる
この——いや
かのなだれ

広袤

低い山稜から
プラチナめつきの月　昇り
俄に　あたりが広く

蕭条と
山かげの養狐場の
寝息

この曠原のどこかに
白い球　落ちているのだが
それはボールではない

わしは、詩や評論の掲載の取捨選択は編者に任せて、一切口を挟まなかったんですわ。

オーナーがそれをやったら終わりですわ。詩人や評論家は皆一騎当千の強者《つわもの》揃い。それをやっとったら、雑誌の評価はたちまち落ちますわな。

『詩文化』の巻末に「エルゴ・ベリゲロ」いうページがあって、同人仲間の身辺雑記や近況、創作余話を載せてたんやけど、某人がそれに片田舎の日田での創作の困難さ、厳しさ、淋しさを書いて寄こしていたんですわ。

「常に変って行きたいと思ってゐるからには苦しみは当然だ。しかも以前に似た場所へ出てくる。嫌になる。又やり変へる。目かくしされてゐるみたい。こゝらでよからうと目を開けると、やつぱり以前の所。辛い。詩を考へてゐる時は、小説は駄目。小説のプランをひねくつてゐる時、詩の方へ捩じ向けるのは苦痛。どちらか一方と思はぬでもないが、それでは物足りぬ。もつとゆうゆうとしてゐたいと、しきりに思ふ。さう思ひながら、好んで苦しみの場へ自己を投じる。

自然の風景に囲まれてゐると眠らされてしまふ。最も危険な状態、既に中毒症状が自覚されつゝある。従つて詩はそれを突き破る努力の上に作られる。もつとノンキに行かうとすれば田舎者の鼻歌になる。デーモンの戦ひ。

何か書かねばと思ふ。火宅だ。今のうちに書かねばと思ふと背を突かれる。

書かないでゐると、髪の毛の焼ける思ひ。

カストリ代にも事欠く故に陰謀も実行出来ぬ。その上書いたものに自信がなかつたとかしたら、煉獄といふ言葉も愚かである。

やっぱり人間何か紛らせるものが必要らしい。酒とか女とか、魚釣りとかサボテンとか。あゝ一遍『詩文化』の編集会議に出たいナア」

某人の大阪への望郷と、文学への希求と挫折感。大阪へ戻りとうてしようがなかったんでしょうな。が、某人と大阪を繋いでいた『詩文化』もこのあと、いろんな事情から廃刊になるんですわ。某人には大変ショックでしたやろな。そこまでわしも某人の気持ちを斟酌《しんしゃく》していなかったんですわ。

朝鮮戦争が始まって軍需景気となり、日本の産業社会全体が大きく上向いて、鉄でもガラスでも、プラスチックでも、どんどん生産が軌道に乗ってきていましたから、その分、代用品的に扱われてきた紙製品業界は必然的に打撃を受けてきましたんや。そう、社会の復興と共に本物が代用品を駆逐してきたんですわな。

攻めには強いが守りに弱いのがわしの性分でしてな。手をこまねいているうちの昭和三十年に、これまで石鹸箱や蚊取線香の箱を大量に納入していた、当時では大手の製薬会社が不渡手形を出して、わしの会社も連鎖倒産ですわ。

わしはその頃、紙コップの他にも印刷会社や幾つかの会社を持ってましたけど、部下に任せっ切りでしてな。わしの性格から下請けをいじめたこともなかったので、債権者たちも当初はあまり騒ぐことはなかったけど、そのうち金が全く回らなくなりましてな。銀行など、冷たいもんですわ。一旦悪くなると見向きもしなくなりますからな。

まあ、倒産の残務整理をしながら細々と稼働して糊口を凌いでおりましたけど、次第に債権者も我慢が出来んようになって、わしは居所を転々と変えながら逃げ回っていたんですわ。

昭和三十一年の、わしが一番きつい頃に、某人が日田を引き揚げて、息子はんと大阪に出て来たんですわ。その日は三月末のからっ風の吹く、えらい寒い日でしたわ。

わしが大学を出てラシャ会社に勤めた時に、先に述べたようにわしに川柳の手ほどきをしてくれた大番頭の形水はんを頼って、大阪に出て来たんですわ。その頃わしは、債権者を避けて、逃げ回っていましたから、某人は途方に暮れて、昔、川柳会で知っていた形水はんを訪ねたんや。

形水はんはラシャ会社の大番頭から、やっと独立して自分で呉服問屋を始めたばかりで、わしも形水はんだけには居所を知らせておったんですわ。驚いて事務所に行くと、某人と息子はんが事務所の隅の椅子に座って形水はんと話していたんですわ。形水はんと某人は、わしと形水はんみたいに近い関係ではなかったんや。

戦前にわしが川柳を始めた頃、わしを通じて少し交際があったくらいの仲ですわ。

わしの方は形水はんにはいろんなことでお世話になっていましたし、また何でも相談をする仲でおましたんや。

某人と形水はんは十数年没交渉やったし、形水はんは川柳には興味はあっても、いわゆる文学にはほとんど興味はなかったんですわ。それに酒を一滴も飲まない人でおましたから、わしと某人みたいな親しい付き合いは一切なかったですな。形水はんは某人の処遇に困ってわしに電話したんですわ。

その時の某人の姿には涙しましたわ。わしも債権者に追われる身で、とても立派な恰好ではおまへんでしたが、某人はまるでシベリア抑留者か、南方からの引き揚げ者みたいですわ。よれよれの背広に肩から雑嚢《ざつのう》を提げ、髪は伸び放題で憔悴しきっておりましてな。年は五十歳のはずでおましたが、六十過ぎに見え、これが昔の貴公子然とした某人かと、わしは自分の目を疑うたんですわ。

九州からの長旅。後で聞いた話やが、途中で福岡、小倉、下関、広島、岡山、名古屋に寄り、知己や昔の川柳仲間を訪ねながらの旅やったらしいですわ。その人たちにも会えんかったんか、風呂にも長いこと入っていないらしゅうて、近寄ると少し変な臭いがしてましてな。形水はんは見るに見兼ねて、事務所の風呂を焚かせて某人と息子を入れて、下着やワイシャツ、背広を与えたったんですわ。形水はん自身、独立したばかりで荒屋《あばらや》みたいな家に住んでおましたけど、その夜は心尽しのご馳走をしてくれて、某人親子とわしの再会を祝うてくれたんですわ。

某人は感激のあまり、そない飲みもせんのにえろう酔うて、足が立たへんくらいになってしもうたわ。その席では文学の話はもちろんしまへんでしたな。某人の日田での文学活動も、わしらの大阪には全然聞こえまへんでしたし、大阪から見れば、九州は所詮田舎でおますからな。

某人が、その前の年に芥川賞候補になっていたことも、わしは知りもしまへんでしたし、某人もそんなことを誇らしげに自分から言い出すような人間ではおまへんでした。芥川賞自身が、その頃にはあんまり大変なことではなかったんですわ。世間的に一大センセーションを巻き起こしたんは、石原慎太郎が『太陽の季節』で受賞してからではおまへんか。

芸術の世界での受賞、いうんは、本来その世界の内輪での出来事でしかおまへん。一般の人が、例えば建築とか、陶芸とかで誰かが賞を貰うても、関心がございまっか、そんなもんと違いまっか。

わしは逃げ回る身でおましたから、某人の世話は出来ん、あまり付き合いのなかった形水はんにばかり甘えることも出来ん、と某人は生地の明石の甥っこはんを頼ってそちらの方へ流れて行ったみたいですわ。

わしも、あの景気のよかった頃でしたら、某人の一人や二人は何とでもしてあげられたんやが、どうしようもあらしまへんでした。心の中で泣いて見送らせてもろうたんですわ。わしの一番悪い頃に、運悪く大阪に戻って来たんですわな。

形水はんもわしも、某人のためにその時就職先を当たってやったんやけど、なまじ筆が立って頭が良いもんやから、使いものにならへんのですわ。雑誌の出版社か、会社の広報係などがよかったかもしれへんけど、まだまだあの頃の日本の経済の身の丈はしれたもんで、そんなもんは会社にも世間的にもあまり必要がなかったんですわ。がむしゃらに頑張りのきく、バイタリティーに溢れた人間やったら、まだどこか雇ってくれる所もあったかもしれまへんけど。その時の某人は疲れ過ぎておりましたな。

それから二年後の昭和三十三年の秋口に、某人はひょっこり一人でわしの前に現れたんですわ。息子はんは京都の知人に預けている、言うてたけど、何か訳ありのようで、わしもそれ以上のことは聞きまへんなんだ。前より一層弱り、落魄し切った、いうた状態でしたな。

わしはその頃、天王寺駅裏のバラック長屋に家内と子供二人とで住んでたんやけど、某人はその四畳二間の家に転がり込んで来たんですわ。暫くすれば、どこかに移るもんとわしは思うとったんやが、某人に動く気配はおまへんでな。わしも家内や子供の手前ほとほと困ったんやけど、長年の友を無下に追い出すことも出来へんし、思案に暮れたんですわ。

その頃、わしは家内に食わして貰うていた状態で、家内は昔とった杵柄《きねづか》で日本舞踊や小唄、三味線と何でも人に教えるぐらいの腕があって、それで親子四人は何とか食いつないでましたんや。

たった二間の、ちょっと大きな声を出せば隣に筒抜けの、雨が降れば家の中で傘を差さねばならんような陋屋《ろうおく》に他人が一緒に住み、その上、わしと某人は朝から焼酎をちびりちびりやりながら、ぼそぼそと文学の話をするんですわ。大の男盛りの二人が何もせんと、家内の働きに頼っている、そりゃ、どこの奥さんでも遣り切れまへんわ。その上、する話が一銭にもならへん詩や川柳の話や、いうたら、腹が立つのも当たり前ですわな。

ある時、わしと某人と家内の三人で炬燵《こたつ》に入り焼酎を飲んでいたんですわ。わしも某人も大分酔うてましてな、そのうち変な臭いがしますのや。最初のうちは便所の臭いぐらい思うておましたんやけど、それがだんだんひどうなって、家内が大騒ぎしましてな。炬燵の布団をめくったら、某人がうんこを漏らしてましたんや。

今じゃ、こうして家内とも笑いごとで済まされますけんど、あの時はさすがに家内も怒って、子供を連れて家を飛び出したんですわ。そして、某人を取るか私を取るか、とわしに迫ったんですわ。わしはその時家内に正直に言うたんですわ、どちらも捨てる訳にはいかん、とな。

家内がその時、わしに切羽詰って難詰したのも某人がきっかけではおましたが、もうその頃、家内も大阪での親子の生活に限界を感じておましたんやろ。債権者からの追及、わしの性懲りもない女性関係などもおました。家内の姉が尾道で旅館を経営しておましたから、そちらに移ろうとわしに前から懇願していましたんやけど、わしが煮え切らんで家内もいらだっていたんですわ。わしはどうしても大阪を捨て切れんかったんですな。大阪にいても、花の咲くことは何もおまへんやったのにな。

家内を前にしていうのもなんやけど、家内は決して某人に悪い感情は持ってなかったんですわ。某人は静かで、居ても居ないふうなところがあり、それに今でいうシャイな一面もありましたから、厭味はおまへんでしたな。それで家内はわしに業を煮やして、子供を連れて尾道に去ったんですわ。

それからわしと某人には何も食い扶持《ぶち》がおまへん。そうか、いうて二人に出来ることものうて困ってしもうたんや。

そんな時、わしらがよう飲みに行っていた屋台の主人に会いましたんや。この人も詩人くずれの男で、わしの『詩文化』を愛読してくれていたくらいで、えらいわしらに同情してくれましてな。あんたらも屋台を引きなはれ、言うて応援してくれましたんや。それでわしと某人は、それに乗って串焼きの屋台を始めたんですわ。今から考えれば笑止千万のことですけど、二人とも真剣でしたわ。手っ取り早いのは、いつの時代でも水商売ですわな。わしが屋台を引っぱり、某人が後押しですわ。

まあ、ずぶの素人でしたけど、最初のうちは結構巧くいったんですわ。昔のいろんな仲間が、同情と興味から飲みに来てくれましたんや。中には貸金の肩代わりや言うて、飲み逃げする奴もおましたけど、チップ、言いますか、昔のお礼にと大層な金を置いて行ってくれる人もおましてな。せやけど、所詮は素人の遊びですわな。

雨の降る日で客がないと、落語にありますわな。二人で酒を売りにいって、一人の客が買うてくれた金で、互いに酒を売り合いっこして金は入らへんのに酒だけは飲んでしまう、いう落ちの、あれと同じようなこともおましたな。酒好きが酒を売り物にして、巧くいく道理がおまへん。

そんな合間に某人は、ぽつり、ぽつりと日田での生活や奥さんとの離婚のことなども話すことはあったんやけど、これはあんたはんの方が詳しゅうおますやろ。

形水はんとわしの前から姿を消してからの二年間は、某人も語るに語れない難儀をしたらしゅうて、あまり話したがらないようでしたな。言葉の端々からは、あれから明石の甥っこはんの家に住み込んで、新聞配達や鉄工所の工員、道路作業員、駅の赤帽などもしていたらしいんですわ。どれも体力のいる仕事やさかいに、某人も大変だったんですやろ。

甥っこはんの家も狭く、家族も多うて居づらくなり、名古屋の同人誌『作家』の仲間を頼って名古屋などに行ったらしいけど、そこでも期待したようなことはのうて、最後は京都の稲垣足穂《いながきたるほ》を頼ったらしいわな。あんたはんも足穂は知っている思いますけど、まあ特異な作家ですわな。

わしは小説の方はよう知らんのやけど、足穂は佐藤春夫の門弟でしてな。佐藤はんは門弟三千人、いわれたくらいの人やし、佐藤はんの薫陶《くんとう》を直接受けんでも、自称佐藤門下生というのはぎょうさんいた、思いますけど、足穂はその異常才能を佐藤春夫から認められていたんですな。

某人がいつの頃から足穂に師事していたか、また二人がどのくらい深い間柄かは知りまへんけど、某人がかなり足穂の世話を受けていたことは確かでっしゃろな。ただ二人は明石の同郷やったんで、その誼《よしみ》で某人の方が足穂に近づいたんや、思いますわ。

わしは某人の小説はほとんど読んでへんので詳しいことは分からへんけど、足穂の影響を受けてか、テーマよりディテールを大事にするように見えますな。筋書の面白さを追うストーリーテラーの作家に較べると、彫心鏤骨で書きますさかい、大変な労力を使うて、その割りには読者層から受けへんのや。某人が足穂に師事したのが、彼の一生を決めたともいえるし、わしからいうても某人はやはりストーリーテラーではおまへんわな。

　足穂の特徴と某人の波長が合うたんでっしゃろ、これも人間の運命と違いまっか。名古屋の同人誌『作家』と足穂は因縁が深かったようで、某人が『作家』に小説を発表出来たんも、足穂の推輓《すいばん》によったもんと思いまっせ。

　そうでっか、あんたはんの調べたんでも、某人が形水はんとわしの前から消えていた二年間に、『作家』に某人が発表した小説が七、八編も集中してまっか。その二年間、某人はいろんな仕事を転々としながらも、作家として立つための最後の力を振り絞って書きに書いたんですな。

　その二年間に作品を、いや文学そのものを巡って某人と足穂は心ん中で、また実生活で決死の格闘をしたはずですわ。そして、ある時点で二人の間に何かあったんか、某人自身が作家としての力量に自信を喪失したんか、それとも文学そのものに絶望したんか、某人はきっぱりと足穂と縁を切ったんと違いまっか。その後わしの前に姿を現した時の某人は、打ちのめされたボクサーのように心身共に消耗し尽しとって、文学的には無論やけど、人生全てにある吹っ切れた感情を持っていたんと違いまっか。せやなかったら、先に言うたような恥も外聞もないような行動は取れやしまへん。

　某人は文学に壮絶な闘いを挑んで、壮絶な最期を遂げたんと違いまっか。その結果、外見はみすぼらしゅうなったが、心ん中は秋空のように清く澄み渡って、全てに超越した心境に達したんや。

某人はもともと小説には向かんやった。川柳や俳句、詩ぐらいで終わっていればよかったんや。川柳、俳句、詩が小説に劣っているなどとわしは毛頭思ってやしまへん。

文学の中で、芸術と言われるもんは、我田引水になるかもしれまへんけど、わしは詩しかないと思うているんや。精選された語句と、無駄のない表現と余韻、これが芸術でっせ。細部にわたる説明は全て省略しますから、それは難解ですわな。中には自分で咀嚼《そしゃく》も出来ずに書いている下手な詩もぎょうさんおますけど。

わしは何ちゅうても、詩人藤村青一として死にたいと思うとるんですわ。

しかし、小説いうのは大変なエネルギーを使うんですわ。わしも若い頃挑んだことがあるけど、登場させた人物全てに生命感を持たせ、それぞれに起承転結を作ってやらんとあきまへんし、いろんな事を微に入り細にわたって知ってなければ書けまへんしな。詩と小説は根本的に違うんや。

まあ、話が大分横道にそれましたけど、そう、二人が屋台引きに失敗したところまで行ってましたな。その後わしらは、二人とも経理が出来ましたさかい、もぐりの計理士みたいな仕事をしてたんですわ。某人は特に珠算が上手でな、それは神がかり的な巧さでしたわ。

わしは今でも思うんやけど、某人が世間一般的な常識を持っとって、文学にさえのめり込まなんだら、どんな仕事でも出来て、一家を成していたんと違いまっか。例えば計理士、そろばん塾、英語塾でも、何でも食うには困らんかったですわ。そこをやらん、やれんとこが某人の某人らしい所以《ゆえん》ですけどな。文学とは業《ごう》なもんですな。

そのうち、もぐりの計理士もばれまして、税務署で二人ともえらいお灸を据えられましたわ。その次には無尽会社の勧誘員みたいなこともしましたな。

あれはいつのことやったか。わしらは食うに事欠いても、焼酎だけはよう飲んどりましてな。その日も昼間からかなり酔うとるのに、それでも飲み続け、夜になっても飲み続けていましたら、酔っ払ってしまいましてな。突然どちらからやったか、「お前、亜鈍というけど、一体お前は誰や」「お前こそ某人なんて変な名前やが、本名は何で、どこのどいつや」とお互いが、誰だか分からんようになって、暫く罵《のの》り合ったことがおましたな。面白いでっしゃろ、ハッハッハ、ハハ。これは今思い出してもほんまに面白いわ。わしは腹が立つことがあると、あの時のことを思い出すんですわ。ほしたらな、嫌なことを忘れてしまうんですわ。これなど、大阪人の知恵ですわ。

昭和三十四年か三十五年でおましたか。わしはもうその頃から片方の眼が見えなくなり始めていたんやけど、酒の飲み過ぎやぐらいに思うて放置していたんですわ。あとから考えますと、既に緑内障が進行していたんですやろな。

その頃、わしの戦前からの詩の仲間、いうか、正確にいうたら弟子みたいな男で古川真澄君というのがいました。東京で株式業界紙を親父はんと一緒にやっていたんやが、もともと関西出身やったから、業界紙『評論新聞』を大阪で創刊することになったんや。

古川君は昔からわしを実の兄のように慕うとって、わしも随分可愛がっていたんや。バイタリティーに富んだ、可愛げのある男でしてな。十年ほどの間、音信不通やったんやが、新しく新聞を発行するために、わしに応援を求めてきたんですわ。

新聞には何としても、筆の立つ社員がいなければ成り立たへん訳ですさかいな。その役にわしを予定していたようですな。

先に言うたように、わしはもうその頃、人には弱音は吐かんかったけど、どうしようもないほど眼が不自由になってきておましたんですわ。考えた末、わしの代わりに某人を古川君に紹介したんですわ。

古川君は、どうしてもわしでなければ、言うてくれたんやけど、実際のとこ、わしはもう眼が駄目になっとって、某人ならば、その才筆を保証出来たから、それを言うと古川君もやっと納得してくれたんや。

そう、古川君はわしより十歳ぐらい年下でおましたよ。彼はその頃まだ四十代の半ばで、それは元気溌剌として、鼻下にちょび髭《ひげ》を生やし、男の匂いぷんぷんの魅力満点でしたな。わしの若い頃を見るようでおました。

某人は最初、とてもそんな大役は自分の出来ることでない、と正直に固辞したんですわ。まあ、そんな謙虚さが某人の良い所で、わしが仲に入り三人で話し合いましたんや。株式の業界紙とはいえ、文芸欄を作って欲しい言うて、某人は珍しく自己主張したんですわ。

古川君も昔、詩を創り、小説もかじった男でしたさかい、自分も業務一辺倒の新聞は作りたくない、と某人に共鳴して、それを約束してくれましたんや。某人はそれを聞いて本当に嬉しそうにしておましたな。いじらしい所ですわ。

戦前の若い頃の古川君は、詩でも小説でもよいところまで行って将来を嘱望されていたんやけど、ある時点で彼はぴったりと文学に決別したんですわ。何か感じるところがあったんでっしゃろ。

古川君はちゃんとわしの顔を立て、わしを「評論新聞」の監査役にしてくれて、月々なにがしかの金をくれたんですわ。某人はこれを機にわしと別れて、新聞社近くの鶴橋駅裏アパートに移ることになったんですわ。

一年近くも二人で自炊生活をしとったことになるんやね。ほんまに夢のようですなぁ。それで某人の再起を祝って、わしと形水はんで祝宴を張ってあげたんですわ。

梅田駅近くのある肉屋やった、思うんやけど、変な看板の掛かった店でな。あの頃は牛肉や豚肉は高くてとても手が出えへんし、鯨肉でも食おう、いうことになって、その店に寄ったんや。今思い出しても、あれはどうも、鯨やのうて、アザラシか何かの肉や、思うとるのんや。

変に硬くて妙な味やったけど、三人ともただ黙々と食うたな。でも食うたあと変な顔して、何かに化かされたようで面白かったな。

わしの眼は片方から進行して、よい方の眼もだんだん悪うなっていったんや。意を決して遂に眼科医を訪ねてみたら、もう手遅れで、いずれこの二、三年のうちに両眼失明になると宣告されたんですな。衝撃は無論大変なものでしたわ。体は元気一杯でいながら、ある日突然失うて一番難儀するのは、視力と違いまっか。剛気なわしも、瞬間目の前が真っ暗になり、もう来よったか、思いましてな。とにかく失明への恐怖心に苛《さいな》まれましたな。

ある時は意外に平静な気持ちになったり、ある時はなるようになってしまえ、いうて自暴自棄になったりで、心は動揺の繰り返しでおましたな。

『評論新聞』は月に三回発行されていて、その頃は四ページもある立派なもんでしたわ。

何でもそうですけど、商品にはトップの人格、趣向が必ず反映されるもんで、古川君は昔、文学をやっていただけあって、しっかりした紙面作りが出来ておましたな。特に文芸欄はユニークなもんで、業界紙なんかで川柳か何かを隅っこに載せてお茶を濁しているのは時に見ますけど、『評論新聞』のそれは一ページ全部を使った堂々たるもんで、文芸に興味を持たない人には少し異常にさえ見えたんと違いまっか。古川君のロマンだったんでしょうな。

某人は取材や外交に回るには体力的に無理でしたさかい、もっぱらデスクワークで、同僚が取材してきたもんを見たり聞いたりして、それを記事にするんですわ。いろんな本を読んで教養がおましたし、頭の回転も早うて、何でもこなす能力を持っていたんですわ。

本当に器用でしたな。これは戦前わしの随筆の代筆をしていた頃の話やが、フランス紀行みたいなことを某人が書いておましたから、お前フランスに行ったことがあるんか、いうて聞いたら、セーヌ川や凱旋門の載った絵ハガキを見ながら書いていたんですな。それが臨場感いっぱいで、いい出来なんですわ、ああいうところは某人はほんまに巧かったな。

某人は業界向けの硬い専門記事と、文芸欄の軟らかい文章を書き分けるんやが、そのくらいのことは朝飯前ですわな。

文芸欄を委されていて、某人自身も随筆の時は岡田徳次郎の本名で、川柳は某人、俳句は緒方魚衣、演劇・映画評の時には苗字だけの岡田で書いてましたな。執筆陣には藤森成吉や安西冬衛、小野十三郎など一流作家や詩人、経済学、法学、工学博士などの知名士がずらりと並んだ豪華なもんで、わしも時々載せていたんですわ。

古川君は文芸欄の費用を惜しまんかったたんやな。一度文学の世界に足を踏み入れると、何らかの形で引っ掛かり、なかなか逃れられないんですわな。

わしも失明の恐怖と闘いながらも月に二、三度は監査の名目で『評論新聞』に出て行くんやが、古川君や某人とただお茶を飲んで帰って来るだけなんや。

某人と一杯飲みに行くのを楽しみにしとったんやけど、眼の具合が悪いし、某人もあまり飲めない体になってきてましてな。某人はわしの眼のことをえらい心配してくれましてな、漢方薬や民間療法なんかを次々調べて教えてくれるんですわ。

わしはわしで、某人の一人暮らしを心配して、嫁はんでも貰わんかと勧めると、某人は照れ笑いをして、用事もないのに席をはずしておりましたな。

古川君は某人にあまり大層な給金は渡してなかったんや。それは金を渡すと渡しただけ使うてしまうもんやから、別に某人名義で貯金をしたげていたんやな。

その頃の某人は、人生のうちで一番安穏な日々を送っていたんと違いますやろか。文学の呪縛《じゅばく》から解き放されて、心ん中は伸び伸びとしてましたんやろう。

せやせや、某人の息子はんの弘君いうたか。彼も京都の友禅染の絵描きさんの所に弟子入りして、某人も大層喜んでいたわ。弘君は小さい時からえらい絵が巧かったらしゅうて、某人はそれが自慢で、良い所に職を見つけたもんとわしは思うとりました。

この二、三年後の『評論新聞』には、文芸欄のカットを弘君が描きはじめた、と尾道に行ったわしに、嬉しそうに知らせて来ていたわ。わしは失明してしもうたから、弘君のカットは見たこともおまへんのや。

カットを弘君に描かせて、幾ばくかの金を弘君にお小遣いとしてあげたんも、古川君が気を遣うてやったんやな。

わしはだんだん眼が不自由になってきていて、それを心配した家内や息子が、尾道にわしを連れて行こうと、頻繁に説得にやって来るようになったんや。尾道の旅館も結構繁盛してきたらしゅうて、わしもその気になってきていたんですわ。

そして、昭和三十九年十月十日、忘れもしまへん。東京オリンピックの入場式をテレビで見とったら、突然何も見えんようになったんですわ。わしは遂に来るもんが来た、と割りに平静でしたわ。ちょうど息子が大阪に出て来てましてな、助かりました。

全くの無明《むみょう》の世界、これは恐怖でっせ。年老いてからの失明でっしゃろ、勘が悪うて、今でも何も出来へんのですわ。

その年の十月末、わしは遂に尾道に行ったんですわ。不義理と不条理の限りをしたにも拘らず、家内をはじめ、皆温かく迎えてくれましたんや。

無明の世界との闘い、苦悩は筆舌に尽し難く、話すのはよしまひょ。何回も入水自殺、鉄道自殺など考えたこともございまっせ。そして、苦悩の中で救ってくれたんは、やはり文学でおましたんや。わしはまた川柳を始めたんですわ。

わしは前から、川柳は詩に近いと言い続け、単なる洒落や滑稽、風刺を超えた、もっと奥深い川柳を創り、これを「詩川柳」と呼ぶよう提唱して昭和三十五年に『詩川柳考』いう本を出しとったんですわ。この本は形水はんが自費で出版してくれたんですわ。

わしは、もう一度そん時の心境に帰って、自分の苦悩を徹底的に「詩川柳」の形で表現したんですわ。そして昭和四十九年に『白黒記《びゃくこくき》』という詩川柳集を上梓したんやな。

家内や息子、娘の協力があったから出来たんですわ。息子が竹を削って、手で触って分かる原稿用紙を作ってくれたんですわ。わしはその一枡《ます》一枡を手でなぞりながら、一字一字を書いていくんですな。ある時は眼の不自由さに、ある時は句の発想の浮かばへん苦痛に癇癪《かんしゃく》を起こして、何度も投げ出そうとしましたわ。その度に私を立ち直らせてくれたんは、家族の愛情と、このままでは死んでも死に切れへん、いう反発心と、文学に対する執念でおました。

わしは数年間で五千句ぐらい作ったんやが、それを整理してくれたんが、尾道の高校の藤井先生いう方でした。有り難いことですわ。残念ながら、今手元に『白黒記』はおまへんのやけど、諳《そら》んじているのを幾つか詠んでみまひょうか。

春風をXに斬る白い杖
くらやみに酔い撒きちらし杖おどる
杖折れて往けず還れず立ちすくむ
自らを座標となって部屋にいる
首筋に冷たく白と覚える雪少し
黒い眼鏡外して吠える犬をさけ
失明のつらさにあらず詩の苦悩
死眼でも湯槽におれば悔はなし
詩のゆえに町のあんまになりきれず
盲弟をかばう老姉ひとりいる

まあ、このくらいにしておきまひょ。

そうでっか、あんたはんにも感動が伝わりまっか。そない言うていただけると、わしも嬉しおます。川柳とも、俳句とも違いまっか、詩に近いでっか。そない感じて貰うたら、わしも本望ですわ。当時大変な反響を呼びましてな。

わしを苦悩から救ってくれたんは、まさに「詩川柳」でしたわ。文学、いうのは有り難いもんですな。昔の川柳や文学仲間から反響がぎょうさんおましてな、文学仲間はほんまに有り難いもんですわ。

事業仲間いうもんは、商売が巧くいかんようになったり、倒産でもすると、手の平を返したように寄り付かなくなりますわ。それは見事に、面白いほどに変わりますな。それに較べると文学仲間はええですわ。どんな時でも助け合い、励まし合いますわ。

某人が昭和四十二年に脳卒中で倒れたことは尾道で聞きました。わしは飛んで行ってやりたい気持ちでおりましたんやけど、どうにもなりまへんのや。

最初はかなり重症だったらしいんやが、危篤を脱したあとは歩行も可能になったらしい。せやけど、言葉が不自由で、吹田市の弘済院老人ホームに移ったまでは聞いていました。わしも尾道から抜け出すことが出来んと、段々音信も不通になりながらも、お互いに年賀状だけは交わしていたんですわ。

わしは昭和四十九年、十年ぶりに尾道から大阪に戻ったんですわ。子供たちが大きくなり、二人とも大阪の大学を出て大阪に就職しましてな。遠く離れていると心配でしょうがないと子供たちが言うもんで、家内と二人でこの寝屋川のアパートに越して来たんですわ。

今、息子は嫁を貰うて近くのアパートに住んでるんですわ。娘は東京の方へ嫁いでます。息子も川柳を始めてますし、家内もあれだけ川柳を厭がっていたのに、最近始めよりました。その面白さが分かったんか、今はわしより逆上《のぼ》せてますわ。

某人のいた弘済院には、家内と息子が二、三回見舞いに行きましたやろか。でもわしは敢えて見舞いには行かんかったんですわ。思い出の中の某人を大事にしたかったからなぁ。

そして某人は昭和五十五年十二月に肺炎を起こして死んでいたんです。年賀状が来ないんで不思議に思うとったんですわ。

弘君からハガキで死亡を知らされたんは五十六年一月中旬の雪の降る寒い日でしたな。わしは泣けて泣けて仕方がおまへんでした。自分でも驚くほどに、涙が、この閉じた瞼から流れ出るんですわ。某人は心静かな、どこか淋しげないい男やった。この人間社会に生きていくのんを、どこか恥じらっていたようなとこがあったな。

眼が見えんようになってから、一層思い出は鮮明なんですわ。初めて会うた時の鉄道の詰め襟姿の凛々《りり》しい某人、日田へ移住するため大阪駅で別れた悲しげな某人、引き揚げ者のように雑嚢を肩にかけ大阪に戻って来た某人、うんこを漏らした某人、屋台の後押しをした某人、二人で互いに名前が分からなくなるくらい酔っ払った某人、新聞社で再婚話に照れ笑いをして逃げた某人……。わしにはその一コマ一コマが昨日のことのように鮮やかに甦ってくるんですわ……。

命ある某人と最後に別れたんは、わしが失明して尾道に引っ越すように決まって、某人と形水はんと古川君の三人でわしの送別会を開いてくれた時でしたわ。針中野駅裏のアパート近くの中華料理店でしたわ。三人がわしを家まで迎えに来てくれて、眼の見えぬヨチヨチ歩きのわしを、形水はんが先導、某人と古川君が両手を引いて連れて行ってくれたんですわ。

食事は某人が箸で料理を取って口に運び、古川君がスプーンで汁を吸わせてくれて、形水はんはコップでビールを飲ませてくれるんや。

わしらは、別れやいうのに何もそれらしい話はせんかった。ただ三人の啜《すす》り泣きが聞こえるんですわ。わしは涙を見せまいとするんやけど、涙が溢れてなぁ。

あれからもう二十年の歳月が流れてしもうた。三年前には若い古川君も心筋梗塞でぽっくり死んでしもうた。出来ることやったら、もう一度某人に会うてみたいな。会うても某人は、わしのおしゃべりを笑いながら、黙って聞いていてくれるだけやろうけど……。

第五章　組坂　弘の章

さようですか、日田の三和《みわ》小学校の校歌を、親父の岡田徳次郎が作詞したことまで調べていらっしゃるのですか。それは大変でございましたね。ほんまに有り難いことで、親父が生きていたら、どんなにか喜んだことでしょう。

三和小学校の歌には二つありまして、「三和小学校校歌」と「三和小学校児童会の歌」なのですが、二つとも親父が作詞したものです。

今でも、まだ歌われていますか。ほんまですか。それは嬉しおますな。去る者は日々に疎《うと》し、と昔から言いますし、作詩してから三十年以上の歳月が経っていますから、もう歌われていないものとばかり思っていました。それに、この私ですらほんの数日前まで親父が作った自分の出身校の校歌のことなど、すっかり忘れていたのですから。

小さな声でよかったら、ちょっと歌ってみましょうか。客も混んできましたので、却って変に思われないでしょう。不思議に今でもはっきり覚えているのですよ。「見よ／見よ」という私の大好きなフレーズのある「三和小学校児童会の歌」の方を歌ってみましょう。私は根が明るい方でアルコールが入ると一層陽気になるのですよ。

三和小学校児童会の歌

一、古い歴史の　学び舎に
集うぼくたち　わたしたち
わきめもふらず　勉強に
はげむ校舎の　屋根の上
見よ見よ雲が　流れゆく
われらぞ三和の　小学生

二、青い野山に　かこまれて
遊ぶぼくたち　わたしたち
楽しい歌に　手をつなぎ
歩くみんなの　肩の上
見よ見よ夢が　とんでゆく
われらぞ三和の　小学生

三、雨にもまけず　風の日も
鍛うぼくたち　わたしたち
立派なからだ　強いうで
つくるわれらの　高い意気
見よ見よ胸を　はってゆく
われらぞ三和の　小学生

今歌ってもほんまに気持ちの良い歌で、自分の親父を褒めるのも気が引けますが、よく出来ていると思いますわ。

ほんの数日前、私は子供の運動会に、息子は小学四年なんですが、生まれて初めて出ました。そこの校歌を聞いていましたら突然この校歌を思い出して、息子の学校の校歌を聞きながら、私は三和小学校の校歌を歌っていたんですな。ボロボロと涙を流しながら。女房がけったいな顔して私を眺めていましたわ。

貴方から、親父のことについて尋ねたいことがあると一週間ほど前に連絡があってからは、親父のことがずっと私の頭の中を占めていたんでしょうな。突然母校の校歌を思い出して涙ぐんだんですわ。

さあ、何でもお話ししましょう。親父のことを調べて下さる人が出てくるなんて、信じられないことですから。

こんな嬉しいことはありません。まるで夢を見ているようです。

私は今でこそ普通以上の体格をしていますが、子供の頃には発育が遅れていたようで、おふくろからはよく言われていたんですよ。丈夫に育ってくれればよいが、それが何よりの心配で、特に発音が小学校にあがってもよく出来なかったようで、毎晩のように絵本を声をあげて読ませていた、と。私にはとんとそのような記憶はないのですがね。ですから、私の日田での記憶の始まりがいつであったのか、よく分からないのですわ。今かすかに覚えている一番昔のことといえば、どこか途方もない深い山里で、銀杏の黄葉した大木の下で散り敷いた銀杏の葉っぱを、私が一枚一枚拾い集めていて、それを、少し離れた所で親父が微笑みながら見つめている光景を不思議と覚えているのですわ。

それと、その光景に近い場所で階下にはごつい牛がいて、壊れそうな階段を上ると、陽の当たる部屋でおふくろが懸命に着物を縫っている。私が近づくと、頼まれ物の着物を汚したらいけない、といったふうで私を追い払うというような光景をぼんやりと覚えているのですわ。あれは日田に、そういう場所があったのでしょうか。そうですか、あなたの調べではそこは日田の荒平という所ですか。やっぱり荒平ですか、先日、親父の随筆を読んでいたら、「荒平」という題の文がありましたので気になっていたのですわ。

それと、稲光りのする夜に親父と近くの山に登ってみた記憶がありますね。とにかく、住所をよく転々としたのは覚えていますよ。子供なんてたわいないもので、家移りが嬉しかったのですね。親父の休みの日には、家族三人で必ずどこかに出掛けていましてね。あれは日田の古い家並みだったんでしょうかね、下駄を高く積み上げたものや、山の奥の杉丸太の製材所から、あの耳にキーンと来る音が聞こえていたのも覚えています。親父もおふくろも着物姿でね、親父が私を背負ってくれたり、ブランコのように二人に両方から手を取られていたりしましてね、私は子供心に幸福な気持ちでしたね。

その前後の記憶はほとんど断片的で、本当の物心と言いますか、しっかりと場所や時間や人間関係を理解し始めたのは天神町の市営住宅に移ってからのことでした。

市営住宅は、外地からの引き揚げ者や都市部から疎開して来た人々のために、日田市が初めて建設した低料金の賃貸住宅でした。花月《かげつ》川から農業用水を引くために人工的に造った渡里川という幅二メートルぐらいの小さな川の辺に建ち並んでいて、土手には桜並木が続いていましてね、春はことにきれいでしたよ。

私はその土手で近所の子供たちと、よく駆け回って遊んでいたものでした。

浅春

つめたい井堰で
まつしろな米を洗つてゐるおんなよ
そのとぎ汁が手もとから流れ去らぬのを
ふしぎなことだと思はぬがいゝ
雲がもうそんなにやはらかく
うつつてゐるのだよ

米を洗ふ母のそばで
ふところ手をして立つてゐる子供よ
お前の目の中にやどつてゐるとりどりの色を
お前は見ることが出来ない
しかしくうきはそんなにきらめきを秘めて
うづまいてゐるのだよ

あゝ　おんなよ子供よ
のびをせよ
そして笑ふがいゝ――静かに
その歯のあひだにもう
うつくしい季節が来てゐるのだよ

この詩は、渡里川の井堰《いせき》で米を洗っている母と、母に付き纏《まと》う私を見て親父が作ったものと思います。

渡里川では所どころで堰を作り、水を貯めて、そこで米や野菜を洗い、また堰から激しく落ちる水流を利用して水車の中に芋などを入れて洗っていたものです。井堰を確か、さぶたと呼んでいましたね。

それは夏休みのある日の出来事だったんでしょう。川に落ち込んで冷たかったという記憶はありませんでしたし、たくさんの子供たちが一緒でしたから。

私は蟬《せみ》か何かを皆と一緒に追っている時に、足を滑らせて渡里川に落ち込み、そのまま流れに呑み込まれたようです。自分では懸命にもがいていた積りでしたが、石か材木かで頭を打ちそのまま意識が遠くなっていったのだけは、今でも憶えているのですね。頭を打った瞬間、周りの風景が一瞬光り輝いて銀色に見えたのをはっきりと憶えています。

記憶が戻った時には、私は土手の草むらに寝かせられ、周りを大勢の大人や子供たちに囲まれ、私の腹の上に着物姿のおふくろが跨《またが》り、懸命に私の胸を圧迫して、今でいう人工呼吸をしてくれていたのですね。助かったのはそのお陰と本当に感謝していますよ。

不思議なものですね。私は川を流されながら、ああこれで死んでしまう、と幼いながら死を意識したんですわ。何かにドンと頭を打って意識が遠ざかり、流れに浮き沈みしながら懸命にもがいていると、どこか遠い所から私を呼び寄せる声を聞いたのを覚えているのですから。あの声は私を死に呼び寄せようとしたのか、生へ還そうとしたのか、それも誰の声だったのか定かではないのですが。誰にでも一度は生死の境をさ迷った経験はあるのではありませんか。今この世に生きているということが幸運だ、と人間は思わないといけないですよね。その夜、私は枕元で生まれて初めて、親父が母を詰《なじ》る激しい声を聞いたのです。

「もし、万一、弘が溺死していたらどうするのだ。俺から弘がいなくなったら、俺は何のために生きて行けばいいのだ」

親父がおふくろの手から、内職の仕立物を取り上げて投げ捨てたんですわ。おふくろは泣き出して、

「こんな仕事でもしなければ、食べていけないではないですか」

と、これも生まれて初めて聞く、おふくろの親父に対しての抵抗だったんですわ。

私は怖くて震えながら寝たふりを続けたんですわ。

川に流されて頭を打ったせいでしょうか、それからの私は不思議なことに記憶がはっきりしてくるし、言葉遣いも上手になったんですわ。

小学三年の時でしたね。放課後、担任の神野《じんの》先生に呼ばれて職員室に行きますと、

「君のお父さんは、『天皇陛下日田行幸記』によると立派な詩を書くそうだから、ひとつ三和小学校の校歌を作ってくれるように、君から頼んでみてくれんか」と、校長先生から親父宛の封書を渡されたんです。

それまで私は、親父が詩を書いているとは知りもしませんでしたし、詩とはどういうものかも知りませんでしたからね。ただ、親父は酒を飲んで帰っても、机に向かって何かしきりに書き物をしていたのは知っていました。

親父は、校長先生の依頼を大変喜びましてね。そうか、そうかと私の頭を撫でながら、嬉しそうに頷いていましたね。その日から親父は、早朝、夕方に私を連れ出して三和小学校の校庭に行ったり、近くの川岸に、また校舎の見える山に登ったりして、懸命に想を練っていたようです。ある日など、昼休みの校庭の木陰に親父の姿を見つけて、びっくりしたのを憶えていますよ。

先日、親父の残したものを整理していたら、ひょっこり何十年も前の、ちょうど親父が校歌を作っていた頃のもので、あの当時親父の机の上に置いてあったのを読んだ記憶のある詩を見つけまして、驚いたんですわ。今日、ここに持って来ています。

この詩を読むと、親父もまだ詩人としては習作時代という気はしますが、でも小学校の運動会が懐かしく、涙が出るほどにもう一度子供に戻りたいと思いました。詩人というのは巧いこと表現するものですね。

運動会

秋空晴れて……

お弁当の中はタマゴで
だからみんなヒヨコだと
白服のセンセイは知つてゐらつしやる
お盆の上のコンペイトウ
長いリボンのピストルが鳴つたら
そこから野菊が立ち昇つて

おひるになるのだ

走らないシヤツ一枚は少し寒いが
父兄席のお母さんは
羽根のようにぬくい
あのわきの下はもつとぬくいだろう

プラチナの扇の雲の下で
散つたり寄つたり廻つたり
だから自分らは光りの芒だと
子供達もうすうす知つてゐるやうだ

この詩や校歌ができた頃は、親父とおふくろの仲はまだよかったんですわ。二人とも私を育てることに共通の喜びを持っていたんですわ。ＰＴＡの会にも、運動会にも大概二人揃って来てくれましたね。親父の作った校歌の発表会にはもちろん、おふくろも来てくれましてね、私は最初は恥ずかしかったんですわ。親父の作ったのを皆で合唱するのが、何かこそばゆいというか、私一人が脚光を浴びて、皆が私を遠まきにするようで。

歌がよく出来ていたものだから、父兄も皆興奮しまして自然にアンコールみたいになり、何度も何度も繰り返され、「見よ／見よ」のところなど、音譜より調子が上がり過ぎて後の声が出なくなったりして可笑しかったですよ。

それからというものは、下校するとおふくろが私を掴まえて、毎日のように一緒に歌わされるのですわ。でも、人間というのは不思議なもので、この私に対する教育の熱の入れ過ぎから、親父とおふくろの仲が拗《こじ》れ、最後には離婚に発展していくのですから皮肉なものです。

私が五年生の運動会の時に、今は高学年というのですが、五、六年生の父兄で運動会を盛り上げるために、午前の部の最後と、フィナーレを飾るリレー競技の前に父兄で舞踊をやろうということになり、おふくろがそのリーダーというか、舞踊を指導する役員数名の中に選ばれたんですわ。

おふくろはもちろん踊りなど、それまで一度もしたことはなかったんですが、役員が隈町にある舞踊劇団に習いに行き、それを全父兄に伝授するということになったんですね。その時のおふくろは可哀想なぐらい困惑していました。高女時代に習った和裁が、趣味というより家計を支えるような大事な仕事になっていました。私の記憶にあるおふくろは、いつも和裁ばかりをしていましたから、和裁以外、芸事には全く無能同然だったんですね。それに父兄の中では歳のいった方で、その頃既に四十代半ばになっていたはずで、それもおふくろをたじろがせたのではないでしょうか。ところが二、三回習いにいくうちに、舞踊にぐいぐい惹かれていったんですわ。私にもそれがよく分かりました。それまで沈みがちで、どこかおどおどしていた顔が、生き生きとしてきたのですわ。人間どこに特技が隠れているか分からないものですね。夕食の仕度もそこそこに、嬉々《きき》として練習に出掛けるようになったのですわ。

乳飲み児や老人のいる家では、なかなか毎夜のようには家を空けられないので、結局おふくろが一人のようになって習いに行き、それを全員に教える破目になったんですわ。何しろ責任感が強かったですから、うそを教えては悪い、とそれは懸命に習得に励み、夜遅く帰って来てからも、私を前に夜中まで練習を続けるのですわ。

演目は何でしたか、はっきりは憶えてないのですが、熊本民謡の「おてもやん」と水郷日田を代表する民謡の「こつこつ節」ではなかったですかね。片や速いテンポ、一方は情緒あるゆったりしたもので、子供の目から見ても、日ごとに上達していくのですわ。

運動会が近づくと、毎晩公民館で習得したものを父兄に手取り足取り教えるようになるのですが、その頃にはもう何十年も踊ってきた芸人のようになっていましたね。

晴れの運動会の日、母は踊り手たちの先頭を切って入場し、大きな円い輪が出来あがると、輪の真ん中に進み出て皆の踊りをリードするんです。踊りは大成功で、父兄の中で一躍母の名があがったんですわ。若くもない母が踊りを始めた時は、恥ずかしさが先に立った私も、運動会が終わる頃には得意の絶頂でしたよ。しかし、そこで終わればよかったのですが、母はそれから舞踊に取り憑《つ》かれて、急速にのめり込んでいったんですわ。

陰で母を煽《おだ》て唆《そそのか》す者がいたのか、舞踊劇団の家事手伝いぐらいにうまいこと利用しようとしたのか、それとも母が舞踊の魔力に負けて家庭を顧みる自制心をなくして自ら飛び込んでいったのか。結果的に言えば、これも運命としか言いようがないのですね。それからは、昼から家を留守にして舞踊劇団に入り浸りになっていったのですわ。

最初のうちは母が家にいないのが却って嬉しかったんですわ。水に溺れ死にそうになってからは、特に神経質に私を監視していましたし、母の留守が多くなると、遊び盛りの私は自由に遊び回れるようになり内心大喜びでしたよ。

私は親父から生涯に一度も撲《ぶ》たれたことはなかったんですが、母からはよく撲たれたものです。今でもよく憶えているのは、乾かしていた焚物、あの頃はご飯を炊くにも、風呂を沸かすにも皆焚物でしたからね。その上に私がいたずらして、おしっこを引っかけていたのですわ。それが母に見つかって、あの時は泣いて必死に助けを求めるまで撲たれましてね。焚物は神聖なものと見なされていましたから、今の私でも母と同じようにしたでしょうね。あの時ばかりは心から母を怖いと思いました。

一方、親父は虫も殺さないといった優しい面があって、対照的でしたね。最初のうちは親父も大目に見ていて、いつか踊りは止める、と思っていたのでしょう。それまでの母があまりに静かで従順な方でしたから。

そのうち、舞踊劇団の踊り手が病気をしたり、逃げ出したりしたら、その代役で舞台にも立つようになっていったのですね。近辺の村祭りや温泉祭りにも呼ばれたりして、家に帰らぬ日もあったんですわ。ある時、友だちと豆田町の祭りを見に行ったら、日田林工高等学校のある月隈公園の代官屋敷跡の舞台で、三度笠の踊りをしている人を指さして、友だちが、

「あれは君のお母さんじゃないか」

と言うもんだからよく見てみると、厚化粧はしていたが、間違いなく母だったので、私は全身にかっと血が上り、天神町の家まで走って逃げ帰ったこともあったんですわ。

まあそんなことはあっても、私は、母の踊りというか、日本舞踊そのものは嫌いではなかったんです。むしろ後年、友禅染の絵描き職人の道を選んだくらいですから、日本舞踊、ことに華麗な着物は好きで、母の舞台姿が心に残っていて、この道へ進む

糸口を私に与えてくれたのかもしれませんね。

母の踊りへの傾倒と同じ頃から、親父も猛烈に文学に打ち込んでいったんですわ。川柳から出発して、俳句、詩へと進みました。しかし、これらではどうしても自分をもう一歩踏み込んで表現出来なかったのでしょうか、それとも職業作家を目指したのでしょうか、親父は小説に手を染めていったのです。

それに親父は、今から考えても勤め人には向かない性質で、その生活から脱出するためにも、小説に本腰を入れたのではないでしょうか。一つの場所に住めないとか、一つの仕事に打ち込めないといった性格的な意味合いからでなく、本質的に漂泊の人でしたわ。

母は時々帰って来ては、汚れ物を洗濯したり食事の用意をしてくれて、親父の戻らぬ前にまた出掛けて行くのですが、その時決まって私の頭を撫でながら、

「もういっ時したら必ず戻って来る、踊りのお師匠さまがお暇を出してくれたら戻る。お師匠さまが、お母さんを離さないのよ」

と言って出て行くのですわ。

そんな荒《すさ》んだ生活の中で、親父が焼酎を飲みながらこつこつと書いていたのが、その後の親父を狂わす元となった芥川賞候補作品の『銀杏物語』であったのですわ。もちろんその頃、何を書いていたのかも私は知りませんでしたがね。私が『銀杏物語』

を読んだのは、ずっと後になってからのことですが、間違いないと思いますよ。『銀杏物語』の女主人公は、一生和裁をしながら平穏な生涯を送るのですが、あれを読みますと、親父の理想の女性は、あんなふうに静かな女性だったのでしょうね。あの女性は、踊りに狂う前の、まさに母そのものなんですから。小説家というものは、実にけったいなものですね。自分の理想とした女性が、目の前で目茶苦茶に壊れていって、そのことに懊悩《おうのう》、格闘しながらも、真反対のことをちゃんと書くのですからね。

私は文学のことは少しも解らないし、また解ろうなどと思いもしませんが、私の読んだ親父の一、二編の小説から、親父の作風は、日本舞踊とは全く対照的な表現だと思うのです。日本舞踊に見るあの妖艶な衣装と表現形式、特に科《しな》を作る振舞いなどは、親父の作品とは全く異質で、親父は家庭崩壊の原因となった日本舞踊を、それ以前から本質的に嫌悪していたのでしょうね。

一方、おふくろからみれば、一銭の足しにもならない、自己満足以外の何ものでもない文学に浸っている親父は、一度舞踊という華美な世界を知ったからには我慢出来ない存在になっていたのと違いますか。

もともと相容れなかったと思われる二人の魂が、親父の校歌の作詞、おふくろの運動会の舞踊参加の時に二本の直線がちょうど交差し、後は永遠に相交わることがないのと似ていますね。

親父とおふくろの仲が拗《こじ》れ出してから、いろんな人が心配して仲に入り、元に戻そうとしたようです。伯母や私がお姉ちゃんと呼んで慕っていた従姉妹の花江さんなど随分母に諫言していたが、覆水盆《ふくすいぼん》に返らずの喩《たと》えで、だんだんどうにもならなくなっていきました。

でも一度だけ復縁のチャンスらしいものはありましたね。日田は毎年梅雨に決まったように洪水が出ましてね。出水すれば学校が休みになるので、私はその季節が好きでしてね。天神の市営住宅前の渡里川も、小さいのによく氾濫して床上まで浸水するのです。今は河川改修が進んで、浸水するなんてことはもうなくなりましたか。それはよいですね。そうですか。でも子供たちには楽しみがなくなりましたね。

ちょっと雨が降り出すと、畳をあげておくのですよ。

普段ですと、二、三日降って中休みがあるのですね。渡里川などちょっと水が土手を越えても、数時間後にはさっと引くものだから、私たち子供は馬鹿にして子犬のじゃれるのに喩えて、じゃれ川と呼んでいたんですわ。

近くの花月川は簡単には引かないので一目置いていたのですが、友だちの中には日田の真ん中を流れる三隈川の氾濫を知っている連中がいて、その連中は花月川を馬鹿にしていたので、三隈川を見た記憶のない私は肩身の狭い思いをしていました。

だが、二十八年の雨は違っていました。中休みがない。雲も厚く昼間でも夕方みたいに空が暗く、ざあざあ降り続くのですね。親父は帰って来ないし母はもちろん家に寄りつきませんから、友だちや近所のおばさんたちが自分の家の畳を上げたあと、心配して加勢に来て増水する前にどうにか畳だけは上げてくれたんです。皆自分の家が心配で帰ってしまい、家には私一人ですわ。あれは昼間だからよかったが、夜にあの浸水が来ていたら私は流されていたでしょうね。

いよいよ浸水が始まり、それもひたひたではなく、どっと来ましたからね。目の前の濁流の中を大きな杉丸太や牛、馬、犬、猫などがぷかぷか流されていくのですよ。私は玄関の柱に掴《つか》まって流されまいと必死に頑張っていましたが、もう力も尽きそうになった時、間一髪、親父が隣の屋根の上から私を懸命に呼んでいるのですわ。私は親父の差し出す竹竿に飛びついて助けられたんです。私は親父の血に染まった腕の中で泣き、胸ぐらを叩き続けたんですわ。

そうですか、貴方もあの大洪水を筑後川上流の杖立温泉で経験したんですか。そうですか。杉丸太や牛、馬だけでなく、家そのものが浮かんだまま流れ、それが橋に衝突した瞬間に橋も家も音もなく壊れ、あっという間に濁流に呑み込まれてしまったんですか。人間も目の前を流されて行った。そうですか、そうですか。あの洪水は怖かったですね。今でも夢に出てきますか。私もですよ。

あの洪水のあと、犬がやたらと人間に食いついたのですわ。飼い犬も食べる物がなくなって、野犬化したのですね。私も自分の飼い犬に咬まれました。怖い話ですね。洪水の十日ほど後に母がひょっこり帰って来たのです。疲弊《ひへい》してました。私はとにかく嬉しかった。親父の気持ちも憚《はばか》らずに母の胸元に飛びついて行ったんですよ。子供というものはそれが自然でしょう。親父も内心ほっとしていたようです。

災害後、一家が力を合わせた復興の日々は何と充実していたことか。子供心に、今でも最良の思い出として残っていますよ。日頃は飲んだくれている一軒隣のご主人も、井戸端会議の主役のおばさんも、いつも日なたぼっこのおじいさんたちも皆、鉢巻き締めて、鍬やスコップを握ったのですから。皆自分の家で精一杯だから、私の一家も三人で流れ込んだ土砂、石ころ、ごみを取り除き、畳を干して頑張ったんですわ。

繰りあげて夏休みになっていましたから、子供たちは嬉しさに歓声をあげて、まだ土が流され石ころがゴロゴロ浮き出た道を走り回ったものです。終日働いたあと、大人たちはどこからか酒を探してきて酒盛りですわ。親父と私が買い出し、母が料理で、それは楽しい日々でした。

友だちから梅雨前に貰って軒下に植えていたカンナが、奇跡的に流されずに残っていて、それが八月の終わりに大きな花を咲かせましてね。親父はそれが大変嬉しそうで、みかん箱に新聞紙を張った机に向かって即興の詩を作って読みあげるんですわ。

秋立つ

子供よ
今朝のお前のシヤツは白い
濡れて重げなカンナの葉を
ひつそり
色ある風が動かし
お前の足を長く見せる

あゝ　歯みがきの匂いすると見れば
それはすでに季節の切れ目
子供よ　見たか
お前のうつたゴム銃のゴムが
一羽のひよどりとなつて
紫色の山腹へさゝつたのを

八月

暑熱の底にゐて
ふと
身をつきとばされる思ひがある

紫いろの空の重みの下で
山脈は
あんなに低く黒く

天地のあひだに張りつめた八月の空気は
つき抜けやうもない
固さだが
山々を踏んで群立つ雲の柱も
やがてあの思ひにつきやられて
崩れ散り

蒼穹を斜にはしる白金の線となつて
去るのであらう

何気なくひらいて見る掌の
インクによごれた指のあひだにも
すでにひそやかな秋のきざしがあり
あゝそれは
身のうちのどこかに
一枚の白紙のはさまり込んだ思ひである

親父、おふくろ、私の三人で築いた家庭生活の中では、あの大洪水のあとの半年ぐらいが家族は結束し、最も安らかで幸福な時期であったかもしれませんね。母は毎日家にいるし、親父も市役所から早く帰ってきて、晩酌の焼酎もほどほどにみかん箱の机に向かって、せっせと原稿を書いていました。私は担任の神野先生から才能があると褒められた絵や好きな飛行機の模型作りに熱中し、母は母で縫い物に精を出していました。

私は、この平穏な幸福が永遠に続くことを願いながらも、心の片隅に今のこの幸福は恐らく一時的なものでしかない、という意識がありましたので、腫れ物に触るような心遣いを二人の間でしたものです。

退庁時になると、私は天神町から、田島町に出来た新しい市の庁舎まで親父を迎えに自転車で行くのですわ。母が喜んでくれると思い込んで。親父も私を見つけると、手をあげて笑いながら自転車で私の後を追って来るのです。二人は競走するように豆田から日の出町を抜けて家に帰るのです。母の美味しい料理が待っていましたからね。

道路が壊れ、橋が流されて芸能やお祭りどころではなかったのが、昭和二十九年になるとだんだん復旧も軌道に乗って、母はまた舞踊劇団から呼び出しがかかるようになってきたのです。

親父にはプライドがあったのでしょうね。母を引き留めるようなことは噯気《おくび》にも出さないのに、母のいない生活は親父にはやはり淋しく、落ち着かなかったのではないですか。おふくろが夜遅く帰った時に限って、親父は不思議に喘息発作を起こして苦しむので、私が日野先生に往診を頼みに夜道を走るんですわ。母が出歩くにつれ、親父の生活もまた元のように荒れ、ことに飲酒が増えてきたのですわ。

母は、舞台で着る衣装を自前で作っていても、親父には言い出せず、伯母や舞踊仲間からお金を借りまくっていたようです。親父は親父で、飲み屋の付けが溜まる一方。それに市役所の欠勤も目立ち出し、私が学校から帰っても、昼間から部屋を暗くして懸命に小説を書いていることが多くなりました。

　時々家に帰ってくる母と親父が出くわすと、二人は必ず口論し合うようになっていました。そうですか、親父は温和しくて喧嘩などしないと思っていましたか。まあ、そうでしたね。おふくろの方から親父に突っかかっていましたね。

　私の右の拇指《おやゆび》についている小さな傷跡は、おふくろが出刃包丁で親父を追っかけた時に、私が止めに入ってついた傷なんです。どんなことで二人が争ったか、それは知りません。まだ子供でしたし、大人の世界など私には解らなかったし、またわざと解らないように自分の身を置いたせいもありました。

　その頃、母の方から離婚話が出たのではないでしょうか。伯母や近所の人、市役所の上司が仲に入って慰留していたようですね。

　それは辛かったですよ。それでも、毎日元気に学校に通いました。家では何事も起こっていないように振る舞いました。私は楽天家だったんですね、これは生まれつきとしか言いようがない。後で親父と二人になって、明日の米が米櫃《こめびつ》に全然入っていなくても、私も親父も全然深刻にならなかったのですからね。そういう点、私は親父に似ているのですわ。

　そして、昭和二十九年の暮れにどんな事情があってか知りませんが、親父は市役所を辞めました。

暮れから正月にかけておふくろは別府の鉄輪《かんなわ》温泉の巡業に出掛けたらしく、親父と二人で正月を迎えました。親父が正月の用意をしてくれていて、淋しい思いはしませんでしたよ。私はこれ幸いと、近所の子供たちと凧揚げ、独楽回《こま》しと遊びまくっていました。正月でも親父は朝から机に向かっていました。

小学校卒業も近い三月の寒い日と思いますよ。夕方、親父が自転車で小学校の門の傍に立って私を待っていたんですわ。そんなことは初めてでしたから、驚いたんですわ。

自転車に着物姿で跨《また》がっているといった異様な恰好でしたから、友だちが集まって来ましてね。私は恥ずかしいながらも、親父の言うように後ろの荷台に乗ると、親父は花月川の土手をどんどん有田の方へ進み、誰も見ている人のいない淋しい所まで来ると、

「弘！　お父さんは芥川賞候補になったぞ、凄いだろう！　遂にやったぞ、芥川賞候補だぞ。努力をした甲斐があった。お父さんは偉いだろう。弘、喜べ。万歳だ、万歳だ」

親父は自転車を止めると、私を抱き上げて、自転車の倒れるのも構わず、天に突き上げて、土手道で何度も何度もぐるぐる旋回したのです。

そして、私を地に降ろすと、親父は着物の乱れもそのままに、冷たい茜色の残照がどこまでも続く土手道を駆け出しました。巨人軍の王選手が何年か前に、アーロンの本塁打世界記録を破って、歓喜に満ちて塁を回った時のように、まるで大鷲が翼を上下に大きく動かして羽ばたくような姿でした。私も何か途方もない喜びを覚えて、親父を真似て両手を広げ親父のあとを追ったんですわ。

そうですか、貴方の調べでは親父は芥川賞候補になった時、日田の文学仲間や知人たちにはさして嬉しい素振りを見せなかったのですか。

五十歳近くなった親父にとって、今さら芥川賞というプライドがあったかもしれないし、結局は受賞までは届かない予感と、受賞しても、将来それに値する活動が出来るかの心配もあったのでしょうかね。しかし、親父にとっては、中央で認められた有名な文学賞の候補になったことは、何としても凄く嬉しかったと思いますよ。地方でひしめく文学志望者の中から、中央でその地力が認められた訳ですから、親父は面目が立ったでしょうね。あの頃文学賞といえば、芥川賞、直木賞ぐらいしかなかったのですか、そうですか。

親父は『銀杏物語』の載った同人誌『作家』を母の目の届くタンスの上に、そこのページを広げて置いていたのですが、母は目についても手に取ったような様子はありませんでした。『銀杏物語』を広げて密かに置いた親父の心境を思うと涙が出ますね。

親父の心の中にこれ以上ない喜びが訪れているのに、妻は全く無関心、いや、わざと無視しようとしているのですから、二人に明日がなかったのは当たり前でしたね。

しかし、あの時、母がもし『銀杏物語』を読んでいたら、どんな反応を示したか、と考えることがありますよ。読んだからといって、母は反省をしたとは思われず、むしろ自分を皮肉に書かれた、と雑誌を破り捨てたかもしれませんね。

芥川賞候補になったといっても、生活には何ら変化はなかったですね。お金も入らなかったようだし、中央から訪ねてくる人も全然なかったですよ。原稿の依頼なども全くなかったのと違いますか。

今でも思うのですよ、親父は芥川賞候補にならない方が良かったのではないか、と。なまじ候補になったばっかりに、さらに文学にのめり込むことになり、離婚そして日田からの出奔とつながった訳ですから。あのまま日田にいた方が幸福だったのでは、と考えることがこの頃あるんですよ。

その年の夏、私が北部中学一年の時でしたね。何度か夜遅くまで私の知らない場所で、話し合いが持たれたようで、伯母や花江姉ちゃんなどは、私のために、子は鎹《かすがい》だからと思い止まるように随分母に懇願したようです。母は頑として受け入れず、弘は自分の方が引き取って幸福にしてみせるから、と翻意しなかったようです。文学も止める、アルコールも断つから離婚だけは、と父は誓約書まで書いたらしいのですがね。

明日から夏休みになろうという日でしたね。今でも覚えていますよ。子供にとって夏休みほど嬉しいことはありませんからね。

学校から帰ると、家の前に舞踊劇団の名前の入った小型のオート三輪車が停まって、家財を積んでいました。母は私の知らない間に家を出たかったのでしょうね、私を見ると狼狽して、すぐ寄って来て私の肩を掴まえると、

「弘、許しておくれ。お父さんにうまいこと言いくるめられて、お前をお父さんの方に置いていかねばならなくなった。そのうち、うんとお金を貯めて、必ず迎えに来るからね。それまで暫く辛抱して待っていてね。必ずやで」

と言うと、親父に出くわすのを恐れてか、運転手を叱ってせかせかと出ていったんですわ。

私は前からこの日が来ることは覚悟していたので、別に悲しくもなかったんですよ。地獄みたいな生活でしたし、免疫の注射を毎日うたれ続けていたようなものでしたからね。ただ、おふくろが扇風機を持って行ったのには参りました。あの頃、扇風機のある家はまだ珍しかったですからね。親父はそれを回しながら夜遅くまで小説を書いていたものですから、おふくろが黙って持ち出したのかと思ったら、あれは母さんにくれてやったと言うのです。あらん限りの悪態を吐かれながらも、人は別れる時

にこうも優しい心になるものか。親父の人の好さには私もあきれて、腹が立ちましたね。

おふくろが舞踊に狂い、家を空けだして三年以上経っていましたから、私も親父も母がいなくなったからといって支障はなかったですよ。親父はあれで、結構まめまめしく料理も出来ましたから。近所の人たちも何やかやと面倒を見てくれましたし、あの頃は今みたいに各家族が自分の殻に閉じ籠もるのではなくて、お互いに助け合って、貧しいながらも心豊かなものがありましたからね。

隣の藤村のおばちゃんが、母が留守がちなものだから、よく私の面倒を見てくれましてね。おばちゃんは加古川生まれで、親父と同じ関西出身ということで気が合っていたんですわ。そこに私より五つほど上の女の子がいて、色が黒くてやせていたが、目がくりっとして可愛く、私はお姉ちゃんと呼んでいたのです。この人がまた私を可愛がってくれて、私は毎日夕方になると、お姉ちゃんの帰りを道で待つのです。帰りが遅い時など切なくなって涙が出て、今から思うと、私の初恋だったんですね。

あの頃は変な言い方ですが、悲惨な生活をするには時代がよかったんですわ。皆貧しかったからですね。貴方も経験があるでしょう。柿をちぎって食べたり、唐芋や大根を掘って生のまま食べたり、友だちといろいろやったもんです。見つかって叱られたり、逃げたりしたが、楽しかったですね。川魚を捕って川原で焼いて食べたのも美味しかった。今から考えれば全くの自然児というやつですね。

　夏など学校の帰りにパンツやランニングシャツのままに水に入り、魚を捕って体が冷えてくれば岸にあがって寝そべっていると、そのまきれいに乾いて家に帰るといった日々でしたね。

　よく友だちや先生の家に泊めて貰ったりしましたね。特に神野先生や中田先生には、わが子のよう可愛がっていただきましたね。神野先生は三、四年の時、中田先生は五、六年の時の担任でした。神野先生には絵画を教えていただき、基本から鍛えられました。今の仕事は全て神野先生のお陰ですわ。

　不思議に私には絵の才能があったのでしょうね、神野先生からそれを引き出して貰いました。教師というのは、子供の才能を見出すという、これは何にも代えられない貴い仕事で、遊び惚《ほう》けていた私から、それを発掘してくれたのですから、感謝の言葉もありません。あの頃、西日本新聞社の絵画コンクールがありました。私は先生の指導で最高の賞を取ったんです。神野先生からその褒美に駅前の宝屋食堂で、それまで食べたこともなかったチャンポンをご馳走になり、その美味しかったことを今でもよく憶えていますよ。

　中田先生にも忘れられない思い出があります。先生は本当に元気溌剌とした方で、毎日が児童との真剣勝負みたいに張り切っていて、それは素晴らしい日々でした。まだ小学五、六年生の私たちに必ずその日に起きた出来事について討論させられました。勉強になりましたね。そして嬉しかったことは、決して宿題を出されなかったことです。今日教えたことは、今日児童に理解させる、出来ない子には日が暮れるまで手を取るようにして教えてくれていましたね。

あれは六年生の夏休みの山下湖のキャンプの時でしたか、夜中に級友の一人が急に腹痛を起こしたんです。あいにく夕方から台風が襲来して、とても外へ出られる状態ではなかったのですが、先生は敢然とその児童を背負い、暴風雨の中を医師のいる由布院温泉まで数キロの山道を降りていったのです。そして、その級友を虫垂炎の破裂する寸前で救ったんですわ。あの時の中田先生の神々しい姿は今でも瞼に浮かびますね。

三和小学校六年生の秋でしたか、紙製模型飛行機を遠く長時間飛ばす大会があって、中田先生の指導で参加したのです。私は飛行機などを作るのが大好きで、自分でも密かに工夫を凝らしていたのです。大会は三隈川の中州・竹田川原《たけだごうら》で行われ、私は滞空時間も飛距離も断然トップで、優勝したのですわ。中田先生は大喜びで、大会前から、もし優勝したら三隈川の貸しボートに乗せてあげる、という約束を果たしてくれたんですわ。天神町に住んでいた私には、三隈川は本当に海みたいに広く見えて、ボートの上で怖さに震えましたよ。

神野先生や中田先生を思い出す度に感謝と涙です。お会いしてみたいですね。

市役所を辞め、おふくろにも去られた後、親父がどんな仕事をしていたのか、私はよく憶えていないのです。ただ、親父がよくパチンコをしていたのは今でも憶えていますね。あの時期も、その後に各地を放浪した時も、もしかしたらパチンコで飯を食っていたのかもしれません。そのくらい親父はパチンコが上手でしたよ。だから貧乏した割りには甘いもの、チョコレートやキャラメルには、不自由しなかったですよ。

人間の記憶なんて実にあやふやなもので、その上私は楽天家ときていますから、その日その日が過ぎていけばよかったのです。もし、親父も私も楽天家でなかったら、二人は絶望のあまり、今この世に存在していないのかもしれませんね。

親父が保険の勧誘員をしていたらしいことは聞き知っていました。まあ、親父の境遇に同情した人々が一時的には加入してくれたかもしれませんが、それ以上のこと、見ず知らずの人を口説くなど、親父にはとても出来る仕事ではなかったでしょう。そう、そう、親父が映画館、映劇といったかな、娯楽館でしたか、そこのキップ売りをしていたことがありましたね。それはよく憶えています。私が友だちを連れて行くと、親父が嬉しそうに笑ってこっそり入れてくれるのですよ。それが得意で、よく友だちと遠い道を自転車で映画を見に通ったもんでした。

親父の酒量はますます増えて、それなのに金はないときているから、天神町の近くの朝鮮の人が造っているヤミの焼酎を買いに行くんですわ。暗くならないと見つかりますから、親父は私を連れ出すんです。夜道は危険だし、私は見張り役ですよ。

そこの朝鮮のおばさんと親父はえらい気が合って、行くとおばさんが喜んでコップでなく、どんぶりに焼酎をなみなみと注いでくれて、それをまた親父が旨そうに口も離さず一気に飲むんですよ。その焼酎の表面に、あれは何だったんでしょうね、暗闇の中にきらきら光るものが浮かんでいるのですよ。それを親父はどんぶりの端の方へ吹きやって飲むんですわ。あれは何か微生物だったんでしょうね。蛍光を発していましたからね。私も酒は飲みますから酒の旨さは知っていますけど、親父のあの焼酎を飲む時の幸福そうな顔が今でも目に浮かびますよ。男とはほんまに可愛くも、可哀相なものと思いますわ。

そう、あの頃子供たちの間では屑鉄を拾って売り、小遣いを稼ぐのが流行ってました。ある時、それはおふくろがいなくなったあとの親父の誕生日でしたか、屑鉄を売った金で焼酎の二合びんを親父にプレゼントしたんですわ、赤いリボンを付けてね。そしたら、親父が涙を流して喜んでくれましてね。親父が泣いたのを見たのは生まれて初めてでしたから、私の方がびっくりしましてね。

去年の父の日に、私の息子、今小学校四年生ですがね、それが私にプレゼントと言って加茂川で自分で釣った鮎を、夕食の時に膳の上に出してくれたんですよ。私は不覚にも、息子の気持ちが嬉しくて涙を流したんですわ。親から貰ったお金で買ったものでなく、自分で工夫してプレゼントしてくれた心遣いが嬉しくってね。その時初めて、親父が流した気持ちが分かったんですよ。健気《けなげ》な心というものは、与えるより与えられた方が感動するものですね。

　昭和三十一年の三月、北部中学一年の終わりに近いある夜、親父は珍しく早く帰って来て、だんご汁を作って私を待っていたんですわ。大分酔っていたようでしたが、いつになく真剣な顔で言うのです。

「弘、お前、通天閣って知っているか……。そうか、知らないだろうな。通天閣というのは大阪で、いや日本で、人間が造ったものでは一番高い塔なんだ。そして塔全体に豆デンキやネオンが着物を着たように点《つ》いていて、それは綺麗なものだ。その塔の中にエレベーターがあって、高い所まで登れ、大阪全体が見渡せるのだ。太閤さんが造った大坂城よりずっと高いんだ。大阪の子供たちは、『ダイヤモンドは高い、高いは通天閣、通天閣は……』と唄って遊ぶんだ。今度、お父さんは、その通天閣のある大阪に戻ることに決心した。日田も良い所だが、大阪はもっと凄いぞ。日田と違って、一日中歩き回っても知った人に一人も会わないんだ。もともと大阪はお父さんの故郷だ。一緒に大阪に戻ろう。よいな、そして新しい出発だ」

親父は、日田ではどうにも生活の目処《めど》が立たなくなっていたのでしょう。私はまだ子供でしたから、親父がそんな苦境になっていたことも、あまり感知していなかったのです。仲の良い友だちや、よくしてくれた神野先生、中田先生、藤村のおばちゃんやお姉ちゃん、花江姉ちゃんの顔が瞬間頭をよぎったのですが、これも仕方のないことと思いました。いや私は急に視界が広がり、むしろ解放されたような喜びを感じたのも確かでしたね。

日田を出るのには、いろんな人が親父を慰留したようでしたが、その方々にも私たち親子が日田に居続けても、どうにもならないことは目に見えていたのですわ。送別会も幾つか開いていただき、宮川写真館で記念写真も撮ったりしましたね。

いよいよ日田を去る日が近くなると、一度送別会を開いてくれた人たちの中に、別れを惜しんで天神町の市営住宅まで訪ねて来てくれる人がいました。荷物も送り出し、カーテンも取り外した出発前夜にも、文学仲間が三人、鶏を一羽、焼酎を一本提げてやってきましたよ。

隣のおばさんから七輪やら鍋やら全部借りてきて、渡里川で鶏を捌《さば》いて、ぶった切って水炊きにしました。宴は深夜に及びました。別れといっても楽しそうで、話は尽きなかったようでしたね。

ああ、やっと日田を出るところまでお話ししましたね。今、九時ですか。このレストラン「山里」もテレビの料理番組で紹介されてから客が急に増えましてね。二、三年前、娘が珠算一級に合格したので、ここで家族揃って食事をした頃は郊外の閑静なレストランで、雰囲気の楽しめる所でしたがね。今夜のお泊まりは京都国際観光ホテルでしたね。あそこのバーは静かですから、あちらに替わりましょうか。今ちょうど半分ぐらいまでお話ししましたかね。

日田からでは京都にお出でになるのも大変でしょう。ほんまに、親父のことを調べていただいて感謝しますわ。私が明日、高雄に紅葉をスケッチに行く約束がなかったら、明日も朝から新幹線の出るまでお会いしてもよかったのですが。

あっ、タクシーが来ましたね。道すがらもどんどんお話ししましょう。

夜の博多駅にも、親父の出発を知って数人の作家仲間、『九州文学』関係の人たちが見送りに来てくれていたし、小倉駅でも二人の見送りを受けました。

どの人も餞別と一緒に二合入りの焼酎やトリスウィスキーの小瓶を差し入れてくれたんですわ。見送りの人々はいちように、親父が私を連れているのに驚き、戸惑っているようでした。親父は酒が入っているせいもあって陽気に振舞い、洒落を言ったりして皆を笑わせていました。母の方が私を引き取った、と思われていたのでしょうね。

博多駅では、見送りに来た中にかなり酔った人がいて、出発間際に急に小倉まで送ろうと汽車に飛び乗って来たんですわ。その人は坊主刈りで着物を無造作に着ていて、親父とはよほど気が合うのか、小倉まで二人で冗談を言い合って笑いっ放しで、何度も何度も別れの乾杯をしていましたね。小倉駅でその人はもう歩けないくらいに酔いが回り、駅に来ていた二人がやっと抱え降ろしたんですわ。

二人が見送りの万歳をはじめると、酔っ払った人もホームに座り込んだままで万歳をいつまでも繰り返していましたな。

汽車は門司で長いこと止まり、そのうち私は寝込んでいました。

どのくらい経ったのか、親父に揺り起こされました。

「弘、起きろ。弘、起きろ」

寝ぼけていると、親父は私を背負ってホームに降り立ちました。

私は外の寒気にやっと目覚めました。まだ真っ暗闇で、薄暗い電灯の下で辛うじて『下関』の駅名が読めました。

「なんだ、父ちゃん、ここ下関じゃないか。どうかしたの。酔っ払って、何か勘違いしているんじゃない」

「いや、間違っているんじゃない。急に会いたい人を思い出したんだよ」

「こんな真夜中に降りたって、またほかの時に来たらよいのに。国鉄は無料で乗れるのだから」

私は眠たさと、寒さでつい親父を詰《なじ》りました。親父は戦前に二十年以上も国鉄に勤めていたので、長年勤続による無料パスの特典を持っており、それは親父の誇りでもあったのです。

潮の匂いのする、底冷えの真夜中の待合室で親父と私は背中をくっつけ合わせるようにして寝ました。朝、駅のすぐそばまで波が寄せて来ているのには驚きました。私は生まれて初めて海というものを見たんですわ。

駅前の食堂で朝食を摂ったあと、私たちは歩いて大洋漁業という会社を探しました。親父が生まれ育った明石の魚町で高等小学校の頃、英語を習いに通った近所の、当時水産大学に行っていた学生さんが、いま大洋漁業の常務か専務をしていることを親父は何かの雑誌で知っていたようです。大阪に行く途中にひょっこり思い出し、懐かしくなって、ついでに訪ねておこうとしたのでした。

今思い返すと、懐かしさの感情が一番だったようでしたが、就職の斡旋や金の無心があったのではないかと思いますね。このあと、汽車を乗り継いで、昔の知人を何人も訪ねて回る旅を続けるのですから。

人々が忙しく行き交う魚市場近くのビルの待合室で長いこと待たされた揚句、目指す人は海外出張中であることが分かり、私たちはまた夕方の汽車に乗り込みました。

乗車するのは無料ですが、特急券や寝台券は自分で買わねばならなかったので、お金がかからない急行か鈍行を乗り継いだのです。着かねばならぬ期日のある旅ではないのですから。

次に降りたのは岡山駅で、そこで乗り換えてずっと山の中に入り込み、鳥取県との県境にある駅の駅長官舎を訪ねました。駅長と親父は抱き合って再会を喜び合っていました。十数年ぶりであるらしかったですね。一家あげて歓待してくれましたが、とにかく狭い家で、そこに老人や孫もいて、三日間世話になってそこを後にしました。三日の間、親父と駅長さんは酒を飲んで川柳の話ばかりしていましたよ。

昭和三十年当時の日本は、朝鮮戦争景気があったといっても、まだまだ貧しくて、他所の人を長期に逗留させるような余裕のある家に住んでいる人はいないようでしたね。

それから琵琶湖畔の田舎町の設計事務所を訪ねましたが、その人も既に東京に移住していて会えませんでした。

そのあと、名古屋に出ました。駅前の旅館に私は一人ぽつんと取り残され、親父は同人誌『作家』の同人を訪ね歩いて職を探したようですが、うまくいかないようでした。もともと取り残されるのには慣れていましたが、見ず知らずの町で一人にされるのは、このまま親父は帰って来ないのではないかという恐怖もあって、心細かったですわ。

　小説を書いているような人たちは、就職や生活の頼りにはならないようで、同人誌の上では親しみを感じたり、便りを遣り取りしていた人でも、実際会ってみると冷たいようでした。あの時代は皆自分のことで精一杯で、それが当たり前でもあったのでしょうね。

　親父は疲れ果てて帰っても、焼酎を飲みながら宿の飯台で夜遅くまで原稿を書いていましたよ。売れる原稿でもないのに、何かに憑かれたように書き続けていましたね。

『銀杏物語』が芥川賞候補になって、この二、三年が勝負と考えて、密かに期するところがあったのでしょう。どんなに疲れていても、机に向かわせる文学的意欲の横溢《おういつ》と筆力の充実が、あの頃の親父には確かにありました。外見は随分くたびれて見えましたが。

　名古屋が駄目となると親父は、結局昔住んでいた大阪を頼るしかなかったのですね。私の新学期も迫って来ていましたから。

　親父は、出来れば昔の仲間にうらぶれた姿を見せたくなかったようでしたが、背に腹は替えられず、大阪の鉄道員、川柳仲間を一人一人訪ねて回りました。どの人も驚きと懐かしさは表しても、仕事まで世話をしてはくれなかったようです。なかには歓待して一夜の宿を提供してくれる人もいましたが、親父と私は足を棒にして歩き回り、夜は駅のベンチで寝ました。

まだあの頃の待合室や地下道は、駅で寝泊まりする浮浪者や、そうではなくとも宿賃を節約する旅人などで溢れていて、恥ずかしい思いをせずともよかったんですわ。私は子供心に都会というものの凄さと、恐ろしさと活力を感じました。周りに誰一人知っている人がいる訳でなく、私はむしろ伸び伸びした気分を感じましたね。

駅の構内には白い着物に戦闘帽の傷痍《しょうい》軍人がたくさんいて、夜遅くまでアコーディオンを弾いて歌ったりしていました。駅の周囲には食べ物屋、飲み屋、衣料品雑貨店などの屋台やバラックがずらりと並んでいて、親父が職探しに行っている間でも私は退屈することなく走り回っていました。牛丼なんか、日田に較べてずっと安くて、それがまた美味しかったですよ。今から考えても、あれが本当の牛肉であれば、あんなに安い訳がなく、犬か猫の肉かもしれませんでしたが、出来たての熱いほっかほっかのものを食べる訳で、あれは本当に美味しかったですわ。

親父の一番の親友で、最も頼りにしていた大阪の詩人藤村青一さんも、私たちが上阪するちょっと前に経営していた紙コップ会社が倒産し、債権者の前から姿を消していて親父を落胆させました。親友であるだけに藤村さんの好意に甘えることを遠慮していたようですが、いざという時には実業家でもある藤村さんに頼れば何とかなる、と思っていたらしかったですね。

親父は遂に、生まれ故郷の明石に住んでいる唯一の肉親で、二十歳も年下の甥を頼らざるを得なくなりました。日田から荷物はひとまず甥の家に送っていたのですが、他に住宅と仕事を見つける予定で、一時的に預かって貰う積りだったのです。

甥の家は狭いうえ、家族も多く、生活が楽でないことを親父は知っていたし、知人を頼れば仕事は見つかるものと軽く考え、万が一にも甥の家に身を寄せる破目になるとは考えてもいなかったようでした。甘かったですね。

私も子供心ながら、親戚といっても同居するのは、迷惑をかけ嫌がられるのではないかと心配していたのですが、肉親というのは本当に有り難いもので、狭い家なのに荷物を送った時から、一部屋を空けて待っていてくれたのですわ。

家は港に近い下町にありました。私とは従兄弟になりますが、二十歳ぐらい違うため、私は小父さんと呼びました。まだ三十そこそこで、近くの鉄工所に勤めていました。優しくて、明るくて、面白い人で、うらぶれた私たち親子を疎《うと》んずることもなく引き立ててくれました。

小父さんが子供の頃、親父は二十歳代でした。貧しくて上の学校に行けなかった親父が、独学で懸命に勉強する姿を見て尊敬していたのですね。子供であった小父さんに親父は勉強を教えたり、サーカスや動物園、潮干狩りなどによく連れて行ったりで、随分可愛がって貰ったのを忘れず恩に着ていました。

小学二年生を頭に三人の男の子も皆私になつき、小母さんも本当によくしてくれて、私は明石の中学校に、新学期には少し遅れたが二年生に編入出来ました。私は柔軟性と適応性はあり過ぎるほどあったので、一ヵ月もすると友だちも出来たし、関西弁にも慣れました。明石は日田とは真反対の所で、日田の山もよかったが、明石の海は私にとって毎日が新鮮でしたね。

親父の収入といえば、わずかな国鉄の恩給があるだけで、仕事の見つからない親父は新聞配達をすることになり、私も一緒に加勢することにしましたよ。

日田時代の親父からすれば、新聞配りなど考えられないことでしたが、居候の身であればそうもいっておれなかったのです。親父と二人で、まだ夜が明けやらぬうちにそっと家を抜け出して配って回りました。私は何もかもが楽しかったのです。同級生にも新聞配りをしている子はたくさんいましたよ。

一ヵ月もすると、暫く減らしていた親父のアルコールは再び増えてきて、夜遅くまで小説を書くものだから、だんだん朝起きられなくなって、ほとんど私一人で配るようになりました。

親父は外に出ることもなく、せっせと小説を書き、毎月のように同人誌『作家』に送り届けていましたが、再び芥川賞候補になることも、雑誌社からの原稿依頼もなかったようです。そのうち、小父さんの紹介で近くの鉄工所に勤めることになりました。最初、経理の仕事と聞いていたのですが、小父さんの聞き違いで実際は玄能《げんのう》で鉄を延ばす仕事でした。それでも、小父さんの顔を潰さないように親父は頑張ったのですが、一週間もすると、腰を痛めてのびてしまったのですわ。

昭和三十年代の初めの頃は、都会でも戦後の貧困、荒廃がまだまだ色濃く残っていて、頭脳を使う知的な仕事はほとんどなかったのですよ。

そのあと、一時道路工夫みたいな仕事をしていましたが、昔の鉄道仲間の紹介で、外国人相手の赤帽はどうかと言ってきた時には、親父の顔もこれまで見たことのないような溌剌とした輝きを見せましたね。親父は正式な教育は受けてなくても、自分で努力して英語をマスターしていたので自分の力を試す職場が出来た、と喜んだのですよ。ところが、国際港神戸であっても、外国人で列車を利用する人はほとんどいなくて、親父は開店休業の状態だったようです。体力的に見ても荷物を運ばせるには、客の方が気を遣うような外見になってきていたのです。

親父の恩給と私の新聞配りなどで、小父さんの家には食事代はどうにか入れていました。が、一時的な寄留であればよかったのですが、長引くにつれて、やはり問題は起きてきていたようでした。

私たちが明石に来て満一年経ち、中学三年になった五月頃、親父は私に、京都に茶道の会の会誌を作る仕事を世話してくれる人がいる。雑誌を作るのは昔からの夢であったから行くことにした。その仕事のことも大切なことだが、自分が私淑している先生が京都に住んでいて、直《じか》に小説の指導をしてくれるというので、小説の方ももう一度勉強しなおす積りだ、と言ったのです。

小父さんや家族の人は、中学卒業まであと一年もないのだから、私だけでも明石に残ったらと言ってくれたのですが、私は親父を一人にするのは不安であったし、親父も私を手放したくなかったようだったので、親父についていきました。

近くに高瀬川の流れる下町の裏長屋に住み込みました。十軒近くの長屋でしたが、どの人もどこか遠い所から逃げて来て隠れ住むといった人たちばかりで、お互いにあまり話すこともなく、却ってこちらも気が楽でしたね。

親父は、河原町にある雑誌社に毎日昼頃から出掛けていました。仕事の暇な時には小説を書いてもよいらしく、その代わり給料も安くて、生活するのがやっとでした。小父さんの家にいる時は居候でもあり、家も狭かったので親父はあまり飲まなかったが、京都の長屋に移ってからはまた酒量が増えてきましたね。

私は生活の足しにするため京都でも新聞配りを始めました。そんなことは少しも苦にならなかったですよ。そして、高校受験の年なのに絵ばかりを描いていて、親父も、将来絵を描く仕事に進んではどうか、そうだ、京都は友禅の地、友禅染の手描き職人になったらどうか、と言ってくれたんです。

これまで友禅染などという言葉は聞いたこともなかったのですが、親父の言ってくれたことから私の目の前が急に開かれたような気持ちになり、ぜひ友禅染の職人になってやろうと思い立ちました。それからの私は友禅染の店を探し出し、店頭に飾られた美しい着物に密かに見入ったりしましてね。

夏休み中のお盆も近いある蒸し暑い夜、長屋の路地で酒に酔って喚《わめ》くのが聞こえるので出て見ました。すると、着物の胸元や裾がはだけてほとんど裸同然になった男が、路地に仰向けに寝て何か大声を張り上げており、そばに親父が座ってしきりに男をなだめて、起こそうとしていました。

長屋の人たちが驚いて集まりはじめたので、私も加勢して男を家へ抱え込んだのです。その男は、親父が師と仰ぐ作家らしかったのですが、作家にしては、いが栗頭に無精ひげのだらしのない恰好をしていました。夜中じゅう奇声やうめき声を出していましたが、翌朝目覚めて私がいるのに気付くと、驚き恐縮してか、恥ずかしいのか朝から迎え酒を親父に要求していたのですよ。

親父の仕事も、住んでいる長屋もその作家が世話してくれたらしく、親父の小説が同人誌に掲載されるのも、この人の推薦によるものらしかったのですわ。

九州の作家とも次第に疎遠になり、関西の川柳仲間も頼りに出来ない今、親父にとって一番大事な人で、頭が上がらない存在のようでした。それからその作家は長屋にちょくちょく顔を見せるようになりました。夏休みの終わり頃になると、親父のいない昼間に菓子などの手土産を持って訪ねて来たりするようになったのです。

ある日、夕刊を配り終えて高瀬川を渡って帰っていたら、柳の木陰からひょっこりその作家が目の前に現れて、いかにも偶然に会ったみたいに喜んで、私を強引に喫茶店に誘い込んだのですわ。作家は次第に頻繁に、親父に隠れて私を誘い出し、映画や芝居、琵琶湖遊覧船などに連れていってくれたりもするようになりました。私はまだ純情でしたから、その作家の好意を素直に受け取り、どこにでも付いて行ったのですよ。

親父に、作家がよくしてくれることを話すと、親父の顔がなぜか曇ったのを見て不思議に思いました。二学期になって学校が始まっても、作家は私を誘い出そうとするから、私も迷惑し、また尋常でないものを感じ始めました。

二学期が始まってすぐのある夜、私は昼間路地で摘んでおいた草花をスケッチしていたところ、かなり酔った親父が戻って来るなり、作家の先生がお前に会いたがっているから、済まんがちょっと来てくれと頼むのです。

私はスケッチに熱中していたし、作家に対してなぜか嫌悪感を持ちはじめていたので断ると、今後は絶対こんなことのないようにするので、今夜だけ俺の言うことを聞いてくれ、先生が屋台で大荒れしてどうにも手が付けられない、と哀願するのですわ。

屋台に親父と駆け付けると、周りの路上には茶碗や徳利の割れたもの、おでんの天ぷら、コンニャクなどが散らばり、暖簾の中でその作家が一人で喚き散らしていました。屋台の主人も逃げ出したようでした。

作家は私を見ると形相を急に和らげてにこにこし、私を抱くようにして自分の横に座らせると、おでんを自ら皿に盛ってくれました。それから、作家は猫撫で声で親父の最近の小説をえらく褒めて、そのうち中央の有名な文芸誌に載せるように口を利いてあげると言い出しました。そして私でも知っている著名な作家を次々と呼び捨てにして、自分がいかに文壇に顔が広く、名をなしているかを威張り、最後には親父が作家として世に出るか否かの鍵は自分が握っている、と言い切ったのですわ。

そのあと私の背中を撫でながら、『銀杏物語』も自分が推薦したから、芥川賞候補になったんだとも自慢しました。弘君のためになることなら、どんなことでもおじさんはしてあげるからね、とも言ったのです。親父は隅の方の椅子で、泣き出しそうな表情で聞いていました。それから毎晩のようにその作家に呼び出されているらしく、憔悴しきって帰ってきたりしました。

あの屋台の件から一週間ほど経った夜、私は隣の家の手のり文鳥を借りてきてスケッチをしていました。

　私は高校進学を諦めて、友禅染の手描き職人になるための勉強に精を出していたのです。夜の十一時頃、雨戸を密かに叩く音に気付いて出てみると、雨のそぼ降る中に中年の婦人が立っていました。私のことを確認すると、理由は後で説明するから、とにかく私についてここを出て下さい、と切羽詰まった調子で言うのです。私もその時、これはあの作家に関係のあることとぴんときたから、着のみ着のままで、婦人のあとについて雨の中をひた走りました。大きな家の軒下まで来ると、私の肩を抱きました。

　その婦人は作家の奥さんでした。奥さんが言うには、作家があなたに異常な興味を持ち過ぎてきているようで、このままだとあなたの身に何が起こるか分からない。これはあなたのお父さんとも話がついていて、岡田さんから私への依頼で、あなたが身を隠す場所を探してきた。ちょうどあなたを弟子入りさせてもよいという友禅染の手描き職人の店が見つかり、今からそこにあなたを連れていく。これからは、そこから学校に通い、あの長屋には絶対に戻らないこと。岡田さんも明日、長屋を引き払って大阪の方へ移ります。今後、当分の間、お父さんとは別々に暮らすことになるが、いずれ落ち着いたらお父さんから便りがあるはずです。あなたは何も心配せずに立派な手描き職人になって下さい。それをお父さんは一番楽しみにしています、と婦人は私の手をしっかり握り締めて説明しました。

友禅染の親方夫婦は親切な人で、三人の兄弟子も私を子供か弟のように可愛がってくれました。私についても詮索するようなことはしなかったですよ。私は仕事場の掃除や後片づけを手伝いながら学校に通いました。何事もなかったように……。

その年の冬に入ったばかりの頃、親父から便りがありました。

「今、大阪の藤村青一さんの所に寄宿している。藤村さんは事業に失敗し、事情があって家族とも別れて住んでいるので、お父さんとの二人暮らし。生活のために、信じられないだろうが二人で屋台を引いている。儲かりはしないが、何とか食っている。先日はお前に大変怖い思いをさせて申し訳ないと思っている。

悪い夢を見たと思ってきっぱり忘れてくれ。お父さんはあの時以来、文学とは一切手を切った。文学を続けていく根気も、才能も体力もないことを思い知った。ちょうど思い切るのに良い機会で、少しも後悔はしていない。親方にしっかり教えて貰って腕を磨いてくれ。私と生活するよりお前にはきっと良い結果を生むと思う。私のことは心配いらん。ひたすら腕を磨いて立派な職人になってくれ。当分会えないが、我慢してくれ。そのうち会える日がきっと来るだろう」

親父は、私の身の危機を間一髪のところで、文学を投げ出すことによって救ってくれたらしかったのですわ。あの作家が私に何をしようとしていたのかも、呑気もので晩熟であった私には、後年になるまで本当に分からなかったのです。今考えると総毛《そうけ》立《だ》つような思いですが……。

私は中学校を卒業すると、寝食を忘れて友禅染の手描き職人の技術習得に打ち込みました。親父とは便りの遣り取りはしていましたが、親父も「評論新聞」という業界紙の編集と、その新聞の文芸欄を担任するようになって、充実した日々を送っているらしかったのです。

昭和三十八年、オリンピックの前の年で、私が弟子入りして五年目の七月末、仕事が終わったあとの夕方、鴨川で魚を釣っていると、橋の上からおかみさんともう一人の和服の女性が私を呼んでいるのですわ。土手を登っていくと、着物の女性はおふくろで、私は驚きで呆然となりました。おふくろのことをありのままに親方に話すと、親方は喜んで家に泊めてくれました。おふくろは立派な身なりをして色艶もよく、ずっと若返っていましたよ。私が花江姉ちゃんと文通していたので住所を知っていたのです。

親方が三日間休みをくれましたので、京都見物をして回りました。おふくろは自分のことは何も話さなかったが、生活は充実しているようでした。親父は評論新聞社に勤めて元気にしていることを話しても、それ以上のことを聞こうとはしませんでしたね。お土産がわりといって、おふくろは魚釣りの好きな私に、びっくりするような高級な釣竿を買ってくれましたよ。京都駅で別れる時、おふくろと会うのは恐らくこれが最後になるような予感がしましてね。列車が動き出すと私は万感の思いを込めて、思わず兵隊さんのように敬礼して見送ったのでした。

おふくろと会って暫くして、親父から、「評論新聞」の創刊五周年の会が催され、関西の財界人や文化人が大勢集まるのでお前も来てみないか。評論新聞社の古川社長も、お前が友禅染の手描き職人をしていることに興味を持ち、文芸欄にお前のカットを使ってみたいと言っている。お前とも久しぶりだから親方に許可を貰ってぜひ出て来てくれ、と言ってきました。親父と会うのはあの事件以来で、五年の歳月が経っていたのです。

大阪の梅田に出来たばかりのホテルの会場は、人熅《いきれ》でむんむんしていました。来賓の祝辞は既に終わり、会場にはハワイアンバンドの甘い生演奏が流れて懇親会に移っていました。兄弟子から借りた背広こそ着ていましたが、この豪華な雰囲気に不釣合いな自分を感じて心細くなり、親父を探しましたが、なかなか見つかりません。親父のことだからメーンテーブルの方にはいないだろう、と隅の方から探していくと、やはり後ろの方の壁際で一人ぽつんとコップを手にして立っていました。

私は黙って横に立ち親父の脇腹をつつきました。

「お前、弘か。ほんまに弘だね。これは、立派になったな」

親父は暫く絶句して、私をまじまじと見つめていましたよ。前より少し肥えて顔色もよく元気そうでしたが、六十近くになっていれば、それ相応に老けてきていました。そのあと親父は何も言わずビールを何度も注いでくれて、私も黙ってただ飲んだんですね。背の高さで私は親父を抜いていたんですよ。

闊達《かったつ》をまき散らしながら、小柄だが、ちょび髭を生やした精力的な感じの四十代半ばの男性が寄ってきて、親父の手を握ると、

「ありがとう、ありがとう。岡田君」

と言いました。親父の紹介で古川社長と分かりました。

社長は驚いたふうで、

「岡田君から、息子さんのことはたびたび聞かされてはいたが、こんな立派な息子さんとはゆめ思わなかった。友禅染の手描き職人の勉強中だそうだが、羨ましい。私は芸術は何でも好きで、これまで作家にも、画家にも、音楽家にもなりたかったし、またそれぞれに努力したが、才能がなかったので諦めた。芸術家志望の成《な》れの果てが今の自分だ。実業家の成れの果てが芸術家というのはあまり聞かない。芸術家というのは才能と根気がいるということだ。しっかり頑張り給え。あっ、そうそう、君のカットを文芸欄に使わせて貰うから頼んだよ。お父さんが実によくやってくれるのでこの新聞はもっている」

親父より十歳以上年下の社長のようでしたが、さすがにしっかりしていて、本音も言っているような気がして、妙に親密さを覚えました。

その帰りに親父は道頓堀のうなぎ屋に連れて行ってくれましたわ。私たちは五年ぶりだというのに、あまりいろいろしゃべらなかったですね。親父は大阪の鶴橋駅の近くのアパートで自炊をしているとのことでしたが、面倒な時には近くの食堂で外食しているので心配しなくてよい、と言いました。一方私は、下絵は親方からもう大丈夫と言われるぐらいになっていました。今は色づけを習い始めたばかりで勉強することが多くて、遊ぶ暇もないとぼやくと、親父は嬉しそうににこにこ笑っていましたよ。

今年の夏にひょっこりおふくろが京都に訪ねて来たことを、よほど親父に話そうかと思いましたが、隠しだての嫌いな私でも、なぜか思い止まらせる力が働いて、止めました。

親父と再会してから、私は古川社長が約束した通り、「評論新聞」に月に三回、カットを送るようになりました。業界紙と言えども多数の人の目に触れ、紙面に色どりを添えるには真剣な工夫もいるし、友禅染の勉強にもなりながら、カットの掲載料も貰えるので、私は嬉しかったですよ。

親父は大阪、私は京都と別れて住んではいましたが、二人にとって生まれて初めてといえる平穏無事の日々が続きましたね。

私は結婚したら、いずれは親父と一緒に暮らしたいと思ったりしていました。

親父は、小説とはきっぱり縁を切りましたが、「評論新聞」に随筆や映画、演劇紹介、新春号などには長い詩を発表していました。

そして月に一、二回、俳句や川柳の会で京都に出て来ることがあり、私の都合がよければ二人で待ち合わせてビヤホールを回ったり、湯豆腐を食べに行ったりしました。親父も私も釣りが好きだったので、二人で琵琶湖や明石に釣りに行くこともありました。これまでの二人の生活から見ると夢のようなもので、母のことを話題にすることは避けましたが、どうしても日田時代の思い出が一番口に出ましたね。親父は、私がまだ幼くて記憶には残っていないだろうと思うようなことを話題にすると、そんなことまで憶えているのか、と目を細めていました。

親父の随筆にはよく日田時代のことが出てきて、そんな時は必ず「評論新聞」を送ってくれました。緒方魚衣のペンネームを使っていました。

荒平　　　　　　　　　　緒方　魚衣

終戦の翌年、七月のなかばから十月のなかばまでまる三ヵ月、勤め先から徒歩で二時間あまりもかかる山の中に住んだことがある。町名は大日（だいにち）町というのだが、土地の人は字（あざ）名の方を呼んでいた。それが荒平である。それも、みんな「あらへら」といっていた。T川という名の、細いが急な流れの渓流に沿った小さな部落だから田畑といっては少ししかなかった。この部落に住むようになって第一番に感じたことは南瓜の花の色が実に鮮やかなことだった。それまでは多少軽べつしていたこの花の色がここでは殆ど金色といえるほどに見られた。それは空気の清澄なためだと思えた。七月なかばだというのに引き移った日の夕方からカナカナが鳴いた。家のすぐ前を道路が通じており、バスも通らぬくらいの狭い幅であった。学校が夏休みになると、日中、村の子供たちは、道に沿って流れてくる井堰の中で水浴びをしていた。これら丸まっちい裸ん坊たちは実に健康そうにその肌を水で光らせていた。朝は、そこよりもっと奥の方から下ってくるのであろう、物を背に積んだ牛を追ってくる人の足音で目がさめた。まだうっすらと夜の残っている時刻であった。いそいで裏の雨戸を繰ると、息の詰まりそうな濃い霧が一ぱい立ちこめているのが常であった。裏を走っている川から生じたものである。その霧の向こうをじっと見ると、小さな灯りが一つともって、その下で何やら白いものが一定の間合いをもってはためいているのが、徐々にうすれてゆく霧の中から浮き出すように見えはじめるのである。土地の人に聞くと、この部落は昔から障子紙の産地で大量ではないが、ああして作られている、それもあの家一軒だけですということだった。

そういわれて気をつけて見ていると昼間、川っぷちで三ツ股などをさらしているのが見えもした。部落の下手（しもて）に石切場が二カ所あって、一日中石を切り出すノミの音がしていた。この音も、清澄な空気のせいであろう、よく響いた。

峡澄めり石切る音のこだまして

ツクツク法師が鳴き、町への途中にある銀杏の木が実を降らせるようになる頃までいたこの集落には、田舎住まいをしたことの殆どないぼくには、きらめくような南瓜の花の黄と共に忘れがたいものがある。

銀杏黄葉

大阪、御堂筋の銀杏は有名である。その銀杏がこの頃になってようやく黄ばみ、しきりに散りしいている。だが、都塵と排気ガスに汚れた都心の銀杏の黄葉や落葉はじつにみじめである。見る者の心を痛ましがらせるようなそれである。

山中の町で何年かを過ごしたことのあるぼくにとって、秋のある日、山ふところのところどころに、突然のようにあざやかな黄金色が浮かび上がり、まるで背広服の襟にさされた土木募金の黄色い羽根を見る思いがされるのが銀杏黄葉であった。

勤め先への道筋の途中に一本の大きなのが道ばたにつっ立っていて、そのあたりの土を覆って葉を降らせていたが、よく見るとその間に少し赤味を帯びた黄色い小坊主がころがっている。ハンカチーフに包んで持って帰ったが、それが二、三日目にとがめられた。村の娘にである。

「おじさん、これうちのですよ」。でも、その二、三日の収穫でやや量もあったので、帰りつくとそれの処理にかかった。小ぶりなアンズほどの果実の、果肉は臭いものといわれていたが、ぼくにはそんなには思えなかった。むろん強烈な匂いであったが、顔をそむけねばならぬほどではない。

昔の人は、両方の手に草履をはかせて果実を揉み、果肉を取り去って種子を得たそうである。その折、ぼくはどんなふうにしてそれをやったのか、いまでは記憶にないけれど、やはり何かで自分の手のひらを覆ったのであろう。潰れた果肉の中から種子が出てくる。種子と果肉はなかなかはなれず、何度も何度も水の中で揉んだ記憶はある。作業中、身辺は強烈な果肉の匂いでいっぱいであった。

結局二、三升の果実の中から得た種子は五合前後であった。水あらいをして乾かすと、種子の皮は白っぽくきれいになる。いわゆるギンナンというものがこんなにも手数をかけねば得られないということをこの時初めて知った。

それと同時に、銀杏の果実というものが、落ちる時にどんなにはげしい音で落ちるかということもその時知った。ぼくがそれを拾った場所が石の多い場所だったばかりではなかろう。腰を折り、うつむいて拾っている目の前へ、パシッという音で落ちてくるのである。それはまるで、銀杏というものの生命力をあらわしているような「音」であった。

木の実落つ

十数年前のこと、当時ある雑誌に『千羽鶴』を執筆しておられた川端康成氏が、ぼくの住んでいたH市へ来られたことがあった。その町から少し東の方に当たる飯田（はんだ）高原の風物を作品の中にとり入れるためのみちすがらであったと記憶している。

市役所からは教育課長ほか何人かが道案内に立って市内を巡られた。ぼくも広報係の人間としてカメラを肩についてまわった。その時、市内のある公園へ行った折、ぼくの少し前を歩いておられた川端氏がほかの連中から離れてふと立ちどまられたので、よく見ると小学校五、六年生くらいの少女が二人、その辺から掃き集めたものらしい落葉の小さな山を中にして、中から木の実を拾っていたのである。その辺では「いっち、かっち」といって食べられるとされているので、それらを集めているらしかった。大方スケッチに来たらしくて片わきに画板が置いてあった。高々としげった木立をとおしてもれる薄ら日の中でじっと立ち止まって子供らの所作を見まもっておられる川端氏の姿は、絵になるとぼくには思え、早速カメラを構えた。キカイを少しあおり気味にした。

ところが、である。シャッターを押したのにカメラは例のシャキッという歯切れのいい音を立てずに、ジーと低い音を立てはじめた。カメラというのはツァイスのスーパーイコンタなのだが、大分使いふるしたもので、シャッターの真上についているセルフタイマーがゆるんでいるため、自然に動いていたらしく、本当にシャッターが切れた時には、残念ながら川端氏はもうそこから動き出されレンズの視野の中にはなかった。滅多にないカメラチャンスを逃がした口惜しさはいいようもなかった。

恐らく当の川端氏はそんなことは忘れてしまっておられるのであろうが、ぼくにとっては絶好のチャンスを逃がした心残りは、秋ともなればいつでもよみがえってくる。でもそれは決して被写体が川端氏であったからではない。その時、その場所にうってつけのスタイルを氏が持っておられたからだ。

川端氏はその後高原行でどんな取材をされたか、作品の中にどんなふうに高原が生かされていたか、ついついかけちがって読む機会がなかったのでよくは知らないけれど、ぼくの推察では、ひなびた公園の一隅でのあの一瞬は氏の脳裡に美しい映像を残したにちがいない。

新樹讃

通勤の市電の窓からながめられる街路樹の、柳はもうややに葉をしげらせはじめたこの頃、別の町並にならんだ鈴懸が、冬の間に伐られた枝のまわりから稚い若葉を吹き出すようにつけはじめたのが見られるようになった。この時季になるときまってぼくは戦後十年ばかりを過ごした田舎の町を思い出す。というのは、その町では毎年五月二十日頃から恒例の観光祭が行われ、広くもない町じゅうの主な通りが祭り旗で飾られる。メインストリートだと三角形の色旗が電柱から電柱へかけ渡されるのだが、少し入った所や、家並みの途切れたところでは、旗をつけた紐は、折柄新芽を吹き出した木々の枝から枝へ渡されるのである。

祭旗新樹新樹にかけ渡し

という句をよんだ友人があったが、それを思い出すのである。

まったくこの頃の新緑くらい美しいものはない。樟だとか椎、樫などの巨木が古い黒ずんだ緑の中から新しい今年の緑を湧き上がらせるように盛り上がらせるのは、絶えることのない生命の新陳代謝を思わせて、身ぶるいさえおぼえさせられる。

一方町はずれにある小さな神社の境内では、野天の井戸の上にさしかけるように枝を張った楓の若葉が、あたりを青く染めんばかりであるし、その近くの崖をよじのぼっている蔦も藤もあざやかに粧っている。どの緑も、ついちょっとむしり取って口に入れてみたい誘惑さえ感じさせる。

この時季に雨の比較的多いこともこれら新しい緑の色を引き立たすのに一つの重要なポイントだと思われる。前述の友人の句に、

雨意はらむ風に新樹の揺れやまず

というのもあった。

若葉を語るのに落としてはならないものに柿若葉がある。ほとんどすべて明るい新緑の中で、ひときわ明るく思われるあたりへ辿りついてみると、きっとそれは柿若葉である。すでに広い葉いっぱいに五月の陽光を透かしている下に立つと、それは青天井の下にいるよりもさらに明るく思えるのも、あるいは開け放った座敷よりも、新しく張り替えた障子をたて切った座敷の方がより明るく感じられるのと同じ理由からではないだろうか。

都会住まいでは、満喫とまではいかなくとも、せめてセルに着かえて、近くの公園の緑の中をでも歩いてみたいものである。

親父は、随筆と俳句のときは緒方魚衣の雅号を使っていました。ここに書かれた日

田市の荒平も、銀杏の大樹も、亀山公園も、川開き観光祭も皆私の記憶に残っていて、随筆を読むと、それがまた一段と鮮やかな色彩を帯びて目前に甦り、私の郷愁を呼び覚ましましたね。

昭和四十二年に私は十年間の修業を終え、親方から許可が出て、親方の家から出てアパートに移りました。いよいよ一人前の職人として独立した訳で、本当に嬉しかったし、緊張もしました。親方夫婦と兄弟子たちが、私と親父を招き祝宴を張ってくれたのです。私は二十五歳になっていたので、この次はお嫁さんをとる番だと親方が言うのを、親父は目に涙を浮かべて聞いていましたよ。

その年の九月の夕方、夕食もそこそこに急ぎの仕事をしていると、親方のおかみさんが飛び込んで来て、親父が脳卒中で倒れたと知らせてくれました。おかみさんと大阪市民桃山病院に駆けつけると、親父は右半身が麻痺して、意識朦朧《もうろう》の状態で重症病棟に入れられていました。三日前から何の連絡もなく出社しなくなったため、心配した若い社員が今日の夕方様子を見にいって、アパートの台所で倒れている親父を発見して、救急車でこの病院に運び込んだのでした。

私が一番心配していた一人住まいの危惧が現実となったのです。会社の人が訪ねるのがもう一日遅かったら、恐らく命はなかったろうと医師は言っていました。三日間飲まず食わずの状態だったのですから。

親父には、毎日点滴が続けられました。倒れて一週間目頃から意識が戻り、私のことが分かるようになりましたが、言葉がよく出ず、何と言っているのか分かりませんでした。

親父は、私が仕事に追われているのを知っていたので、どうもそれを心配しているらしかったし、新聞の発行のことも気掛かりのようでした。右半身麻痺も言語障害もあまりひどい方ではなかったのですが、状態が回復するにつれて、重症病室から一般病室へ移ることになり、そのためには誰か身内の者が付き添わねばならないことになりました。

昭和四十年代の初めの頃、高度成長で日本は異常な勢いで豊かになってきていましたが、病人や障害者などの弱者に対する福祉は、社会表面のきらびやかな光の部分に対して、影の部分としてまだまだ顧みられていなかったようですね。

親父にとって私はたった一人の肉親であること、その私は既に成人になっているために、付き添いは私がせねばならぬことに法律上はなっていて、私がしなければ公的なものからは付けられないとのことでした。私が付き添えば、仕事が出来なくなり、収入は途絶えることになる。仕事を続けたければ、自分の収入で付添婦を雇えということでした。

仕事を続けねば自分の生活が出来ないこと、また仕事を続けても付添婦を雇うほどの収入がないことを訴えましたが、法律上はどうにもならないとのことでした。評論新聞社の人たちも、親方夫婦も奔走してくれましたが、埒《らち》が明かなかったですね。

細々と貯えた貯金で付添婦を雇って、私は区役所に日参しました。親父は大阪府、私は京都府という行政区の違いもあって、なかなか私の主張は聞き入れられなかったのです。

私は仕事を放置せざるを得ず、貯えもどんどん減っていき、私自身が親父の看病をせねばならなくなっていきました。

親父は長年の飲酒、一人暮らしによる栄養障害で年齢よりずっと体力も衰えてはいましたが、年齢はまだ六十二歳。この病気では若い方で、看病次第では充分長生きできるとのことでした。

行政に私の主張が認められなければ、私が親父を看病して回復させてみせる、という気持ちになり、専門書で勉強したりして親父にリハビリを行いました。親父が元気になるのであれば、私は自分の仕事を犠牲にしてもよいと思いました。

最初のうち親父は弱気で、私の指導や訓練についてこられなかったのですが、一日一日それにも慣れて不自由ではあったが立ち上がれるようになり、杖を支えにすれば二、三歩は歩けるようになってきました。看護婦さんや医師、他の患者の付添婦さんたちも協力してくれるので、親父も明るくなり皆の期待に応えようと必死に頑張りました。トイレも車椅子でなら一人で用が足せるまでに回復してきましたが、社会復帰にはまだ数年はかかりそうでした。

　私も、他の付添婦さんの好意に甘えて、時々京都まで帰ることはありましたが、半年以上のブランクのため絵筆を握る気にはなりませんでした。そんなある日、院長から私に呼び出しがありました。院長室に行くと、吹田市に弘済院という特別老人収容施設があるが、そこの所長に君のことを話したら大変感心し、また同情していた。お父さんの病状も安定していて、比較的軽い方の部類にはいるので、そちらに転院してはどうか。そこならば、君も付き添う必要はない、と言ってくれました。

　私は大変嬉しくて涙が出ました。一晩考えさせて貰い、親父に相談すると、聞き取りにくい言葉でしたが、まだまだこれから先が長くなりそうだから、そんな良い所があればぜひ移りたいと言いました。

　発病した翌年の昭和四十三年七月、弘済院に転院させました。弘済院は阪急千里線沿いの千里丘陵を切り開いた広大な地にあって、関西地方の老人施設では先駆的な役割を果たし、有名な所でした。親父は入所当時、弘済院で一番若く、規定では入所出来ない年齢だったらしいのです。軽症病棟に収容されましたが、車椅子に乗せて貰わないと、まだまだ身動きは出来ませんでした。

　私はやっと親父から解放されて仕事に戻ることが出来るようになりましたが、親父のことが気掛かりであることに変わりはありません。看病疲れはなかなか取れず、仕事を再開しても昔のペースに戻らなかったですね。

私は月に一度くらいの割りで親父を訪ねました。その度に回復し、最初トイレに近い部屋にいたのが段々とトイレから遠いベッドへ移っていきましたね。

弘済院にはいろいろな設備、出店もあるので、親父は社会にいる時より身ぎれいになり、髪なども七三にぴしっと分け、黒いロイド眼鏡をかけていると、むしろ若返って見えました。寮母さんたちの話ですと、親父はダンディで、ジェントルマンとしても人気があるが、スタイルを気にしてリハビリの時に穿《は》くもんぺ姿が気に入らなくて、訓練に出たがらないようでしたね。

弘済院は広い敷地内に桜の公園や藤棚、また紅葉の林もあり、それぞれのシーズンには花見、藤見、月見、紅葉狩り、クリスマスパーティ、それに毎月誕生会を行って老人を積極的に会合に連れ出し、連携と融和を図りながら健康や機能回復に役立てようとしていました。

親父も最初の五、六年は会には決まって出ていたらしく、花見やとんがり帽子を被ったクリスマスパーティの写真など、私が行くとよく見せてくれました。よく世話をしてくれている寮母の西沢さんや田津さんによると、会合に出る時、親父は必ず背広を着てちゃんとネクタイを締めて来ていたそうです。

その頃、私は仕事の量も増えて、炊事をする時間も惜しく、また栄養も片寄るので自炊生活を止めて、近所の食堂で三度の食事を作って貰うことにしていました。その食堂のおかみさんは親父が倒れた時も何かと相談に乗ってくれて、私が落ち込んだ時には励ましたり、親父の好きな穴子のかば焼や鱧《はも》の梅漬けなどを作っては親父のもとへ託《ことづ》けたりもしてくれていました。

そこの娘さんが日本舞踊を習っていて、その発表会に着る着物の友禅染を頼まれてからは、家族と急速に親しくなりました。発表会が大成功に終わると、一層親密になって、保津川下り、高雄の紅葉狩り、嵐山の月見など家族ぐるみの中に入れて貰うことが多くなったのです。私には生まれて初めて経験するような家族というものの温かみでした。

昭和四十六年のある日、おかみさんが私に、娘の栄子と結婚してくれまいか、そうして出来ることなら組坂の家に養子に入って、小さい食堂だが跡を継いで貰えないか、もちろん貴方は絵の仕事を一生続けてよいのです、と言ってきたのです。

今、妻となった栄子も一人娘で、私も一人息子でした。私は栄子が好きでしたし、いずれこうなるだろうと思っていたので異存はなく、有り難く思いました。私も三十歳になろうとしていて、親父に孫の顔を見せてやりたいと思っていました。親父にこのことを話すと素直に喜んでくれました。養子になれば岡田の家は途絶えるかと、がっくりした表情になったようにも見えましたが、口には出さなかったですね。不自由な体ではあるし、岡田家といっても実質的に家屋や財産がある訳ではないのですから、それ以上親父は何も言わなかったですよ。

私と栄子は親方夫婦の媒酌で、四十六年秋口に結婚しました。私たちは晴れ姿を親父に見て貰おうと弘済院に出向きました。玄関のロビーで杖をついた親父が寮母さんや親しい老人たちとで私たちを迎えてくれました。親父は嬉し涙に暮れ、口をただもぐもぐさせて言葉にならぬ言葉で祝ってくれました。皆も貰い泣きをしながら、中庭で記念写真を撮りました。

私の結婚で安心したのでもないでしょうが、その頃を境にして親父は、花見やクリスマスパーティなどの賑やかな会合にはあまり姿を見せなくなってきたらしい。そしてもっぱら読書と詩や俳句を作ることに専念するようになったようです。本は北千里の栄進堂から『オール讀物』『アサヒグラフ』『文藝春秋』などの雑誌や単行本、詩誌、川柳誌までたくさん取り寄せて読むので、ベッドの周りはすぐ本の山になり、寮母さん泣かせと陰で言われたりもしたそうですよ。

親父は口が不自由なせいもありましたが、いつも静かで、人と争うようなことはなく、部屋で争いごとが起こるとベルを押して寮母さんに知らせる方でした。何事にも不平不満や愚痴を零《こぼ》すこともなく、食事は何でもよく食べ、果物以外は買い食いすることはなかったそうです。ただ、煙草だけは、寮母さんがいくら注意しても死ぬまで止めませんでしたが、あれだけ飲んでいた酒は、養命酒を舐《な》めるぐらいだったようです。

寡黙な方でしたが、気の合った老人とは時々話すこともあり、寮母さんが自分の子供にどんな本を読ませたらよいかと尋ねたりすると、親身になって考えてくれたそうです。一人で淋しくないですか、と聞かれると、男は生まれた時から一人、どこに行っても一人、年をとったら特に一人の方が却ってよい、と答えていたということです。

結婚してから、私たちは狭い家でしたが、外泊の許可を貰って家に来ないかと何度も誘いました。親父は嬉しそうにしていましたが、外に出るのは大変だからと遠慮しましたね。一旦、家庭的なことに甘えると、自分の気力が萎《な》えるのを危惧していたようでした。親父は、自分は一生家庭的な温かみとは縁遠いものと自分に言い聞かせて、それを懸命に守り通そうと心に決めていたように思えましたね。

私に子供が続けて二人出来ると親父は大変喜んで、子供を連れて弘済院を訪ねるのを首を長くして待つようになりました。会合にはあまり出席しなくなっていた親父も、小学生の合唱隊や中学生のバンド演奏などの慰問団が来ると、こっそりと出て来て柱の陰に立って見ているので、お孫さんのことを思い出しているのだろう、と寮母さんの間では噂していたそうです。だが、職員の踊りや大人のボランティアの詩吟などには、どんなに誘われても出て来ることはなかったとのことです。

明石の甥や会社の同僚などが見舞いに来てくれるのが親父の楽しみだったようです。甥には、生まれ育った明石の名物、大善の焼穴子、魚秀の焼鯛、分大のもちを買って来てくれるように注文したりしていました。

そんなに食欲はなかったのですが、幼い頃を思い出しているようで、私にはよく日田の鮎の塩焼を食べたい、それも三隈川の地鮎でないといかん、それに日田のどんこ椎茸の肉の厚いのと海老の吸い物、たこ万のおでん、宝屋のチャンポン、柳原食堂のどじょう鍋、あれは天下一品だったなぁと懐かしんでいましたよ。評論新聞社の古川社長は奥さんを連れて時々見舞いにお出でになり、入院してからもずっと顧問料として親父に毎月いくらかを与えて下さっていたのです。

古川社長はもともと文学青年だったので、親父の力量は買っておられたが、夫人も親父の詩や随筆を愛し、親父の元気な頃から何度も、本にして刊行したらとしきりに勧めていたようです。親父はその都度、そんな価値はありません、と笑うだけだったそうです。

そして親父が再び詩が創れるようになると「評論新聞」の新春特別号の第一面を毎年親父の詩で飾ってくれました。これは、どんなにか親父の激励になったことでしょう。友情というものは有り難く、親父もよくそれに応えていました。

天　馬（童話風に）

フフン　と馬は思った。
こいつはしゃれているわい。
いつだったかマユを作っている
青虫を見たことがある。
こともあろうにあのマユから
身をのけぞらして今出てきた優雅
はらりと二つの羽根をひろげると
たちまち飛び去った

あんな青虫風情にあんな事が出来るなら
俺ならどうだろう　と馬は思った。
米俵がマユだ。だが羽根が出来るか
できないことがあるか。

米俵を運ぶたびごとに馬は思った。

カリカリ　石の坂道で
車はつまづいて荷がこわれた。
だが一つの俵からこぼれたのは
ちっちゃな落花生のカラ
わだちの下でわれた中から出て来たのは
ちっちゃな　ちっちゃな透明な馬
だが彼の落胆の前で　一つずつが
透明な羽根を一対ずつ持って
ゾロゾロ続いて行った
あっけにとられた彼の前から
行列は順に浮かび上り
一匹ずつ　白い天馬になって昇天

どんなもんだ　と馬
大声で笑いはじめた

その笑声がいつまでも続き
人には　いななきに聞こえた。

この詩は昭和五十三年新春号のものでしたが、この頃から親父に弱りが見え始めたようですね。ベッドから離れることが難儀になり、体を起こすにも、ベッドの端に紐をつけて、それを頼りに起き上がる状態でした。粗相《そそう》もひどくなって、おむつをするようになっていました。

その頃、私の子供、長女幸子は小学校の三年生、弟の京太も一年生になり、親父をおじいさんとはっきり認識するようになって、それを親父は大変喜んでいました。特に幸子は女の子だけに成長が早く、幼い頃から音楽、特にピアノ、作文、図画、それにソロバンが得意で、私が強制したのでなくて自分から希望して塾に通っていました。

それは私が幼い頃、自分にやって貰いたくても出来なかったことで、そんなことには幾らお金がかかってもよいと私は思っていました。親父も、幸子の才能と意欲に大変期待していましたね。

体が不自由になると、もともと風呂好きであった親父は困っていましたが、その頃、順送式入浴器が出来てとても喜んでいました。それで入浴する場面を見せて貰ったのですが、老人にも職員にも大変便利に出来ていて、老人施設にも新しい時代が来たのを感じさせられましたね。

体が動かなくなると、どうしても自分だけの殻に籠もるようになってきていましたが、隣のベッドの老人がカトリック教徒で、そこに訪ねて来るシスターの話にはよく耳を傾け、時には長いことシスターと話し込むこともあったようです。寮母さんたちの間では、親父にはどこか、他の老人とは違うインテリジェンスが感じられ、やはりシスターぐらいの知識や人間の深みがないと話相手にはならない、と噂されていたとのことです。

昭和五十五年、弘済院では老人による雑誌、老人だけの投稿——俳句、詩、川柳、随筆などを集めて雑誌を作ろうということになり、そのなかから最優秀賞を選び、老人たちの気持ちを鼓舞しようと企画されました。老人施設も長くなると、また所長次第で老人も職員も沈滞して活気がなくなってしまうことがありましたが、新しく着任した所長は張り切っていたのです。

その頃、親父は右手があまり利かなくなっていましたが、自分なりに詩を書いて、その企画に投稿していたのです。親父の字はほとんど読める状態ではなく、選考会では危うく没《ぼつ》になるところでした。寮母の西沢さんと田津さんが、時間を割いて親父のもとへ行き、その詩を見せながら、解らないところを言葉で補わせる聞き書きをしました。それもよく聞きとりにくかったのですが、長時間かかってやっと清書し、それを親父に見せると、満足そうに頷いたそうです。

その詩「星の砂」は選者の中で評判になり、本当に自作かどうか確かめられて、もちろん最優秀賞に当選して、誌上に発表されると皆の感動を呼んだ、と聞いています。

寮母さんや職員が親父に、過去に詩の勉強をしたこともあるでしょうし、かなり名をなした人ではないですか、と尋ねたのですが、親父はただ首を振って微笑むだけであったそうです。

親父が芥川賞候補にまでなった作家で、詩人としても水準をはるかに越えた才能の人とは、この施設では誰も知らなかったし、親父もそれを知らせることはなかったのですね。

星の砂

夕陽が赤い
南の島にあるという

星の形をした砂は
幾万年の昔
このあたりにすんでいた
小さな生きものの脊椎ではないのか

砂は自分で夢を見られないから
さらさらと
掌に受ける若人に
愛の夢を授ける

あゝ私の骨も
いつかそんなものに
なりたい

娘の幸子はピアノの才能があるらしく、京都の先生から、もうこれ以上は自分では指導出来ないから、大阪・淀川区の十三《じゅうそう》におられる私の先生に習って欲しい、と言われました。

親父の住む弘済院のある吹田とも近く、私は通わせることにしました。幸子が月に一回十三に通う度について行って、帰りは親父の所にお寿司を持って見舞いました。親父は芸術的な才能を持った幸子が殊に可愛いらしく、寄ると大変喜んでいました。

その年の十二月二日に、幸子が所属するピアノグループのコンサートが大阪梅田のホテルの大ホールで催され、まだ小学四年生でしたが、幸子が小学校高学年の部で最優秀賞を授与されました。私も妻も会場の万雷の拍手が夢のようで、嬉しくて呆然としましたね。

私自身、小学生のとき日田で、西日本絵画コンクールで最優秀賞をとったことがありましたが、あの時は、指導していただいた先生と喜び合ったぐらいで、親父とおふくろは離婚争いの最中であったのを思い出したりしていました。

私は本当に嬉しかったのです。自分の時とは較べようのないくらいに嬉しかったですね。私たちは揃って、最優秀賞をとった幸子のピアノ演奏のカセットテープを持って親父を訪ねました。

十二月の初めなのに素晴らしい小春日和で、私たちが訪ねた午後三時頃にも、暖かい陽が弘済院に燦々と降り注いでいて、親父は寮母さんに車椅子に乗せて貰って中庭に出て来ました。幸子の最優秀賞のことを聞くと、親父は何度も頷いて、幸子の頭を宝物のように撫で、幸子のテープを聞かせてくれるように切望しました。幸子のピアノ演奏曲が中庭に流れ出すと親父は恍惚となり、うっすらと涙を浮かべて聴き入っていましたよ。

あゝ、もうこんな時間になりましたか。

もうすぐ十一時を過ぎますね。明日は昼過ぎの新幹線でお帰りになりますか。そうすれば、午後六時頃には日田に着きますか。便利になりましたね。昔は夜行列車で出て来ていましたものね。私は昭和三十一年に日田を去ってから一度も日田には行っていません。三歳の時に日田に移り、十四歳、中学二年の時に離れましたのですわ。先生や友だちなどと会いたいですね。でも、二十七年も経っていますから、会っても誰だか判らないでしょう。

渡里川や花月川、三隈川、慈眼山《じげんざん》、月出山岳《かんとう》、懐かしいですね。今でも、ふるさとの山や川はきれいですか。それはよかった。高度成長の時代には、都会の大気はスモッグ、川はへどろで汚れ、このまま行けば、お金のために日本は滅ぶ、と本当に思ったんですわ。どうにかブレーキがかかってきましたがね。

ところで、突然ですがね。私が、親父とおふくろの実子でないことを貴方は知っていましたか。

そうですか。ご存じでしたか。

誰からお聞きしたかなどと、野暮なことは聞きますまい。こういうことは隠しても、隠し果《おお》せることは出来ないものですよね。私も小学校三年生の頃に、渡里川の堰で野菜を洗っている近所のおばさんたちの会話で聞いたのですわ。

その日は爽やかな五月晴れでした。私たち親子三人は朝、揃って家を出ました。母は内職の裁縫の出来上がったものを豆田町に届けるため、外出していたのです。

私は、学校に着いてすぐ腹が痛くなり、先生から家に帰されて寝ていました。近所のおばさんたちは、家に誰もいないと思ったのでしょう。大きな声で話していました。その中で、実子でないことを知りました。

最初のうち、誰か他の人のことだろうと思っていましたが、私のことだと分かってくると、小学生の子供でも全身が硬直して息苦しくなり、体は海老《えび》のように曲がってしまいましたよ。本当にショックでした。まだ子供なのに、それはとても悲しく、恐いことでしたね。ただ、親子お互いに、このことには一生一度も触れることはなかったですよ。こういうことを、暗黙の了解、というのでしょうかね。それは切ないことですよ。私たち親子が脆《もろ》かったのも、血は水より濃い、ということの裏返しだったのでしょうかね。

岡田徳次郎文学を語る時には、このことを避けて通れないと思います。私は他家へ養子に入りましたし、親父のことは、妻も子供もいつの間にか知っていました。親父も亡くなりましたし、プライバシーも、これだけ年月が経てば澄み切った青空でしょう。芸術家にはプライバシーはないのと違いますか。プライバシーは芸術の陰影でしょう。芸術家の中には、私生活を作品にし、それで恥をかいても、身を滅ぼしても、自分を表現する人もいるでしょう。親父は、そんな激しいタイプではなかったですものね。親父の文学に、私や母のことを書いたものが見つかったらぜひ教えてくださいね。しかし、何があっても、父母と私が親子であることには、全く変わりないのですからね。

「イナビカリ」という親父の詩があります。私の思い出にある光景です。親父もおふくろも、よく私を引き取って育ててくれたと大変感謝しているのですよ。

イナビカリ

くらい晩
テンカフンつけた子供と
うちわ持ってかどに出たら
むこうの山の上で
ひつきりなしにイナビカリして

すさまじい眺めだった。

光るたんびに形のちがう
するどいプラチナの疾走に
子供は声をあげてよろこぶのだが
その横で
大人は遠い国のことをおもい
離れて来た古い友だちのことを考え
少しさびしい顔になつた

くらい晩
まだひらめいて止まぬイナビカリを残して
そろつて家へ入りながら
子供はもう眠いばかりだが
大人はひそかに思ふのだ
まもなく流星の季節になる
——と

子供が眠つたあとで大人は
いまさらはげしく流転の思ひに浸り
誰かに長い手紙をかき
明日こつそりと出すつもりで
壁の上着の方へ立つのだ

くらい晩だ
灯を消してからも
窓の外のくらい空は
絶えず遠いイナビカリで焼かれていたが
もう大人も眠つたのか
それともまだ悶々と起きているのか
誰にもわからなかった。

ピアノ演奏会の三日後、親父は軽い脳血栓症を起こし、それに肺炎を併発して、弘済院の老人ホーム棟から、医学的治療を行う本館の病院へ移され、その旨病院から仕事場の方に連絡がありました。

　私は妻や子供に知らせると、一足先に仕事場から弘済院に直行しました。

　呼吸が荒く苦しそうでしたが、意識ははっきりしていました。

　親父は私の手を握ると本当に安心したようで、眼をゆっくり閉じ、暫くするとまたかすかに眼を開けました。そして、いつになく聞き取り易い言葉で、おゝ、弘か、お前には大変な迷惑をかけたね。親らしいことを何ひとつしてやれなかったな。本当に申し訳なく思っているよ。世間一般の子供とえらい違いで、お前も大分損をしたな。まあ、しかし、これも宿縁というものだろう。許しておくれ。その分、お前の子供たちを幸せにしてやってくれよ、頼むからな。

　私は文学をやって本当によかったよ。世の中を澄徹《ちょうてつ》した眼で見ることが出来た。

　何も後悔はしていない。私の詩や小説、随筆の切り抜きがこのベッドの下のみかん箱に入れてあるが、捨てるなり、焼却するなり、お前の思う通りにしてくれ。

　葬式も告別式もする必要はない。この弘済院のお別れの部屋で、お前の家族と、よく面倒を見ていただいた寮母さんと、親しくしていた老人の少人数で線香をあげてさえ貰えばそれでよい。今は師走の忙しい時、年が明けて四十九日が過ぎたら、私がノートに記載している人々に私の死を知らせて欲しい。お前は何としても、私の分までうんと幸せにならないとね。と言うと親父はきつそうに大きな呼吸を繰り返していましたが、静かに眼を閉じていったのですよ。

妻と子供が駆けつけた時には、既に親父の意識はなくなっていました。子供たちの学校のこともあり、妻と子供は帰して私が一人で看病することにしました。発病四日目の十二月九日、親父は朝から急に高熱を出し、医師から、とても明日までは持つまい、と気の毒そうに言われました。私は妻に知らせました。窓外を見ると雪がちらちらと舞い始めていたのです。

雪は時間とともにだんだん激しい本降りに変わり、窓外は白一色に閉ざされて何も見えなくなり、妻や子供の到着が危ぶまれました。

親父の呼吸は喘《あえ》ぎ喘ぎになり、家族が着くまで何とか持たせようと酸素吸入が始められました。

私は、もう助かることはまずない状態になった親父のベッドの傍に跪《ひざまず》き、せめて妻や子供が到着するまで、微かでもよいから呼吸を止めずにおいて欲しい、と親父の手を握り最後のお願い、とお祈りをしていました。

岡田徳次郎作品集

小説　銀杏物語

タカの頭にも既に白いものが目立つやうになつた。染めてはと、云つてくれる人が無いではなかつたが、その度に静かな笑ひで外らすばかりであつた。

同じ年頃の誰彼と比べて少し早いと思はれるこの交りものは、一体どうした原因からであらうかと、タカ自身考へてみない訳ではなかつた。若い頃は別として、取り立てて苦労をしたと云ふ訳でもない。むしろ苦労知らずの平穏な歳月ばかりであつたと云つてよかつた。とするならこれは生まれ付きかも知れない。まだ子供の頃に死別した母にも、さう云へば、あの時分、今のタカより若かつたのに、ちらほらと窺はれ、それを気にしてよく毛抜きを持たされたことがある。親譲りなのであらう。何の不自然もなく其処へ考へが行くと、決つてタカは、その時して居る事から暫く心を外して、遠くの方を見る眼付きになるのであつた。

タカは父を知らなかつた。物心が付く頃には、自分には母だけしか無いのだと、その理由について詮索することも無しに呑み込んでゐた。母も、聞かれぬまゝ詳しいことは語らなかつた。多分、まだ自分が何も判らない時分か、それとも母の胎内に居る時に亡くなつたのであらうと、単純に信じ、話したがらない母をなじるやうなことはしなかつた。どう云ふ曰くからか、親戚身内と云つたものの身辺に無い母子であつたから、余計な話をして聞かせる者も居ず、母一人子一人の、ひつそりと、それ故温かな結ぼれで暮して来た。今でもタカは、母のことを考へる時、ある時は膝の、又ある時は背の、小春日和の日向のやうな温もりを蘇らせずには居られなかつた。だからと云つて、母の生涯が幸福なものであつたとは、今のタカには考へられては居ない。取り分け不倖せであつたと云ふ理由とて無いけれど、思ひ出される母の姿の何処やらに、一抹の翳りがあつたことを、母と同じ年齢を生きて来たタカには読み取ることが出来た。そしてその翳りは、白髪が母から譲られたやうに、自分にもきつと付き纏つてゐるに違ひないと密かに信じてゐた。それは、何かに欠けた、孤独な暮しから来るものであることもタカは知つてゐた。

タカ一人を大事に守つて、世間から懸け離れたやうな暮しをして行くについて、母は身の廻りに少しの隙も見せなかつた。世間を白い眼で見ると云ふのではない。母子二人が兎も角生きて行けると云ふことは、やはり世間のお陰であることは充分知り、そのことはタカも繰り返し聞かされた。だが同時に、怖いのも世間だと聞かされたこともある。そのことが何かタカの父親と関係があつたのかも知れなかつたが、その頃のタカにはまるで判らないことでもあつたし、もう訊ねやうにもその人の居ないタカには、唯単にそれはそれだけの事として受取つた方が気安かつた。さう云ふ心構へで生きて行く母には、一般の女の人に無い或る雰囲気があり、世間からは、幾分冷い人のやうに見受けられたかも知れなかつた。口数の少い、する事にそつの無い、それやこれやが、人を近寄せない者のやうに取られたかも知れない。そしてこれも亦、タカの身の内に伝へられてゐるらしかつた。何もかも母譲り、さう考へることで、タカは少しも不満で無かつた。不満で無いばかりではなく、ある時など、此処にかうして暮してゐるのは実は母であつて、タカ自身は何処か戸外かそれとも襖の蔭にでも居て、ひよつこりと姿を現はして自分に甘えかゝるのではないか、とさへ覚えるのであつた。膝の周りに伸べられた頼まれものの縫ひ物も、在りし日の母のしてゐた通りではないか。

母の裁縫は生計の基であつた。タカの記憶によれば、それは年中切れることが無かつた。しかし、それだからと云つてそれに掛り切りで子供に淋しい思ひをさせた訳でも無かつた。一と区切付いた時など、よくタカを連れて町へ出たり、珍しい物を見に行つたりした。その内の一つを、タカは今でも憶えてゐる。

旧暦の四月で、町の外れのお寺へ灌仏会を見に行つた時であつた。汗ばむ程のいゝお天気で、人混みで繋ぎ合つた母の手もタカの手もすぐに濡れ、何度も拭はねばならなかつた。とりどりの花で飾られた小さな御堂の中で、天地を指さして立つてゐる五寸程の真黒な仏様も珍しかつた。小さな柄杓で頭から甘茶をかけるのも珍しかつた。接待の甘茶の、薬臭い甘さが、タカの子供らしい期待にそむいたことも可笑しかつた。丁度勢揃ひをしてゐる稚児の、一様に揺れて輝く冠のビラビラが眩しかつた。タカを連れて外出した時の癖で、母は家に居る時よりも陽気な口を利き、よく笑つた。

が、そんな事柄よりも、もつと強くタカの頭に残つてゐるのは、お詣りをすませて大きな山門を出、帰途についた時起つた事である。

参詣人を当て込んで、門の外の道の両側にはいろいろな店が出てゐた。その、赤や黄や、まるで花畑のやうに続いてゐる玩具店菓子店の間にはさまって、白い髭を頬から垂らした占者が居た。先刻からの機嫌の続きだつたのであらう、冗談半分のやうに笑ひながらその前で足を止めた母は、

「わたしやないのです。この子の手相を見てやつて呉れませんか」

と云ふと、思ひ掛けない事なので顔を赭らめて尻込みをするタカの手を自分の手で持ち添へて占者の前へ差し出した。

「何も恥しがらんでよろしい。どれ見せなさい」

占者はタカの小さな手を取ると、タカの掌よりも大きい天眼鏡をその上にかざして暫く見てゐたが、ふうむ、と云ふやうな声を漏らしてから云つた。

「このお子さんは平穏な一生を送られますな。特にこれと云つて目立つた一生では無いが、まづ静かな一生、とでも云はうか、不倖せな目に遭はずに過ごせる相です」

母は満足相な顔でなにがしかの金銭を見台の上に置いた。

「しかしなあ」と占者は、まだタカの手を持つたまゝで付加へた。「このお子さんは人縁に薄い。よつて、結婚についてては充分に気を付けなさらんと、自分が不幸になる

か、相手を不幸にするか、そのどちらかになる。これだけは呉々も忘れんやうに……」

母はしかしもうよくは聞いてゐなかつた。好天気の、少し埃の舞ふ道を帰つて行く上機嫌は、占者の言葉位では崩れさうもなく、元々冗談半分の上での事であつたから、けろりとした顔でタカを促して歩きはじめた。タカも占者から振り切るやうにした手を、自分の着物の腰のあたりでこすつた。さうでもしなければ、あの気味の悪い占者の息がこびり付いてゐるやうに思へたし、その手で母の手を握る気になれなかつた。

その日の事はそれ切り忘れてしまつたのか、母の口に上らなかつた。幼いタカにして見れば、占者の言つた事など上の空で、第一その意味すらよく判らなかつたから、永らく思ひ出す事も無かつた。それを今のやうにはつきりと思ひ出すやうになつたのは、遥かに後の事であつた。

占者の予言など、全然忘れてしまつてゐた証拠、と云つては云ひ過ぎになるかも知れないが、タカとても一人の女として、一度は結婚したことがある。

それ以前、母は、タカが小学校の六年の時に死んだ。あつけない死に方であつた。風邪気味だと云つて床に就いてほんの二三日で、何かが消えて行くやうに死んでしまつた。タカにはいまだにその辺の事が思ひ起こせない。年頃から云つて、その当時のことをもつと憶えてゐてよさそうなものであるのに、不思議に何一つ憶えてゐない。何かしら頼りない身の上として自分自身をふり返るやうになつてから、努めて思い出さうとするのだが、ざわざわと人の出入りがあり、ひよいと、それらの人達によつて今まで椅りかゝつてゐた物を持ち去られたと云ふ感じだけで、泣いたことは確かであるが、云はば総てがその涙に曇つた眼の外側で取り運ばれてしまつた、と云ふより外になかつた。そして、やつと吾れに返つた時には、可哀相なお子さん、として、ぽつねんとしてゐる自分を見出しただけであつた。

タカは人受けのいゝ子供であつた。学校の成績も悪くはなかつたし、母があのやうな人であつたせゐか、いぢけたところが無く、身のこなしもすつきりとして清らかな感じを人に与へた。可愛らしいと云ふのでなく、人々はその清潔感でタカを愛した。引取つてもいゝと云ふ人が何人か居たが、比較的生前の母と親しくしてゐた人達の間で相談があつた末、その時の学校の受持ちであつた人の家に世話になることになつた。中年になつて子供の無かつた教師は、日頃からもタカに目を掛けてゐたし、よく出来るこの子供のため、上級の学校に行けるやうに、タカの母に話を持つて来たこともあつた。

総てがすらすらと運んだ。身の上のかうした変化も、何かしら他人事のやうにさりげなしに移つて行き、教師の家でも実の子の扱ひを受け、女学校にも行けた。そして、学校を出ると間も無く結婚した。

夫となつたのは、タカが出た小学校に最近赴任して来た若い教師であつた。物事にこだはらぬ性質のタカは、養ひ親である人からその話を持ち出されると、すべてを任せて、云ふなりに従つた。

タカには、あの結婚がどうしてあんな結果になつたのか、どうしても了解することが出来ない。尠くとも、自分にその原因があらうなどとは考へられない。よく仕えた、と云つて、若い夫婦の仲にあるべき甘えた気持を忘れた訳では勿論ない。新しい家庭について、養ひ親である教師も満足してゐた。結婚して二年も経つのに、まだ子供の出来ないことを除いては――。

丸二年位経つた頃からであつたらうか。タカは夫の様子に妙な所があるのに気付きはじめた。

翌日の教案作りに夜遅くまで起きてゐるのは夫に珍しいことではなかつた。そんな折、タカはふと夫が妙な事をするのを見た。何でもぶよのやうな小さな虫が眼の前を飛び交つてゐる、とでも云ふのか、ペンを持つた手でしきりに顔の前を打ち払ふ仕科をするのだつた。はじめは笑つてゐたが、次第に不気味になつて来た。夫自身も、その事を自覚しない訳では無かつたとみえて、をかしい、と漏らしてゐた。終ひには、ペンを投げ出すと、両方の手で顔の前を掻き廻すやうなことをし、それでも気持が鎮まらないと見え、夜更けの町へ出て行くやうなことすら始まつた。そんな時、夫は何処かで酒を呑み、赤い顔で帰つて来た。

「心配しなくてもいゝよ。少し呑むと例の奴が消えるんだ。お前は先に寝てていゝんだよ」

照れ隠しのやうにそんなことを云つてゐたのは始めのうちであつた。軈てその酒量も次第に多くなり、虫を追ひ払ふあの仕科の出ない夜も、ふいと立つて町へ出て行くやうになつた。それだけなら、二人切りの世帯を持つて行くのに大した苦にもならなかつた。経済的にも、夫の酒に費やす金額は大きなものでは無かつた。困つたことに、乱酔の癖が付き、理由にもならぬ理由を持ち出してタカを責める事がしばしばになつた。

「お前だ。お前が居るときつとあの虫がちろちろし出すんだ。その証拠にお前の居ない所では、どんなに晩くなつても疲れてゐてもあんなのは出て来ない」

別に女が居るやうな風でも無かつた。

思ひ余つて恩人である教師に話してみたが、その人達にも、それは困つた、とより外に云ひやうが無かつた。夫の酒癖はいよいよ昂じる傾向があつた。

丁度学年が更まり、夫に転任の辞令が出た。夫はそれを好い機会にして別居すると云ひ出した。暫く一人になつて暮してみる。そして若し例の病気が出なければ、勉強して中等学校の教師の試験を受けたい、と云ふのであつた。そして単身で遠い任地へ赴任して行つた。タカにとつてそれはつらい事であつたが、日々深まつて行く夫の苦しみがそれによつて救はれるなら、と歯を食ひしばる思ひで夫を見送つた。そして、二人の仲は、事実上その見送りの日を以つて切れたと同じであつた。任地からの夫の手紙が恩師に宛てて届き、あれ以来例の幻覚にも襲はれず、身を入れて試験の勉強が出来さうであると告げ、タカには何の便りも付加へて無かつた。それ以後の手紙も総てタカ宛てでなく、その内、絶縁したい旨の申入れがあつて、そこでタカは独りに戻つた。——その時である、既にうづもれ果てたかに見えた古い古い思ひ出の絵暦の中から、タカが一枚抜き出して、今更のやうにあの占者の言葉をしみじみと読み返したのは。

人縁に恵まれてゐないと云つた占者の予言が若し本当だとすれば、なまじ人がましく結婚などしないで、生涯を独りで暮す方がましであらう。強ひてそれに逆つて再び悲しい思ひを重ねるよりは、その方が結構気楽である。思ひ迷つた末そのことを恩人夫妻に告げ、身一つで生計を立てる方法について相談した。夫妻にしても、学校まで出してやつた事など別に恩被せがましくも考へず、快くタカの申し出を聞いてやり、希望ならば学校の教員をしては、とまで云つて呉れた。しかしタカにしてみれば、子供とは云へ多数の人間の中に立ち交ることが避けたかつた。タカの第一の考へは、ひつそりと何処かの片隅で、生前の母がさうしてゐたやうに裁縫でもして暮したかつたのだ。夫妻もそれには反対しなかつた。何事もタカ自身の選択と決意に委せると云つた。折も折、恩師なる人に栄転の話が持ち上がつた。遠方の村ではあるが校長として赴任する事になつたのである。タカにも一緒に行つてよいと云つたが、そんな田舎では裁縫の頼み手も少いであらうし、これ以上夫妻の恩を頼みとするのも心苦しいまゝ、我儘のやうではあるが、自分はこの町に留りたいと云つた。夫妻も強ひてとは云はず、希望通りにするやうにと云つた。若し何か困つた事でも起きた時には遠慮なく云つて来るやう、とも付加へた。針一本を手だてとする暮しが、果してタカの思ふやうに成立つて行くものかどうかを危んでの言葉であつた。

恩人夫婦の出発を見送つてしまふと、タカは生れて始めて孤独と云ふものと顔を付き合はせた。昨日までと同じ燭光の電灯の下であるのに、ひんやりと薄暗く思へた。聽てこの家からも出なくてはならない。何処かに二階でも借りるなりして、新しい生活に入つて行かねばならない。その事柄自体は別に悲しいことでも淋しいことでも無い。自分が選んだ方法なのだ。唯、一抹の不安は消しやうも無かつた。身寄り一人無い空つぽの世界が前にあつて、それがタカの表情を堅くした。

裁縫について、タカはさして心配はしなかつた。亡母が日常してゐたことを見覚えてゐたせいか、学校でもその方の成績は群を抜いてゐた。一と通りは何でも縫へる、と自信をもつてゐた。しかし困難はそれでは無かつた。どうすれば注文を受けることが出来るのか、それがよく判らなかつた。母はどんな手蔓であゝして次々と請負つて来たのであらうか。町でも時折見掛ける「裁縫いたします」と云ふあの下げ札を母が吊してゐた記憶は無い。

其処まで考へて来た時、さうだ、町へ出て、そんな札の下がつてゐる家を訪ねて教へて貰へばいゝ、と気が付いた。そして町へ出た。

十一月の初めで、町には白い陽の光が張り詰めたやうに満ちてゐた。物蔭ではさすがに冷気が覚えられたが、陽の中では、被てゐる袷から、焦げ臭い匂ひがかすかにした。陽に向かへば額や頬が、陽を背にすれば頸筋が、ひりりとする程熱かつた。何処と云つて目当てをして来た訳ではないので、タカは足の赴くまゝに町の彼方此方を歩いてみた。町と云つても決して大きくはない。商店と商店との間に藁葺きの仕舞屋があつたりした。細い横路の向うに黄色く稲田が見える所もあつた。気儘に歩き廻つてゐるうち、タカはふと自分が意外に陽気な気持になつてゐるのに気が付いた。それはきつと、子供の頃母と連れ立つて外出した時、母がきまつて陽気に振舞ひ、口数多く笑ひ興じながら歩いた、その影響が自分に遺つてゐて、自然に浮いた気分にさせるのであらうと解釈して、独りで可笑しがつた。

　随分歩いた、とタカは思つた。にも拘らず、町の何処にもあの下げ札が見当らなかつた。あれは子供の頃の記憶であつたから、今時そのやうな事をしてゐる人が無くなつたのであらうか。それともまだ自分の歩いてゐない何処かに掛つてゐて、秋の陽の中で宙にくるくる廻つてゐるのか。

　軈てタカは大きな橋の袂に出た。町のほゞ中央を貫いてゐる川に架つたこの橋は、四五十間もあらうと思はれ、ゆるい弧形を川の上に渡した橋の向うに、低い家が群がつて見えた。彼処へ行けば求めるものが見付かるかも知れないとタカは思ひ、橋を渡りはじめた。しかし橋の半ばでタカは立止まり、西側の欄干に手を添へた。欄干の木目の痩せた木は陽のために熱く乾いてゐた。

　タカの眺めた方に、水量の豊かなその川の中に浮かぶやうに中島があつた。樹々を鬱蒼と茂らせた円いその島と、対岸の農家地帯との間を、満々と水が漲り、折からの夕映を映して輝いてゐた。いつかもうそんな時刻だつたのだ。

　秋の速い落日は、さも何かに急き立てられるやうに中島の肩に入り、川面の金属的なきらめきも刻々に色を変へ、タカの前で光輝を落しはじめた。人に溜息を吐かせる弱い薔薇色から、一と刷毛青ざめたものが加へられたかと思ふと、急速に葡萄色となり、降りはじめた気温がタカの肩をすくめさせた。タカは踵を返した。時刻の為ばかりではない。自分の探してゐたもの、例の下げ札の家では、恐らくあの寂しげなものが人に印象付けるやうに、頼み手も少く、それだけで衣食して行くことも難しいに違ひない。それ故にこそあのやうなものが必要なのである。そんな仕事を以て曲りなりにも生きて行く為には、もつと別な方法から入つて行かねばならぬらしい。ではその方法とは――。タカには判らない。兎に角橋を渡るまでも無い、とだけが判つたのだ。疲れても居た。

橋を元へ戻りきつた所で、タカの眼に夥しい黄色が映つた。さつきは気が付かなかつた。T字形になつた橋の突当りに、商家の間に隠れるやうにして寺が一宇、門を開いて境内を見せてゐた。黄色いのは、境内の地面と云ふ地面を埋めつくして散り敷いた銀杏落葉であつた。川の方ではもう石油色に暮れかゝつてゐたのに、此処ではまだ昼光の名残りが充分残つてゐた。それは落葉の色と、さう気付いて見上げた眼に、附近の家々をはるかにしのいで打ち仰ぐ程の高さに聳え立つた銀杏の大木、あれ程葉を降らしながらまだ鬱然と黄葉を蓄へ、梢の方に、僅かながら残輝を宿してゐる、その為であると思はれた。タカは呼び込まれでもしたやうにその足で古びた小さな門をくゞつた。後に思へば、その一足づつが、現在のタカへの一歩一歩であつたとも云へ、タカには意味深く考えられるのであつた。

町中の寺であるからさう広い筈は無いけれど、門をくゞるまで考へてゐたほど狭くも無かつた。左手に本堂があり、それに続いて庫裡と思へる家が見られた。左手に一軒、低い二階の付いた陰気な建物があり、前寺と覚しく、開かれた障子の奥、まだ灯りのついてない所に、仏壇らしいものが、何かの金具の光を点々と覗かせてゐた。これらの二つの建物に挟まれた境内地の向うが墓地になつてゐるらしく、黒く古びた木柵が仕切りをしてゐた。柵の傍に突立つた老樹から落ちる銀杏の黄葉は、地上を埋めてゐるばかりでなく、本堂の高い屋根にも、前寺の上にもしとゞに積つてゐた。そのあまりな見事さに、タカは暫く見惚れて門を入つた所で立ち尽してゐた。その眼の前をかすめて、散り急ぐ葉が落ち続いて、先に落ちてゐる葉の上へ、幽かな音を立てゝ重なつた。耳を澄ましたタカに、その音は庭中に満ちてゐるやうに聞こえた。

しかしタカは直ぐそれが自分の思ひ違ひであることに気付いた。誰かが落葉を掃いてゐるのであつた。誰か――、その人は、タカが門をくゞつた時丁度大銀杏の幹の下に居たため、タカには、幹と同じ着物の人を見分けることが出来なかつたのだ。そして、タカがそれと気付いた時には、墓地境の木柵の下あたりは黒々と土を現してゐた。現れた土は、その人の操る熊手の下から、次第に広くその面積を拡げつゞけてゐる。その搔き方と云へば、タカの眼を見張らせたことに、まるで、分厚な金色の絨緞を端から端まで巻き返して行く、と見えた。まことに手際よい搔き振りであつたが、決して荒い気配はなかつた。暮れまさつて行く視界の裡で、明るいのは片寄せられる落葉ばかり、熊手持つ人の姿も、あるかなきかの仄けさであつた。タカの心に感嘆が起つた。夕闇の、ひつそりとした広場で、何か不思議な事が、それも実に美しく行はれてゐる。町の人は、誰も知らない。こんな事が、町中で、人に知られず行はれてゐることの美しさ、と云つてもいゝやうにタカには考へられた。タカは同じ場所に立止まつたまゝ、境内の土が総て現れ、寄せられた黄葉は一と所にうづ高く積み上げられるまで動かなかつた。動く気が起らなかつた。

人が寄つて来た。既に濃くなつた黄昏の色の中で、その人の面輪も定かではなかつたが、年の頃五十路を半ばと思はれる女であつた。稍小柄な、端正な姿勢の人であつた。

「やつと終りました。箒けども箒けども……」

さう云つてその人は、あるか無きかに笑ひを漏らした。

「大変で御座いませう。しきりなしですもの」

さう応じるタカの眼に、今掃いたばかりの暗い庭へ、後を絶たず舞ひ落ちる黄色い片々を背景に、熊手を片手に立つた人が、何かの物語の中の人物とも思ひ違はれ、対ひ合つて立つ自分自身も、その中の一人であるかの如く考へられた。

「暗くなりましたが、あなた、このお寺に何か御用でも……」

タカはその問ひに対して幾分きまり悪い思ひもあつたが、繕ふ所なく答へた。

「いえ、唯、あんまり美事でしたので、つい」

「歌、俳句などでもなさる方でせうか」

「滅相もない。そのやうな風流を持ち合せる者では御座いません。ほんの通りすがり、それも、暮しの途を探しに出ての帰り途なので……」

どう云ふ加減であつたか、タカにはその人が親しいものに思はれた。熊手の人も、こだはりのないタカの様子に心を許したのか、それとも、刻限柄、人なつかしい気持であつたのか、「お急ぎでなくば先づ」と云つてタカを誘ひ、前寺の後ろに連れて行つた。


前寺の後ろ、くゞまつて身をひそめてゐる気配の平屋の家に、タカが移つて来たのはあの日から一週間と経たぬある日であつた。

あの夕方、タカを自分の住居に案内した女の人は、「お茶なりと……」と云ひながら招じ上げたタカに火鉢の火で銀杏の実を焼いて出した。自分もそれを割りながらの質問に誘はれて、タカは自分の身の上を飾り気もなく話した。女は含み笑ひを隠さうともせず、

「そんな事ならあなた、呉服屋さんにお話なさるとよろしいのに。二三軒呉服屋さんに交渉が出来ましたら、結構仕事はありませう」

と云つた。しかしタカには深く知り合つた呉服屋が無かつた。尠くとも、信用して品物をゆだねて呉れ相な店がありさうに思へなかつた。それを率直に云ふと、女は、

「さう云ふことでしたら、私が何とかしてあげませう。じつは……」

と女の話したところに依れば、女も独り身の生計のすべとして、町内の何軒かの呉服屋からの頼まれ物で糊口をしのいでゐる。時には注文の日時に間に合ひ兼ねて、他へ仕事を廻す事もあり、それでは、次の注文にも影響するやうな事にもなるやうな状態である。だから若しタカがそれでよければ自分の仕事の手伝ひをして呉れないか。丁度今、急ぎの物が重なつて、一つは他所へ振り向けやうかと考へてゐるところ故、かう云つては失礼かも知れないが、あなたの腕も見たいしするから、それをやつて見て呉れないか。持つて帰つてもいゝし、此処へ来て縫つてもいゝ、とのことであつた。

話してゐるうちにタカはこの女が好きになつた。若し占者の云ふのが本当で、人縁から遠ざかつて生きて行くべき運命が自分にありとするなら、私はこのやうな人になりたい、この人のやうな暮し方をしたい、と云ふ思ひが湧いた。

タカが二三日通つて縫つた出来上りが女の気に入つたらしい。針を運びながらの、お互いの打明け話の末、タカが現在の家を出なければならぬ事を語ると、女は、

「身軽なあなた、何なら此の家に来られては……」

と云ひ、

「私もあなたに劣らず人縁に薄い人間。人縁に薄い人間同志寄り合つて暮す分には、その占者の云つた不倖せとか云ふものも遠慮して呉れさうなもの。無駄な費えも少くてすむではありませんか」

タカに異論のあらう筈が無かつた。

このやうにしてタカはその寺内の長屋に移つた。

古い建物であつたけれど、丹念に拭き込まれ手入れされたその長屋は、黒光りしてがつちりとしてゐた。町中ではあつても流石寺内のこととて静かであつた。陰気ではないかとのタカの危惧にもかゝはらず、むしろからりと乾燥した気持であつた。炊事の役をタカが買つた。落葉掃きを代りませうと云ふ申し出を、それは私がと云ひ張る女に対して、では炊事はと自然に決つた。

「まあお静かやこと。まるで一人の時とおんなしことや。ほんにまあ御精が出ますなあ」

京都の生れとか云ふ本寺の院家の老母が、無駄話の相手欲しさに来た縁側で、しみじみと云つた。

「それになあえ、此頃朝晩のおくどの煙の色が前とは異ふと皆云ひよりまつせ。若い人と年ゆきとはそないに違ふもんやろかなあ」

皺んだ口の端をほころばせて笑ふ老母にもタカは心が和んだ。この人の子である御院家にしても、書物好きで、物にこだはらぬ人と見られ、それやこれや、すべてタカの気をゆるさせた。

「あの、わたしあなたをお母さんと呼ばせて貰ひます」

タカがそう云つたのは、移つて半月も経た頃であつたらう。事実タカはその人を単なる師匠と呼びたくはなかつたし、その人の姿態の中に母のおもかげを見た。

「構ひませんとも。一度も子供持つたことの無い私ですけど、あなたなら、私の娘になつて頂いてもよろしい。こんな親子の一組位あつてもよろしいでせう」

女はさう云つて笑つて、まことに愉しさうであつた。

女の名はリツ、天涯孤独の身の上であつた。

此の町からは遥かに遠いある炭鉱地の町で生れたが、母は産後の病で亡くなり、父の手で育てられた。しかしまだ若かつた父は子供一人を守つて独身を通すだけの気持になれなかつたのか、云ひ寄る人のあるまゝに後添へを貰つたが、リツを嫌つた女の言葉にそゝのかされて、ある日五歳のリツを独り残して、他の炭鉱地へ逃げるやうにして行つてしまつた。残されたリツは、同じ長屋の人々の好意で養はれたが、何れも余裕あつてのことではないこと、云ふまでもない。半年もそんな状態で過した所へ、飄然と現はれた雲水の老僧がリツの哀れな身の上を聞いて、自分が連れて行かうと云ひ出した。長屋の人達には渡りに船で、一も二も無かつた。老僧は東西もまだわきまへぬリツを連れて炭鉱町から去つた。

それから何処と何処を、どんな順序で巡つたのか、リツは知らない。色々なものを見たやうな記憶があるが、何一つ定かなものはなかつた。しつかりとした記憶はリツが現在の寺の長屋に住むやうになつてからの事である。

諸所方々を経巡つた後辿りついたこの寺が、新しい養ひ親の老僧とどんな縁故になるのか、その頃のリツには勿論判らう筈はなかつた。定まつた年齢に遅れもせず小学校に通ふやうになり、次第に自分の身の上についての自覚が生れはじめるにつれ、リツは現在の自分の在りやうとは切り離して考へることの出来ぬ老僧の身の上についても色々と心をめぐらすやうになつた。所在無げな夜の老僧の肩を叩いたりすることもあつて、その折々にリツは自分の過去を尋ね質す口ぶりの下で、老僧の事も切れ切れながら聞き取ることを忘れなかつた。老僧も何等こだはることなしにリツに語つて聞かせ、語りながら、時折は言葉を切つて、背後にゐるリツには見えなかつたけれど、己れの過去を懐しむ眼許になるのであつた。

老僧、名は玄達。元来はこの寺の本寺の院家として納まるべき身柄の人であつた。にも拘はらず、まだ独身のある日、一通の手紙を残して寺を出奔し、放浪生活に入つた。まだその頃年若であつた玄達の心中にどのやうな思ひが蟠つてゐたのか、檀家の人々にも家族達にも判らなかつた。日頃から絵を好み、歌を作ることにも長じてゐたので、恐らくは宗教の道よりも芸術の道を求めたのであらう、と云ふのがそれらの人達の見解であつた。玄達自身その辺の消息については、幼い者には判らぬと見てか、リツにも語らなかつたが、旅中にも、又この寺に戻つてからも、写生帖あるひはノートの類を手許から離さなかつたのを、リツはよく見憶えてゐるところを見れば、まんざらの当て推量とも云へなかつた。

寺は弟に受け継がれ、宗門上の紛糾も無かつた。出奔をしたと云つても、音信を断つた訳ではない。行く先々から家族の安否を尋ねる便りがあり、それを手懸りに母や弟から差し出された再三とは云へぬ帰省の促しに対しては、既に考慮の余地も無い旨の返事であつた。一介の旅僧、言ひ換へれば、一放浪者として世を過したい、それが彼の考への総てとも思へた。斯うして生き、このやうに老いた彼が、路上から拾ひ上げたとも云ふべきリツを伴つて故郷の古びた寺門をくゞつたのは、出奔の日から数へて何十年の後であつたらうか。今では町内で有数の檀徒持ちになつた弟の院家は、この気儘な兄を温く迎へ、折よく無人であつた長屋に手を入れて兄の住居とした。前寺に入つてはとの話も持ち出されたが、玄達は辞退した。遠慮ではなかつた。今後は一老俗として、儀式礼拝の類に制約されぬ余生が送りたい本心からであつた。

「唯、無心ながら、この子供の学校のことだけは頼みたい。わし一人の手で教育出来ぬこともないとは思ふが、それでは肩身も狭からう」

これに対して、弟の院家は、

「判りました。しかしそれは別として、兄さんも時々はお小遣ひも要りませうし、衣食の糧以外にこれは必要なだけは月々差し上げますけれど、兄さんの気性として、特別入用についてはなるべく口にしない方が気楽でせう。幸ひ当寺には御承知の通りあの大銀杏がありまして、年々尠からぬ実を落します。これをそつくりあなたの物として下さい。毎年時期になりますと買ひ手が参りますが、今度からは兄さんの方へ差し廻しませう」

この一言によつて、かの大銀杏の生産するおびただしい銀杏の実は玄達の所得とされ、自然のなりゆきとして、リツもその恩恵に与ることになつた。と同時に、当然の奉仕と考へられたのが落葉掻きの仕事であつた。

境内には様々の樹があり、いづれも相当の年数を生き延びたものであつた。それらが四季とりどりに散らせる落葉の量は尠いものではなかつた。それを掃き清めることが玄達の日々の仕事になつた。玄達の仕事はリツの仕事でもあり、爾来、幾十年、玄達の没後も、リツの朝はその事で始まり、日のうちの仕事はそれで終ること、今に変りはない。院家の代も代つたが、先代の口約束は厳粛に守られ、銀杏の実の売り上げは、リツの正月用のさゝやかな物に変つた余りは、僅かながらも彼女の通帳の数字となつてゐる。

今、リツは総てを知つてゐる。玄達のあのさりげない生き方を、リツは一編の詩を読むやうに心の中に繙いて見ることが出来る。生みの両親の事など、あれ以来思ふこともないが、老僧玄達は今なほ自分の中に生きつゞけてゐる。懐しい、在りし日の大兵な姿が、そつと自分を見てゐて呉れる。もう一度あの頃の幼さに戻つて、骨組みの太いあの肩を叩いてあげたい。時折さうリツは思ふ。


タカはリツの身の上を羨ましいと思つた。同時に、さうした生ひ立ちと過去を持つ人を、かりそめにも養母と呼んでい丶自分も亦人に羨まれてい丶境涯だと思つた。この養母のやうに、端正に清らかな生き方を自分もしたい。さうすることで、この母に似るばかりではなく、亡くなつた母の面影をも蘇らせることが出来る。詰めて云へば、タカには一つの生き方が考へられるだけとなつた。従つて、この年齢の違つた二人の女性は、お互ひに心を通はせながら、どちらからも相手の邪魔にならず、物と影のやうに暮した。どちらが物でどちらが影か。詮索は不要であつた。

リツはタカに裁縫についての細かい注意は与へたが、それを二度も繰り返すやうなことが無かつた。教え方がぴたりと急所を指してゐた為でもあり、タカの鋭い受け方がうまくそれを掴んだからでもあつた。

又リツは、暇々には和歌の話や俳句の話を持ち出して聞かせることがあつた。玄達がこの世に残して行つた歌稿やノートの類は、本寺へは納められず今にリツの手許にあつた。古び黒ずんだ小さな本筥が違ひ棚の上に在つて、それに玄達生前の記念となるやうな物が納められてゐた。ある時リツは笑ひながら云つた。

「数へきれない程の御恩になつた方に、私がして上げたのはこれつたけ……」

内に納められてゐるのは一人の人物の遺した量としてはびつくりする程少なかつた。又内容についても、タカにはそれがどのやうな位置をその世界に持つものか、判らなかつた。話の折に持出されるそれらの遺品に対するリツの態度も、質についてではなく、唯、忘れやうもない恩人の形見としてであると、タカには密かに考へられた。勿論リツにも和歌は作れた。自ら手すさびと称して別に他人に示すでもなかつたとは云へ、玄達の作歌の折々を目にして来たリツにとつて、それは全然門外のものである筈がなかつた。現に本筥の中の手擦れしたノートの終りの方には、大らかな玄達の文字にまじつて、細々としてリツの文字も幾つか見受けられる。よろづ大儀に感じはじめた晩年の玄達が、庭を掃きながら思ひ浮かべたものや、時には、何をするでもなく縁側に端居して夕焼け空を眺めてゐる時に生れた歌を、物臭くリツに憶えさせたのち、書き込ませたものである。その癖リツは一度として自分の歌といふものをタカに聞かせなかつた。

それではリツは全然自分で関心を持つてゐないのかと云ふと、さうではなかつた。何かの折の片付けものの中に、短歌だけでなく、俳句の雑誌すら可成りの数を蔵してゐるのをタカは見たことがある。発行の年月から、それは明らかに玄達生存の頃の物ではなかつた。リツが仕事の暇にタカに聞かせる話は、恐らくこれに拠つてゐるとタカには察せられ、さう云ふリツが自分のものを聞かせないことにタカは稍々物足らぬ思ひもした――が、翻つて、タカは思ふのであつた。この人は、文字による作品でなく、身みづから和歌乃至俳句を生きてゐるのである。僧玄達が生きた生涯がさうであつたやうに、その前には、作品など何の必要があろうか……と。

歳月とは水のやうに流れるものだと云ふ古い言葉を、誠によく云ひ得たとタカは考へることがある。少くともタカ自身の上を、歳月は何の渋滞することも無く流れ来り流れ去つた。

戸籍上のことなど更めて取り上げることもなかつた。又特別に披露するなどと云ふこととなしに、リツとタカの間柄は本寺にも諒解された。あまりにもひつそりとした暮しのリツをさぞ淋しからうとみてゐた本寺では、似合ひの親子だとして二人を認めた。本寺がさうである以上、他に口出しする誰も居なかつた。斯うして二人は静かに生き、年々歳々を迎へ送つた。平穏と云へばこれ以上の平穏さは無いと思はれる程で、時折わが身を振り返る際、タカには直ぐ、子供の頃の占者の言葉が思ひ合はされるのであつた。すると、自分と向かひ合つて座つて余念なく針を運んでゐるこの人も、自分と同じやうな手を持つてゐるのであらうかと、タカにはほゝ笑まれた。そのほゝ笑みの下に続いてタカは、この人の半生を見つめることが、実は自分のこれから先を予見することになるのだと云ふ考へが現はれ、ほゝ笑みは一瞬にして消え、一種粛然とした気持になるのであつた。

日々、境内の木々は葉を散らせ、リツは飽かずそれを掃いた。あたかもリツは、さうすることに依つて自分の生涯の一日一日を物陰へ片寄せ、その終つた日には何一つをも止めまいとしてゐるかのやうであつた。自分の身体の利く限り、リツは掃き続け、決してそれをタカに譲らなかつた。それは玄達が、晩年どんなに物臭になつてもこれだけはリツにさせなかつたのに似てゐた。亡き人への追慕がさうさせたのか、それともその人からそれとなく伝承された一つの使命感、と云つて悪ければ、さう模写することで、先人と同じ生き方を現はす唯一つの途を守らうとするのか。おそらくその両方であつたであらう。美しい執念、と云ふ云ひ方をタカは考へ付き、それをリツに当てはめて誤りは無いであらうと信じた。

かつての日タカをこの寺内へ誘ひ込んだ大銀杏は秋毎に美事に黄葉し、夥しい葉と共に枇杷の実とも見える大粒の実を成らせる。その落果は、玄達と本寺の取り極め通りリツの取得となって幾何かの貨幣と代つたが、熟れ落ちた実の処理は、何時しかタカの仕事になつた。

実が落ちはじめると、それが交つた幹の周囲の落葉の他の部分とは別に寄せられる。かうしてリツに掃き寄せられた黄葉の堆積の中から択り出された丸い実は、箕籠で何回にも運ばれて長屋の軒下に積み上げられた。三四日もすればそれは今にもつぶれ相な果肉の山となる。するとタカはそれをもう一度長屋に附属する井戸端の石の流し場へ運ぶのだ。粗末な藁草履が用意され、両手にそれをはめたタカは、初めは全部を圧潰すやうに上から何度も圧さへる。圧し付けられて潰れた果肉はどろどろになり、激しい臭気を発する。譬へやうもなく甘臭いその重い臭ひは、濃くあたりに立籠めて、あたかもタカを包み込んでしまふかのやうであつた。両手を染めるばかりではない。腕も顔も、いや着物さへ、つぎには着物の下の皮膚までも、ベトベトしたもので濡らしてしまふかのやうであつた。勿論それはタカの錯覚に過ぎなかつた。匂ひの強さと共に、腐つた果肉は直かに触れゝば皮膚に激しい影響を受ける程なので、藁草履をもつて両手を保護するのである。しかし何としても、濃厚な臭気は顔をそむけたい位で、初めのうちは、自分の頭の中にもそれが遠慮無くしみ込むやうな気がした。だからその仕事をした夜は、いつもより永く風呂に時間がかゝつて、リツを笑はせたりした。

果肉のあらましが離れた頃、幾杯も幾杯もの水がかけられ、どろどろのものが流れ去つた後も、まだあの白い種子は見られない。今度は、まだ周りにうすく果肉のついてゐるものを二つの藁草履の間にはさみ込んで揉みに揉む。永い時間が費やされた後、又水洗ひが繰り返される。斯うしてやうやく白色の種子となつた銀杏の実は、縁先の日向に敷いた茣蓙の上に拡げられて乾燥される。それが毎日のやうに続けられた。

銀杏の実を、タカはそれまでに知らなかつた訳では勿論無い。だがそれは乾物商の店先から亡母の買つて来たもので、秋夜のつれづれに、裁縫鏝を焼く炭火の上で焼いて二人でたべた香ばしい記憶はある。しかし、あの大昔の玉のやうに白い粒々、乾いて軽い音をたて丶触れ合ふ可愛らしいものが、あんなに分厚な肉に包まれ、それから取り出されるまでにこれ程の手数が掛けられねばならないことを、やつて見て初めて知つた。

乾いた種子がある程度溜つた頃、町の山産物商が引取りに来た。紺に白で店の名を染め抜いた地の厚い前掛けをした商人は、手馴れた風で品物を計り、それに相当した金額をリツの前に置いて帰つた。その額についてリツは一度もあげつらつた事が無い。相場を知らない為でもあつたが、元々本寺の物であるべき取得を自分が受取るのであるから、幾らでもよかつた。その上その山産物商は本寺時代から信用されてゐた買ひ手であつたので、リツには何も云ふ事が無い訳であつた。

そんな年が幾年続いたであらうか。

ある年の晩春、リツが死んだ。揺れもせず、ほつりと消えた灯のやうな死に方であつた。本寺の人々は勿論、裁縫仕事の上での知る人達もその儚さを口にした。診断書を書いた医師に依つて、心臓がどうとかと告げられたが、苦悶の後も無い死顔は穏かであつた。タカが喪主となつて葬儀が行はれたが、同じ寺内での事とて、参列者も少く、内輪な一生を送つたリツの葬ひとして、相応しかつた。

「淋しさうな人だつたが、あれで案外倖せだつたのかも知れんて。先には玄達叔父、後からはタカさん。こんないゝ暮し相手に恵れたんだからなあ」

式後漏らした院家の言葉を聞きながら、タカは黙つてうな垂れてゐた。独りになつた感慨も無くはなかつた。しかし死とは、死別とは、およそこのやうにさらりと行はれて不思議では無いと、生みの母との別れのあつけなさと今のそれを思ひ合はせて、タカの心の中には、唯、さらりとした風のやうなものが吹き過ぎただけであつた。

事が終つた後、さすがに稍疲れて住居に戻つたタカは、何時も坐る場所に坐つて見て、眼の前の空虚を感じた。今度は私があそこに坐るのであらう。そして明日から、さうであつた、明日から、庭を掻くのは私なのだ、と思つた。

喜びの顔を輝かせるやうな事にも遭はず、かと云つて、身を揉む程の辛い思ひもしなかつた過去とは、一瞬に身を交はされたあつけなさであると同時に、極まりない徒然の継続でもあつた。そのどちらが良かつたのか。それとも、どちらをも不満とするのか。タカには判断のしようが無かつた。タカとしては、柔かい紙に次第に水がしみ入つて行くやうな月日の浸透を、唯そつと受入れるだけでよかつたのだ。

だが、平穏一途に過ぎたと思はれる過去のうちにも、丸々何事も無かつた訳ではない。以前リツの坐つてゐた位置に坐つて縫ひ物に余念のなかつたタカを、まだ壮健であつた本寺の大奥さま、つまり今の院家の母に当る人が「一寸お話に……」と云つて訪れたことがあつた。

「実はなあえ、あんまり突然やよつてびつくりしなはるかも知れんけど、あんたが欲しいとお言ひはる人があつてなあ」

さりげない世間話の後、大奥さまの持ち出したのはこれであつた。

「それはなあ、あんたの身の上のことや、何たら云ふお寺へ詣らはつた時の占ひの話もよう知つてます。知つてますけれど、前に一ぺんうまいこと行かなんだ云ふて、さうあきらめてしまふもんでもおへんやろ。あんたもおリツさんも淋しらしい人や。そら、あんたがおリツさんと同じやうにこれから先暮して行かうとおしなはる気持が判らんやおへん。けどなあ、永いことこの寺に居て、おリツさんの一生や、それを引き継いでの今のあんさんを見続けて来たわたいにしてみたら、なんやら淋し過ぎるわな。その上、まだ前に玄達さんのこともあるがな。なんにもそないにしんねりした暮しに掻きついてることない。おリツさんはもう死んでしまはつたさかい仕様がないけれど、おリツさんみたいな暮しはおリツさん一代でもうえゝやないか、とまあこれがこの年寄りの考へや。無理にとは云ひまへんけど、まあゆつくり考へておみやす」

勿論こんな話を持つて来たことで、タカが此の家に居難く思ふやうでは困る。又これまでのしきたりの何や彼やを変へようなどとは毛頭考へてゐる訳ではない。その辺のことは思ひ違ひの無いやうに、と老女は繰り返し付け加へることを忘れなかつた。何や彼やと云ふ中にあの銀杏の事も含まれてゐると、タカには受取られた。タカはその好意を謝した。自分の心に深く持つたものを、今更変へようと云ふ気は起らなかつたが、考へて見ませう、と答へることが、この際最も適当と思へた。相手は毎年来る山産物商の商売仲間と云ふことであつた。

話は日をおいて繰り返された。まだ心が決まらないとの理由でタカはその日延ばしに延ばした。しかし、再三足を運ぶ大奥様に対しても、又最初の時以来、打ち重ねて本寺を訪れて来てゐるらしい相手の熱心に対しても、早や曖昧な返事で済ませなくなつたタカは、思ひ切つて、それでは一度お逢ひしてみて、と答へてしまつた。

やうやくほつとしたらしい大奥様を送り出した後、いつものやうに仕事を拡げたが、さすがに心が騒いだ。相手が自分を知つてゐるのは必定である。その上の申し出とすれば、見合ひの結果、先方から否の出ることはまづ考へられない。それに引替へてこちらは先方を丸で知らない。僅かに伝へられたところでは、妻を亡くした中年の相手は、本来の商売の外には、書画の類を見たり集めたりの外に遊びも知らない人物で、子供は無い、と云ふだけであつた。特別人に悪感情を与へるやうな人で無いかぎり、一旦見合ひをした上で断ることが出来るであらうか。断り切れるだけの強い返事が出来るであらうか。タカには自信が無かつた。にもかゝはらず見合ひをすることを肯つたのはどうしたことか。タカは自分の気持をあれこれと忖度してみた。湯気で曇つた硝子越しに、その向う側にあるものの姿形や色合を確かめようとでもするやうに、タカは永いこと自分をためつすがめつした。その挙句タカに判つたことは、自分が必ずしもあの占者の言葉に左右されてゐるのではないと云ふことであつた。亡母から己れへ、又別には、玄達からリツを通して自分へ、淡い影のやうに譲り渡された生き方を守ることを自分に相応しいとするとはいへ、それは自分がそのやうな人達の息吹の中以外では生きて来なかつたからであり、従つてそれを以て不動のものとするのではない気持も併せ持つてゐることに自ら気付いた。すると水紋のやうにゆらめいてゐた心持が静まり、常と変らぬ眠りに入ることが出来た。

タカの返事が本寺から出入りの山産物商に伝へられた。それに対して先方からは、丁度商用の為本人が家を留守にしてゐるので、日取りは追つて、とのことであつた。がその知らせがあつて中一日を置いた薄曇りの夕方、様子の変つた大奥様がタカの所へ来た。

「それがいな。あんた、えらいことになりましたんえ。先方はんが乗つてはつたバスが、と云ふのがな、こつちから、話出来た見合ひするちう電報打たはつたもんやで、商売の用事を途中で切上げて帰らはる気にならはつたらしいの。そのバスが事故起しよつて……」

そんな事柄を告げるのにも、ゆつくりとした口振りで話す大奥様の言葉を聞きながら、タカは眼の覚めた思ひがした。やつぱり今の儘が一番いゝ、と云ふことであらう。これは勿論偶然であるかも知れない。しかしその偶然から一つの道標を感じ取ることはあつて然るべき事である。しかもその道たるや、タカのうしろ遥かの方から続いて来て、今まで通りの方向を示してゐるにすぎなかつた。

重なる銀杏黄葉を掃き続けてゐる。来年も同じことであらう。唯、一つだけタカの心の中に、今新しいものが点じられてゐる。それは、かうして落葉を掻いてゐる自分の方へ、あの古びた寺門をくゞつて、かつての日のタカが、行き暮れた気配で、近付いて来るであらう、と云ふ空想であつた。地を掃きながら、時折目をあけて門の方を見る癖がタカに付いたのもそのためである。それを、タカは決して空想だとは思つてゐない。

岡田徳次郎詩撰抄

◎詩撰抄目次

昇華

魚
ある日天に昇つた

天は青く
水よりもつめたかつた
魚はその寒冷を美しいとおもひ
おのれの骨を透明にした

緑の太陽がかゝつてゐたが
天は
ひるでもなければよるでもなかつた
魚はその広漠たる刻限に
いちまいづつ
鱗をぬいでは散らした

それがいちまいいちまい別の太陽になつた
落ちてゆく太陽はみな寒くかなしく
その中のいつぴきづつ
輪廓ばかりのおのれが游いですぎるのを
魚は見た
(下界では
誰かの頬を一滴の涙がぬらした)

魚　ある日
天に昇つておのれを失つた
しかし誰もそれを知らなかつた

短い汽車

いくつもいくつもトンネルを抜け
山の中から平野へ出て
短い汽車はびつくりした

なんとゆつたりと
自分の汽笛が鳴りわたることか

乳いろのはてのはてに
大きな川が光つてゐて
それも——それからその先の
平たい町の上あたりも
とつくに春になつてゐるのだ

ながいながい本線の汽車が
町の方から出てゆくのを見て
短い汽車は恥かしかつた
出来ることなら煤だらけの身体を
身ぶるひしてみたいと思つた

深緑

星多い夜の厚みの中で
山々　緑を鎧つて
眠れないのだ

いまいましい昼間の記憶
おのが青金のかがやきの
忘るべくもない悔ひ

あゝ　夜の濃紺と
溶けることのない深緑のきしみ
身動きならぬ憂愁の盗汗

窪々でけだものたち眠つてしまつても
山々　その緑の濃さの故に

身じろぎもせず目覚めてゐる

影

朦朧と
わが前をよこぎり過ぎる人々よ
青のさ中

秋海棠の
色ににじむあけがた
崖石の濡れてゐし

未知の家を探す
素足
……
草深いこんな所に

家があるのか
おんなの謡ひ聞こゆ

去年の
今頃の思ひ出される
冷たい時刻

ひそかに
落ちてゐる
しめつたチヨーク

何故あつて斯く
ここを行くのか
朝の蜘蛛の糸を切つて

群青
おそらく

見上げるわが後頭部も
家のうしろとおぼしき
草のみだれ
侘し

朦朧と
われもこの竹藪を抜けようか
シヤツの白さ

人声なきひととき
人声の方へ帰りたくない
竹の彼方の空よ

未知の家を探す
おもしろ
どの家にも訊かず

あきくさ　あきくさ
四十才の
秋のはじめ

溝あつて
つゆ草のかたまり
こは金をふくむ色

まあたらしい電車の如き
しづけさ
日のまださささぬ時刻

放浪者のみ知る
かかる冷たさの
落葉

朦朧と
藪のすがた移りゆく
青の一刻

きんいろの兎であると思ふ
おのれの薄さ
身軽さ

わが前を幻のごと行きし人よ
山蔭のあしたの露に
われも影

何住む館をたづねて行くか
秋海棠のにじみの
中のあちこち

朦朧と

わが前を
われもよこぎる

夜景

その一

旅さきの宿へ
休むことなしに動くネオンの
夜景を見て帰つた

湯あがり　横になつて
火鉢のふちに置いた手の
目の高さ

古い手よ　古い手よ
くたびれて横たわる
これは湯疲れではない

見て来た五彩の夜景と
又あすがあるといふおもいと
いりまじり　いりまじり
こん夜こゝでも眠れないのだらう

その二

おほきなおほきな
くらげの下の
ネオンの夜景
なぜこれが光さゝぬ海底か
ためしにおもへ　光のすじ

タイム・シヤツターをとほして
印画紙にのこされたもの、
悔恨

さだめなく在り
在ることのさだめなさの証明
おほきな　だから　生きてゐない
くらがりの下のゼラチン

青葉

※
青葉はかなしい
白い径に
白い陽が彳つてゐて

※

森の中の陽の縞から
出て来る少女の
脛の長さ

※

森の中の
陽の縞へ入ってゆく
みぶるひ

※

青葉はかなしい
だから
冷たい午前

※

どこかで光つてゐる水
見えない

若いけものの目玉

※

まあたらしい新聞紙
碾きたてのキナコ
にじむ五月

※

陽の縞を截つて
ピストルの音がしたら
更に冷たい

※

いたるところ
陽が孵る
山羊が出て来る

※

青葉はかなしい
ピカピカ光る自転車
Z

※

出て行つた少女が
まだ残つてゐる
森の中のプラチナの網

白露

思いもかけぬところに
家あつて　秋海棠の冷い紅
こんな窪地の　くさむらの
まだ蒼暗い昧爽

道に迷つたのではない
知らぬ細径の草分けて行く
その時は何も思わず
ひいやりと　旅人の心

脛も裾も　いや　袂すら
ぬれるにまかせて帰れば
わが家に立つ
炊烟の色まことに濃く

弔詩

天なる人に

たつた二度逢つただけだが
私は知つてゐる
三度目のあなたが何処にゐるかを

高い所にベッドがあつて
それは清らかで光に在り
あなたは其処で本を読んでゐる
永遠に続く思考と
それを読んでゐるあなたの眼は
もう決して疲れたり閉じたりしない
ああ、翳ることもない所で
あなたはこの上もなく健康で
この上もなく愛にあふれ
あなた自身　光なのだ

あなたが遺して行つた数々の詩
あなたが物語つた幾つかの話
あなたは天に在ると共に
それらの文字のあひだにも在る

だからあなたのゐる天とは
とりもなほさず此処
わたし達のあひだなのだ
わたし達も　だからある時
天にゐることが出来るのだ

たつた二度逢つたきりで
三度目此処にゐなかつたといつて
わたしはあなたを見失つたのではない
それどころかわたしには
もう四度目を考へる必要がなくなつたのだ
それほどあなたは近くなつた

羨しい人よ（……とわたしは云ふ）
無疑の世界で
あなたは今後はどんな詩をかくのだらう
それが読めないことだけが

わたしを悲しませる

崑崙

おほきな石の翼が一枚
月の下をはばたいて通りました
凍りつくような光の下で
村も町もまつ青でした

ものみなの眠つてゐる底で
一匹の老ひたる犬だけがその羽音を
きゝました
もう弱つてしまつた網膜に
一瞬星屑のなびくのがうつり
ふたゝび
水の底のしづけさにもどりました

おほきな石の翼が一枚
月の下をはばたいて通りました
　崑崙へ……
　崑崙へ……

下界は身じろぎもせず
かの老犬もろともまつ青でした

誘蛾灯

宙に
垂直に立つて蛾を招ぶ
孤立の冷たさ
　×
震へもせず
鋭く夜に突刺さつてゐる
死の抽象

×
この灯の周りこそ
冷厳な闇の芯
月光も寄りつかず
×
おびき寄せられる蛾のかなしみよりも
斯く立つてゐる
宙の憂愁
×
蛾を招ぶことの
みづからのかなしみに
凝立して自責する青紫色
×
人の眼に突刺さり
人の脳の中に移植される
この光の孤愁の垂線
×

いのち寄つて来る
青い沼

白い絵

千日とじこめられた山の底で
眼をふたげば在る
海のヱハガキ
——(食堂の)
白いテーブル　白い皿　白い花
白い少女　白い服と　白い帽子
——(窓の外に)
白い路　白い家
白い樹と　白い電車
——(街のかなたは)

白い船　白い鳥
白い海と　白い空

——影もなく　明るく
それ故かなしく
いつのまに斯く漂白されたのか
アートペーパーの上の回想

眼をひらけば
たたなはる山の
色の重み

白い自画像

世に倦み
しろい日に顔をさらし
立ちどまる気持も
忘れてしまつた

いつか空想の饗宴を盛つた皿は
もう絵模様も消え
埃ものせぬ
むなしさだ

こゝにあるのは
動かぬ風とゼロの握力
古い障子、古い障子、古い障子
鳥の虚像

両方の肩は
黄のチユーリップの軽さ
なげくべきいわれもなく
妻と子を見やる

世に倦み

あえて白い日に顔をさらし
飄とおれば
土は丸いとしみじみと思ふ

災後

　　磧にて

疵口の治つてゆく恐ろしさが
此処にある

えぐり去られた皮や肉が
いつか別の皮膚を作るやうに
これら一面の石くれも
すでに居据つて久しい姿

あゝ　雑草茂り
間もなく此処も

只の川原になつてしまふ

水に代つて　目に見えず
音もなく押し流れる
時の——
魔法

思へば　これこそ
掻きむしられた疵の痛みよりも
はるかに痛い

山中湖

遠い山嶺の雪を映し
ひそかな　これ

痛ましく嵌まり

草原のセピアを噛み
透明大結晶の
無風の底

耐えている
鳥一つ近づかぬ時刻を

霜日

古ぼけた船が一隻
肩をすくめて去つてしまうと
からりと乾いた小さな港には
動くもの　何一つない
×
短い浮桟橋の縁で
小あじ釣る人の姿も

抜き忘れた釘のようにまばらで
寒い

×

ああ　薄情な防波堤の彼方
ぼやけた日輪の下では
白い海が
目をつむつている

冬ざれ

風がわたつてすぎたあとの空しさは
芯のない陽がとろりと溜り
しようこともない時間がうつそりと凭れて
侘しい無人のバラックである

持ち出すものの何一つなくなつた
がらんどうのこの廃工廠の中に

今は何が住んでゐるのであらうか
音もせぬまゝに干割れかへり

ひゆるひゆると鳴る遠くのあれは
なつ・あきの思ひ出に身もだへる天の草
地は枯れてもうこの無雑作な窓べに
ゆれる丈高いコスモスの色もない

かづかづの風雨に干割れてかなしんでゐるのは
この大きな矩形の建物ばかりではないが
土には土の約束があつて凍り
草には草の新年があつてひそまる

しかしあゝもう用もなくなつた板の屋根は
何の夢をその下に住はせようとて
かくもたえだえな思ひで傾いてゐるのか
来る鳥もない冬空の下の腐朽

霧氷

樹々豁然と眼をひらく
形象のおどろき
この複雑な陰翳はどうだ
昨日までうつそりと眠つてゐた
枯渇の沈滞はしるしもない

昨夜のくらがりの中で
ひそかにそして激しく行はれた
隠密の行事
月さへそのいきさつを知らぬ
精密なわざ

細枝の白線にとりかこまれ
樹々の内側に嵌め込まれた

このこまやかな黒は
凍結した冬
固い――芯

三千尺の高度から
樹々爪立つてのぞき込む
遥かの脚下には
人々焚火の紅玉のぐるりで
かなしいいのちを囲む

氷結した風の盤が地を圧して
この高原をすべり落ちる
その純白の摩擦の中で
樹々凝然と
天をつかんで離そうともせぬ

元旦

この昧爽
乏しい台所の一隅で
つつましく点じられた
マッチの火の
なんと赤かつたことか

……◆……

まだ暗い小窓をとおして
なごやかに届けられる
年の始まる物音を聞く
世の妻たち　母たちの
なんと心丸かつたことか

……◆……

たとへ斗いの一年であろうと
せめてこの日

かの火の赤さ
この心のまどかさを
卵のように抱いて過そう

雪ふる

雪ふる
落つきもないこのいのちの
音立てゝゆられて止まぬのは
あれはわたしの胸板

みじろぎも出来ぬ部屋のうちで
鳴る時計の音さへ古び
いはれもない悔ひが
何一つものを思はせない

雪ふる

風が行きすぎるわたしの髪の毛のあひだ
空気が灰いろだと思ひ
あゝそれだけで暮れてしまふ
空しい刻々の
雲母の歯車

カレンダー

かゞやきに満ちた一日一日が
この中から出て来る仕掛け
分厚にそろつた白青赤
子供よ　この紙の嵩をくずすのは
七つになつたお前の仕事だ
目がさめたらこれを一枚
とんで行つた昨日を一枚
ちぎれば今日が光つてとび出す

小さい町の銀行の入口の庇のやうに
一抹の埃をためても役にも立たず
莫迦げた去年のヘタは捨てよう
そんなものを大事におもちやにするのは
子供よお前にはふさはしくない

お前の手の届くところへ新しい釘を打たう
一日のめざめ　一日のはじまりに
お前はこゝに来て立つがいゝ
水々しくきらびやかな一日を
その幼い指ではぐり出すために

梅花箋

——病めるT・H氏へ

住み佗びる古い窓の

思ひがけない明るさに
開ければ三月の陽があり
隣りの家の梅が白い

野芹を摘んでは食ふ日々の
空しい思ひの切れ切れのほか
何一つないわたしの手の
白いからつぽ

あゝ病んでゐるあなたに
いつたい何を送ればよいのか
詩も成り難い日々であれば
夢のひとひらも色褪せてゐて

せめてこの窓べの梅の
無口な白さを送らうか
これはまたこの頃の雲の色にも通じ

われらの夢の空しさにも通じ
されば隣家のあるじよ許せ
たとえこの花が匂ひをうしなひ
わたしたちの交情の便箋となつて
毎としよりも早く散らうと

三月の陽の中の梅よ
いろづいた軽い空気よ
さあやはらかい風に乗つて
封緘は――わたしの指紋

白いページ

古い帳簿が
音立てて閉じられた
ああ、けば立った

あの重い一冊を
どんな手がどこへ
持って行ったか
かの微妙な一夜を過ぎ
ここに開かれた
白い一ページ
子よ妻よ
新しいペンが一本ずつ
お前たちのためにある

絶壁

薄い胸板のうちらに
斯くそそり立つものは何だ
ゆらめいて纏れさがる蔓の
(これは髪ではない)
地に届くことのかなしみ

寒冷は壁の堅さ
鳥の死ぬ蔭の底から
仰ぎ得る半天の銀いろ

この垂直のものに触れるな
青い火柱の墓

ああ　ここで死ぬのか
凍えて横たはり
（もう風が吹き抜ける）
鉱水の匂ひに化しつつ――

眼は
隠された半天を見たいと希ふ

虚無

こゝに梅の木があつた
周囲に
空間があつた

こゝに梅の木がない
晴れも曇りも
ない

寂寞《せきばく》――
あゝ寂寞
これこそ
これ以上詰まりようのない
充満

風信

あゝ梅の実が熟れたなと
思はず見上げた空の
何とそつけない淡さ

酸つぱい匂ひの風の中には
小さなふるい町があるのだが——

そこの空も淡くそつけない色だと
焼けてしまつたところから
云つてよこす誰もゐない

日々雨にぬれて歩き
熱のある今日横たはつてをれば
別に恋しいふるさとでもないが

せめてこの微風を愉しまう

熱が去れば
風はもう何も語らないし
梅の実は漬けられねばならぬ

四月

冷たい水を飲もう
くもりないグラスの切目
しつかと指に触れる物質の
主張

風邪ひいてゐる唇の
こわばり
山の遠さ　近さ
かれらもやはりけだるく踞り

微熱してゐる

グラスの中の澄みきつた水の
善意
注ぎ込めばこの身も
透ききはまつた一塊とならう

花をつけた木々の
人には知られぬ憂愁
せめて砂埃を巻き上げる
旋風への
期待

きれいな水を飲もう
そして風邪をひいてねてゐる
それが最もふさはしいと思ふ
四月――

グラス

何を信じよとて
山々はかく痛く
グラスの底に
碧いのか

心を噛む
天の歯の鋭さを宿し
わが持つグラスは
空しく重い

あらゆるものを透す
その冷酷さのゆえに
このグラスは投げられ
摧かれねばならぬ

たとえ再び
わが手に戻る
カルマの
容器であらうと

堪えがたいこの結晶を
今こそ脱け出で
捨てたグラスの
掌の白さに
休らはう

五月

このごろ
むちやくちやに明るいと思つたら
松の木にいつぱい

ローソクが立つてゐた

世界中が
出来たてのパンの匂ひがし
それは乾いてゐて
しかも湿つてゐる

手をつないだ父と子が居て
どちらのひたひも
五月の光へ
まともだ

父は思ふのだ
空も風も　それから子供も
ソーダー水みたいに
音がしてゐる　と

夜思

空を翔ぶ夢のかなしさは
覚めた寝床の
古びた汚れのかなしさではない

暗がりの中で
悪い匂ひのつまつた頭をもたげ
徒らに生きることの空しさを思ひ
引割きやうもない闇の厚さを
肯定しようとする

すべては過ぎ去り
何ものも過ぎ去らず……
すべては止まり
何ものも止まらず……

大きな黒い帳簿のあひだに
この横たはる身の位置を感じ
飛行の夢のあはれさを噛む
五月の夜の室内の闇には
死んだ蝶の翅が充満してゐる

山峡

しだいに狭まり　しだいに高まり
しだいに冷たく　しだいに暗く
じつはとほうもない明るさの方へ

針色のせゝらぎを聴き　紫紺の空の流れを仰ぎ
岩清水　苔ある石たち　水引草のゆらぎ
逢う人もなく……

遠いころ　白衣して　褐色の犬を連れた神が下つた
それが私でなかつたと　私には云えない
耳鳴りの中のドッペンゲルゲンゲル

あゝ　石切るノミ音の　つきさゝる閃光
いづくにあつてか　かく鋭く　かく痛く
こだまし　こだまし　澄みきらめいて響くものがあろうか

青い環

山々の青に囲まれ
山々の青を嫌ひ
峯の輪の裡を歩み
峯の視線の中で眠る

空しい文字を書きつらね
紙の白さを埋めねばならぬ

紙の白さの上にみなぎる
翳の青さを憎むが故に

夕ぐれ
天にひろがる雲の網の下を
珠数持つて歩く群にまじり
見も知らぬ人の死を悼みに行く

秋風の底に沈んで
冷え冷えと重い鉄の環よ
誰とも語らずその中に生きて
汝の青を憎む者あるを思へ

若葉

ムクムク　ムクムク
山のひとところ

湧きあがるあれは
雲ではない

煙でもないあれは
このまま行けば
爆発するだらう
光つたものが走り
それは子供で
掴へたらきつと
木の葉の匂ひだらう

みな声あげて走り
走つてゐるのは子供だが
声は
あれは木々だ

曇り日

灰いろの天を支へる
古い木の指たちの
さまざまなおもひ

※

若葉の
その明るさのゆえに
今日ひくゝ曇りつゞけ

※

男
前はだけでゐる庭
鶏よこぎる

※

みどりの火の粉
天から降つて来たありさまを

鶏の目のよみとる
※
灰いろの天の下で
それゆえなほさら明るく
木々ともりつゞける

草原

——雲に交はる鳥の影　諸行無常
——雨にひらく花の色　諸行無常
……あゝ渡るのは風であるかこゝろであるか。そよぐは冷えた溜息であるか。これは虚空。夢も虚空。大千世界は草のかほり……。
はづれにうすぐろいふちを取つた月明の草原できこゑたのは確か野分の草を払ふ音ばかりではないのです。
……草も幻、領巾《ひれ》もまぼろし。さまどふは獣の跫音か星のなげきか。水の音。水の音。灰となるはうつそ身ばかりではない。羽毛とまがふは雪のみではない。雲は山に入る、鳥は梢に入る。鐘の声。月輪のくづるゝひゞき。

すでに霜によそはれた夜の草が風に傾くたびに光をうしなひ、その淡い隈は野のすべてをかけめぐりました。

……あゝいはゞうつし世は望郷の病床《やみど》。

うす白い人の姿が彼方此方の草の上に現はれるやうでもあり、そうでないやうでもありました。

あれは、いいえ、この聞いてゐる声は、やはり草に風の分け入る音に相違ありません。

真夏

グラスの中の一杯の水が
何と確実に真夏であるか
この高原の広さは海に似て

目の下の雲の柱の煌く白が
容赦もなく胸板を打つ

むかし
健康な心を持つた神々は
谷間の深い翳から立ち上り
この高原の光る草を踏んで
遥かの海の方へ渡つて行つた

今すでに色もない風と化し
しかもなほ日ごと渡つて止まぬ
その静かな足ずりに聞き入り
人は素朴なテーブルの前で
グラスの中の水のように清い
草をはんで歩く麓の牛には
透明な鈴がついてゐるのか

あゝその音は
真夏の神の笑ひに似て
グラスの水に溶け入つて冷たい

炎暑

家ぢうのひる寝の仲間からひとり目ざめた子供は
まつ白けに乾いた球形の庭のまん中にたゝずんで
絵具みたいな空を飛んでゆくセロフアンの馬を見た
☆びらびら　びよろびよろ　曲つたりくねつたり
折れたりまくれ上つたりしながら　天の奥へ奥へと
飛んでゆくすきとおつた馬を……☆

こんばん暗くなつたら　こんどはあの馬がゴンドラ
型の舟にラムネ玉のお星を乗せて　又この上を通る
のだと　ひまわり色の時間の中で　あくびの涙とい
つしよに子供は思つた☆

海

八月の海は
憂愁の
紺の重さ

釘のいつぱいさゝつた
神経のいらだちの
マーマリング
まぼろしの蝸牛

一めんに沈んで
ぼかし胡粉の
巨大な
夢

太陽この底に
眠る

牡蠣

月夜
とおいところからやって来た
思いがある

ゆらめくもの
まじりあうもの
にじみ出そうとするもの

何をくらうでもなく
ひつそりと
つみかさなり

月夜
まどろみの中にたゆたう
しろいカオス

秋夜

残照の
はかないかゞよひ消えれば
灯つた
夕顔のかなたの闇の
重いつめたさ

あのくらがりを
ぢぢばばの聞かせた
古い物語のなかのものたちが
よろよろ
さまよひあるく

さわさわとあれは
もう夏過ぎた夜の跫音だと
大人は知つてゐるのだが

更けて
弱いいなづま——

白昼

藤棚の下の金色の空間
白昼の莨の煙の譬へやうもない
軽さの前で
おれは複数になつて腐蝕する

あゝおれは立ち去らねばならぬ
この色ある蔭の重さの中から

煌いてゐる道路の上へ
まだ坐つてゐるおれの白い残像よ
お前も立つて揺れながら行かねばならぬ
垂れ下つてゐる夢を透してあちらの方へ

誰もゐなくなつたあとになほも残つて
刻々に数増してゆく白い影像たちの
皆一様なうなだれの深さ

嗟嘆

春

風は草野にあふれたり
花のかほりは漲れり
胸にとび交ふ草ひばり
ふとさしぐまる花曇り

夏

築土にくろきもの影は
虫うりあるくおの子かや
団扇かすむる稲妻や
あばらこゞしき夏の痩せ

秋

あはれは朝に残りたる
松のしづ枝の露のいろ
心は散りて秋草に
こぼるゝとてやなげくらむ

冬

はだらはだらの芝の雪
あるは鋭き薄氷
日ざしつめたき庭なれば

人の思ひも凍るらし

熱ある日に

盗汗にまみれて
古い書物のやうに
寝てゐる

ああ　俺の肩も
茶色に角が折れ
古くなつた

雁来紅

雁来紅
無限の
ひるの平面

ひるなく虫は
妻も子も留守の
ひやゝか
文字ほそき
書物の

としよりよ
いへのかげより
よろりと出で
とり入れる
ほしたるものの
わづかなる

竹やぶの
まばらなるよし
透かすは

しづかなる山腹
のみではあるが
手のなかの蝉
もがく
幼き
短きこゑの
そのてのひらの
かなしみ

あゝ子供よ
石を投げるな
音して
摧けようぞ
空の
秋深き

竹落葉

病むともなく病み
癒ゆるともなく癒え

季節の地図の緑のかげにかくれ
ひねもす
散りつゞけるものがある

空間と時間の
静ひつな組み合はせ

この中では鳴くものもなく
光と影の
ひるがえる落下

歳月の内側の
あゝ　健康な病気

崩壊

ある日
絶壁が崩れる
底抜けの空
誰を呼ばう
火のやうな孤独
無い

ああ
石一つ無い

無為の時

ある朝いつせいに
花たちいづこへか立ち去つてしまい
風が
胡粉の色を交えた

こゝに横たわる黄褐色は
生計《たつき》の空しさに気付く夕ぐれに似た
季節々々の
運行の切れ目

この空隙に堪えようとて
万象息をひそめ
歯をかみしめている
十二月よりも寒いひと時

開墾

――若い人のために

榾火にかざすさゝくれた手の
爪のあひだの泥の中にあるものは
瓢蕭たる風の音ばかりではない
凍土を踏んでひゞわれた踵の
地表とかはらぬ固さの裡にあるものは
潜惨たる雨の音ばかりではない
それらの内部に渦巻き輝き交響する
光と色と稔と香気とを見よ
たとへ汚染と磨蝕の中にあらうと
真なるものゝ清さと強さと高さを
神の播種として信じやう
あゝ天を指さし得る指と

地に口づけ得る足裏とは君のものだ
それを掻き耕し育て開花させ
うるはしい真実を稔らせるのは君の仕事だ

開幕

緞帳の模様から抜け出した刺繍の山鳥は
開幕のベルの鉄のまるみのうちへ飛び込む
オーケストラボックスは　美しい買物籠
いろんな缶詰がひしめいて光る
緞帳の裾でフットライトが目をさます
指揮棒がびつくりする
人のゐなくなつた中庭では
好晴の午後の噴水が清らかだ

山鳥はあの水がのみたいのだ

序曲の噴烟——
緞帳がゆらりと身じろぐ
誰も山鳥の行衛を知らない

●岡田徳次郎略歴

明治三十九年、兵庫県明石市魚町（現在の魚の棚）に生まれる。生家は青物商を営んでいた。

高等小学校卒であったが、独学で英語、珠算、簿記などを修め、大阪鉄道管理局に勤務する。その頃から川柳を始め、麻生路郎に師事。川柳を介して詩人藤村青一を知り、生涯の友となる。また同時期、同郷の作家稲垣足穂の知遇を得る。

昭和二十年、義兄の俳人古賀晨生を頼って、大分県日田市に疎開。日田市役所に勤務のかたわら、『九州文学』（福岡）、『豊州文学』（大分）、『作家』（名古屋）、『詩文化』（大阪）などに、詩、小説を発表。

昭和二十九年日田市役所を退職。その年に『日田文學』を再刊する。翌三十年、『銀杏物語』で芥川賞候補となる。同年離婚、三十一年、一子を連れて下関、岡山、大津、名古屋、京都、明石と流浪、子息とも別れて住むようになり、大阪の株式業界紙の編集者となる。その頃の数年懸命に創作に打ち込んだが、『銀杏物語』以後再び脚光をあびることはなかった。

昭和四十二年、脳卒中で倒れ、五十五年、収容されていた吹田市の老人ホーム弘済院で肺炎のため死亡。享年七十四歳。

代表作は、詩では「旅情」「山中憂悶」「石」「樹間」「黄昏」「星の砂」、小説には

『銀杏物語』『木立』『樗』『虎』『旅寝』『不動』『しらゆき抄』などがある。生涯一冊の本も上梓しなかった。

文学と酒をこよなく愛し、文学的には無名に終わったが、破滅型の生き方から、〝文学の鬼〟と呼ぶ人もいる。清澄で憂愁に満ちた作風は、貧窮と漂泊の生涯とともに私たちに共感と感銘を与える。

澄徹した眼――『漂泊の詩人 岡田徳次郎』解説

前山光則

この『漂泊の詩人 岡田徳次郎』を読んでいて、ふと名優・高倉健の最後の出演作となった映画「あなたへ」を思い浮かべる人がいないだろうか。あの映画の中で、亡妻の故郷へ向けて旅行中の倉島英二（高倉健）が、ビートたけし扮する元国語教師とたまたま知り合いになり、親しく語り合う場面がある。元国語教師は、「奥の細道」の松尾芭蕉や放浪の俳人・種田山頭火をさりげなく話題にしつつ、「旅と漂泊の違いって、分かりますか」と倉橋英二役の高倉健に問いを発する。倉橋が首を傾げると、その遠慮気味ながらもおもむろに「帰るところがあるか、ないか……なんですよ」、そのように自説を披露するのである。微妙な顔つきで応じる倉橋つまり高倉健の顔つきが、とても印象的であった。実は、その元教師はすでに帰る場を失って車であちこちさまよっていた。これに対して、高倉健扮する倉島は、亡妻から生前に頼まれていた用件を済ませることができたらまたわが家へ帰られる、という境遇であった。二人は気が合いながらも、まるで正反対の立場であったのだ。

本書の主人公である岡田徳次郎も、「あなたへ」の元国語教師同様、帰るところが定まらぬまま世の中の底辺をさすらいつづけた人だったと思われる。岡田は明治三九年、兵庫県明石市に生まれている。高等小学校までしか学歴がないものの、勉強好きで、大阪鉄道管理局に職を得て働くかたわら文学に深入りしてゆく。はじめ川柳を作り、やがて俳句や詩、そして小説創作にも手を染める。秋橋つたを知り、昭和八年に結婚した。二人には結婚後九年経って弘という子ができたが、実子でなく大阪の孤児院からの貰い子であった。昭和二十年、終戦。岡田は国鉄を辞めて、妻の故郷である大分県日田市へと生活の場を移し、市役所に勤めることとなる。ところが岡田は文学にのめり込むだけでなく酒に溺れる性癖も持っていたので、些細なことから不祥事を起こしてしまい、昭和二十九年には日田市役所を退職せざるをえなくなった。以後は生々流転、種々の職業に就《つ》きながら食いつないでいく生活となる。翌三十年、名古屋の同人誌「作家」五月号に発表した小説「銀杏物語」が同年上半期の芥川賞候補に推されており、岡田がメディアに取り上げられたのはこの時だけである。受賞したのは遠藤周作「白い人」であった。しかも、芥川賞候補となったこの年にはそれと前後するようにしてつたと離婚する。日本舞踊の世界に自らの生き甲斐を見出していたつたは、文学と酒に溺れる夫を見放し、子の弘も置いて家を出たのである。岡田は岡田で昭和三十一年、子を連れて日田を去る。後は処々を流浪し、途中で子どもとも別れて住む。やがて大阪の株式業界紙の編集者となるが、昭和四十二年になって脳卒中で倒れ、翌年の七月からは大阪吹田市の特別老人収容施設・弘済院で老後を細々と過ごす。そこは体が弱ってきてたまたまひっかかった場所、と見なすべきであろう。安住の場へと帰り着いたわけではなかったはずで、岡田徳次郎はどうしようもなく漂泊の人であった。昭和五十五年、七十四歳で亡くなる。

こうした経歴の、岡田徳次郎。その名を知る人は、当時でも現在でもよほどマニアックに文学好きな人でなければまずいないだろう。ところが、河津武俊氏はあえて岡田に目を注ぎ、詳しく調べ上げ、この長編小説をまとめ上げた。たいへんな力作であり、四百字詰め原稿用紙に換算すれば五、六百枚に達する量である。小説は、まず日田市内でささやかな会社経営をしつつ文学にも関心を持つ「私」がふとしたことで「オガタ・トキジロウ」の「イチョウモノガタリ」が芥川賞候補になったことがある、と知らされる。日田市にもそのような人がいたのだ、と驚いて、興味関心が湧く。それにしても股旅ものの沓掛時次郎みたいな名だな、と首を傾げていたところ、やがてそれは正確には「岡田徳次郎」であり、作品名も漢字で「銀杏物語」であることが判明する。「私」は、この無名の文学者について詳しく知りたい、と強く願うのである。そうして、岡田徳次郎像を追い求めての「私」の探索行が展開するのであるが、何といっても訪ねて行った先々でそれぞれの人物たちが岡田のことをふんだんに語る。これが読ませる。

まず、「秋橋つたの章」であるが、妻であった秋橋つたは、文学と酒に溺れがちな夫の下で苦労が続く。やがてつたはたまさか覚えた日本舞踊が面白くて励むうちに、とうとう自ら家庭を顧みなくなってしまった。さらに、離婚するとき、夫の方がどうしても自分が育てたいと子の弘を引き取ったので、つたとしてはこれが一生の禍根《かこん》となる。次に「木津沢敏雄の章」、この木津沢は岡田より五歳年下で、岡田を文学上の先達《せんだつ》として尊敬した。岡田夫婦の子の弘が実は貰い子であることは、この人物が「私」に明かしてくれるし、先達の作品への見方も穿っている。彼は岡田の小説にはドラマ性がないし、観念的でもない。芥川賞候補になった「銀杏物語」はまさに「人世」を書いていて、「優しい文体のなかで、人世の万古不易《ばんこふえき》を謳《うた》っていますね」と述べるのである。三番目「山野征一郎の章」の山野は岡田よりだいぶん若い人物で、日田で父親ともどもつきあいがあったという。岡田は実によく酒を呑んだし、金の無心にもやってきた。ただ、そんな時、いやしいところがなかった、と言う。「銀杏物語」のヒントになったのが日田の温泉街近く照蓮寺の銀杏であったことも、「私」に教えてくれる。

そして、「藤村青一の章」。大阪の詩人・藤村のやっていた雑誌「詩文化」は安西冬衛・小野十三郎・竹中郁、それから若き日の吉本隆明や長谷川龍生までもが執筆したことで知られる。水準の高い詩誌を発行していたその藤村青一が、岡田を評価していたのである。実生活でもつきあいが長くて、岡田が深酔いして炬燵の中で脱糞してしまった話とか二人で屋台引きをやった時期もあるなど、興味深いエピソードが語られる。岡田の書いたものについての論評も、——文章のうまさには天性のものがあった、ただ社会とか戦争の影がない、小説を書いたが、ストーリーテラーではない、テーマよりもディテールを大事にする書き手だ、などと岡田のことをずいぶんと細かく鋭く見抜いている。そして結局、藤村の岡田観はこうなる。

　某人は文学に壮絶な闘いを挑んで、壮絶な最期を遂げたんと違いまっか。その結果、外見はみすぼらしゅうなったが、心ん中は秋空のように清く澄み渡って、全てに超越した心境に達したんや。

「某人」とは、岡田が川柳を作っていた時期の柳名である。岡田徳次郎を文学的に最もよく知り、理解してくれていたのは、この藤村青一であるかも知れない。
最後の「組坂弘の章」に登場するのが息子の弘で、彼は結婚するときに妻の方の養子となったので岡田姓ではなくなった。父親はそのことを寛容に認めてくれた、という。岡田は子のことをほんとに大切に思っていたので、この点は漂泊の人生を送りながらも親子の情愛を終生捨てなかった人だと言える。弘の見るところでは――父親の作風は日本舞踊と比べてまったく異質である。一銭の足しにもならぬ文学に打ち込む父親、それに対して妖艶な衣装と表現形式を持つ舞踊の世界に入っていった母親。父と母は相容《あいい》れることがなかったのだ、と、弘は両親のことを冷静に観察している。しかも父・徳次郎の文学について「芸術家の中には、私生活を作品にし、それで恥をかいても、身を滅ぼしても、自分を表現する人もいるでしょう。親父は、そんな激しいタイプではなかったですものね」、こういうふうに述べる。確かに芥川賞候補作「銀杏物語」がそうであるように、岡田徳次郎は私小説を書くタイプではなかった。一無名作家の本質をよく捉え得た評言ではなかろうか。そして、この弘の語る思い出話で最も印象的なのは詩作品「星の砂」のことである。岡田が亡くなる少し前、弘済院では老人による投稿雑誌を作ることとなり、施設に収容されている老人たちから俳句・詩・川柳・随筆などを寄せてもらった。優れた作品に賞を与えて老人たちの気持ちを鼓舞しようとしたら、結果、岡田の投稿した詩「星の砂」が最優秀賞に当選する。選者たちの中で評判になったし、職員たちは岡田に「過去に詩の勉強をしたこともあるでしょうし、かなり名をなした人ではないですか」と訊ねたそうだ。しかし、当の岡田は「ただ首を振って微笑むだけ」だった。だから、弘済院の中では岡田が芥川賞候補となったことがあり、詩人としても高いレベルで活動していたなどの文学的経歴を誰も遂に知らぬままだったという。

　さて、作中の「私」は、これらの登場人物たちの語ることのいちいちについてどう考えるのか。それは、作品の中で一切表されていない。というより、「私」は彼らのうちにある岡田徳次郎像のすべてを受け入れて披瀝《ひれき》しているのではなかろうか。五人の関係者による回顧談は、それぞれの境遇や立場から岡田徳次郎という人間を照らし出している。つまり、多面的だ。結果、その文学営為《えいい》と生涯は充分に全貌をさらすこととなったのである。一人の純な詩心を持った男は、どうしようもなく世の中をさすらった。何が彼をそうさせてしまうのかは、最早作品を読む者が銘々で思い描くしかないのだが、そうするだけの材料と切り口がふんだんに揃えてあるわけだ。これが『漂泊の詩人 岡田徳次郎』の重厚さの証明である。だが、「私」をも含めた登場人物たちの背後にいる作者自身は、どうか。作者の肉声と「私」とがオーバーラップするのではないか、と思われる箇所がある。それは、「私」が日田市役所の近所の喫茶店で佐川さんと語り合う場面である。


「それにしても、よく岡田徳次郎さんを調べる気になりましたね」

　佐川さんは何度も驚いたふうに繰り返した。

　十数年前に初めて岡田の名前を聞いたこと、最近著作を読み、「旅情」という詩に感動を受けたこと、また丹羽文雄先生の選評に興味を惹《ひ》かれたことまでを簡略に話した。

「そう、あれはいい詩でしたね。岡田さんの憂愁と望郷の情が本当によく出ていましたね。それにしても随分昔の人ですし、文学的には『銀杏物語』でたった一度、芥川賞候補になっただけの人ですがね」

「そうですね、文学の世界では全く無名と言ってよいのですが、何か惹き付けられるものがあります。岡田さんがもし芥川賞を受賞している人であれば、私は恐らく調べる気にはならなかったでしょうね。無名なだけに調べてみたい気になりました。徒労に終わるかもしれませんがね」

この「無名なだけに調べてみたい」との表明が、とても説得力を持っているのではなかろうか。社会的に名を知られ、成功を収めた作家であれば、事あらためて顧《かえり》みる必要はない。しかし、そうでなく賞も受けず、世間に知られず、それでも一生かけて「文学」にこだわりつづけた者がいた。彼をそうさせたのは、何だったのか。「私」が探求してみたかったのは、恐らくそのようなことなのである。「私」の背後にいる作者・河津武俊氏自身が、岡田徳次郎を発見した時にこのようなかたちで自らの課題と向き合ったはずだ。作品執筆時、氏は四十歳代で、すでに医者として一家をなし、日々医療活動に従事していた。それは充分に意義ある仕事である。しかし、同時に氏の中で文学への情熱が燃えていて、押さえようもなく突き動かされていた。自らの心のバランスがちょっとでも崩れたら、氏の中にたちまち岡田徳次郎的な心性というか、どうしようもなく文学に淫したい衝動が噴き出ていたろう。文学を志す人間が、真摯《しんし》であればこそ必ず直面せざるを得ない問題、それがここにあったのだ。だから、いわばこの長篇『漂泊の詩人 岡田徳次郎』は岡田の全貌に迫りつつ、実は作者自身の生き方を問い直す作業でもあったと思われる。

もう一カ所挙げておこう。

私は文学をやって本当によかったよ。世の中を澄徹《ちょうてつ》した眼で見ることが出来た。何も後悔はしていない。私の詩や小説、随筆の切り抜きがこのベッドの下のみかん箱に入れてあるが、捨てるなり、焼却するなり、お前の思う通りにしてくれ。

「組坂弘の章」の中で、岡田徳次郎はわが子・弘に向かってこのように心境を吐露している。心を打つ一言ではなかろうか。社会の一隅で日を送る人間にとって、まことに文学はちっとも儲けにならない。それどころか、これに淫すれば生活そのものも破壊しかねない。しかし言えるのは、詩や俳句や小説やらを書くとき、ほんとに現世を

「澄徹した眼」で見ることができる。心が救われるのである。藤村青一が言及したとおりで、「某人は文学に壮絶な闘いを挑んで、壮絶な最期を遂げたんと違いまっか。その結果、外見はみすぼらしゅうなったが、心ん中は秋空のように清く澄み渡って、全てに超越した心境に達した」のである。思えば、岡田が特別老人収容施設・弘済院で詩「星の砂」が最優秀賞に選ばれても自身の文学的経歴を明かさず、ただただ微笑《ほほえ》んでいたというのは、この超越を得ていたからであろう。「澄徹した眼」、これは明かに「癒し」であり、いやこれこそが文学の存在意義である。帰るところを持てぬまま放浪・漂泊した岡田徳次郎であるが、内面的にそこまで到達して死を迎えつつあったことになる。そしてそれは、作者・河津武俊氏の立っていた位置でもあったかと考えられる。

　この長篇小説は、はじめ昭和六十三年、講談社から『秋澄――漂泊と憂愁の詩人・岡田徳次郎の世界』との書名で刊行された。さらに、平成一六年にその後知り得た情報や資料をもとにして大幅な手入れを施し、新たに「木津沢敏雄の章」をも加えて、書名も『漂泊の詩人 岡田徳次郎』と改題した上で弦書房から再び出版されている。詩人・樋口伸子氏が「河津はひとりの不遇な詩人像を深い共感と愛情によって甦らせた」(「漂泊の文学者　岡田徳次郎」平成十六年七月三日付け朝日新聞西部版)と褒め称えたし、作家・藤本義一氏も河津氏に手紙を寄せて、「全体に漂う詩人の姿の描写は素晴らしいと思います。一人の詩人が貴兄の文章で現在に甦ったと実感しました」と激賞するなど、この作品は反響を呼び、各方面から注目された。氏は『富貴寺悲愁』『山里』『肥後細川藩幕末秘聞』『山中トンネル水路——日田電力所物語』等々、今までたくさんの優れた作品を書いてきているが、その中でも際立っており、これは代表作とみなしていいはずだ。有力な文学賞を受賞してちっとも不思議でない、きわめて完成度の高い快作と言えよう。

あとがき

物心ついた頃から、私は文学に惹かれてきた。三十歳過ぎてから小説を書き始めたが、物に成らず、文学を諦める決心をした時に、偶然に岡田徳次郎という詩人で作家の存在を知った。そして岡田の生涯に深い感慨と共感を覚えた。

岡田が詩人・作家として世俗的に幸福な人生を送っていたら、私は追跡しなかったし、その生涯を書くこともなかっただろう。

岡田の一生を見るとき、私も一歩違えば、文学とアルコールに溺れて、岡田と同じような運命を辿ったのではないかと思う。時代が変わっても、私たちの心には、真に文学に打ち込んだ人の作品を読みたい願望がある。岡田の生涯、作品に文学への純粋な姿勢を読み取っていただければ、望外の喜びとするところであります。

本作品は昭和六十三年（一九八八）に『秋澄——漂泊と憂愁の詩人・岡田徳次郎の世界』（講談社）の書名で刊行しました。

そのあと資料や情報がさらに蓄積されたのを機に、木津沢敏雄の章を加え、他の章も大幅に手入れし、岡田の詩の殆どを詩撰抄として収録・再編して、平成十六年（二〇〇四）に『漂泊の詩人・岡田徳次郎』（弦書房）と改題して再刊しました。再編の効果があって多くの詩人、作家から便りをいただきました。

作家・藤本義一先生のお手紙を有りの儘、収録させてもらいます。生前の先生から許可をいただいています。

冠省

貴兄の書かれた〝漂泊の詩人・岡田徳次郎〟拝読しました。取材からの書き起し、全文章に感動しました。

全体に漂う詩人の姿の描写は素晴らしいと思います。一人の詩人が貴兄の文章で現在に甦ったと実感しました。

十六年前に、岡田徳次郎の人生を講談社から出版されたのを全く知らずに、今回の改訂誌をはじめて読んだのですが、執筆の心を休めずに書き続けておられることに敬服しました。

滅多にこのような文章を書いたことがない私ですが、どうしても拙文を呈したくペンを執った次第です。

藤本義一

誠に光栄の至りで、どれだけ励まされたことでしょう。藤本先生、本当にありがとうございました。

この度、持ち運びやすい文庫本タイプで新装改訂版として四度目の刊行をすることになりました。

発行所を福岡市の弦書房にお願いしました。『富貴寺悲愁』、『肥後細川藩幕末秘聞』に引き続き、前山光則氏に解説をお書き頂きました。

河津武俊

●**参考文献**（雑誌・同人誌・その他）

『詩文化』（大阪）『作家』（名古屋）『九州文学』（福岡）『豊州文学』（大分）『菜殻火』（福岡）『風焰』（大分）『かがり火』（大分）『日田文學』（大分）『石』（大分）『評論新聞』（大阪）『川柳雑誌』（大阪）『芥川賞全集』（文藝春秋）『天皇陛下日田行幸記』（日田市役所）『流木』（大分）『日田川柳会誌』（大分）『母音』（福岡）『午前』（福岡）

●**取材と資料収集、その他ご協力いただいた方々**（順不同、敬称略）

江川義人・江川英親・前田哲男・相良富太・桑野善之・久恒隆弘・諫山昌信・浜田喜一郎・飯田清・坂本武信・畑英次郎・角倉洋子・岡田タツ・今井五郎・池谷良七・広瀬恒太・石松安次・河野通霊・田中信二・森山一二三・平島政記・岩沢光夫・樋口文雄・平川幸子・浦上義純・渡辺種一・藤原哲夫・松尾チカ・橘昭寿・日野飛龍・中島緑・坂本茂木・梶原虎太・宿利博幸・高倉秀信・安岡宗人・早瀬章・亀山明・江田友之・河津真佐子・梅原梯二・藤沢尚・村尾隆・山下勇・藤村青一・藤村誠・藤村亜也子・藤村〆女・大阪形水・阿万万的・正本水客・松川吐的・黒川紫香・船橋俊遠・古川真澄・小谷剛・宮崎克己・宮崎南枝・松本太郎・岩尾秀樹・田原千暉・花田衛・樋口信・坂本辰夏・大石文子・北沢啓子・津田香代子・木下和夫・高瀬松栄・財津文

子・藤村直美・大内房夫・片岡佳子・河済忠臣・尾花俊幸・甲能吐星・山下一行・坂上遼・田中洋勲・河野三枝子・日田市立淡窓図書館・久留米市立図書館・福岡県立図書館・福岡市立図書館・愛知県立図書館・岐阜県立図書館・国立国会図書館・評論新聞社・吹田市弘済院・日田市役所・日本近代文学館

〔著者略歴〕

河津武俊（かわづ たけとし）

昭和一四年（一九三九）福岡市生まれ。現在大分県日田市で内科医院を開業。

主な著書に『秋澄――漂泊と憂愁の詩人・岡田徳次郎の世界』（講談社、一九八八）、『山里』（みずき書房、一九八八）、『肥後細川藩幕末秘聞』（講談社、一九九三）、『新・山中トンネル水路――日田電力所物語』（西日本新聞印刷、二〇〇五）、『秋の川』（石風社、二〇〇六）、『耳納連山』（鳥影社、二〇一〇）、『森厳』（鳥影社、二〇一三）、『富貴寺悲愁』（弦書房、二〇一四）、句集『花吹雪』（弦書房、二〇一六）、文庫・新装改訂版『肥後細川藩幕末秘聞』（弦書房、二〇一七）などがある。

漂白の詩人 岡田徳次郎〈新装改訂版〉

二〇一七年十一月 五 日発行

著　者　河津武俊《かわづたけとし》

発行者　小野静男

発行所　株式会社弦書房

〒810-0041

福岡市中央区大名二―二―四三

ELK大名ビル三〇一

電　話　〇九二・七二六・九八八五

FAX　〇九二・七二六・九八八六

印刷・製本　シナノ書籍印刷株式会社

落丁・乱丁の本はお取り替えします

ISBN978-4-86329-159-1 C0123